U0107600

2022中国年度散文诗

王剑冰　　选编

漓江出版社

·桂林·

目 录
contents

第一辑

第二辑

第三辑

第四辑

第五辑

第六辑

第七辑

第一辑

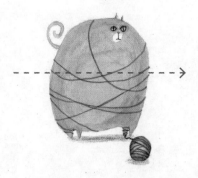

一身清香的草木灰 ［组章］

张道发

乳牛一身草木灰

乳牛一身的草木灰，颤巍巍站在干稻草上，睁着一双明亮的眼睛，好奇地打量我们。

灯影在它的眸中忽闪忽闪的，它四蹄青嫩，几乎撑不起草木灰包裹的身子，只听啪的一声，乳牛跌倒在干草上。

笑着的父亲赶紧上前抱住乳牛的头，心疼地说："小牛跌四方，跌了四方快快长。"果然，乳牛再次站起来时，四只小腿见风长似的，不大会儿，它便能偎着产后倦怠的母亲，用小嘴拱奶喝了。

父亲一屁股坐在干稻草上，他搓揉着满手草木灰，一脸的笑容，絮絮叨叨地跟我们说话，仿佛干成了一件大事。

门外下着今年的头场春雨，乳牛一声声嫩嫩地叫唤，干草的清香萦绕屋子。这样的夜晚，父亲总会喝到半醉的。

河里过夜的鸭子

深秋后，在深夜的松岗河里过夜的鸭子，过不了多时就会没由来地叫唤一阵，叫声捎带着辛凉腥湿的寒气，传到村子里引来几声狗叫。

一两个恰时醒来的人，听见扑过来的鸭叫声，总会远远近近地想些什么。

我常常在这样的夜晚醒来，听见河风送来一两阵鸭子的叫声，侧身朝向窗外叹一口气。

月光下，霜和落叶都在疾疾赶路，扁豆正在落架，蛐蛐躲到墙角里了，檐口的井水里也落满簌簌的霜粒。

不知怎的，怅然的心，就像一只野兔驮着白霜奔跑在空茫的田野，就像鸭子夜半惊醒时没由来的叫唤。

公牛衔一束花草凑近母牛

满天空的乌云压得小村吱吱作响，风有些轻寒，毛白杨上的两只喜鹊在对唱，乌云在歌声中一点点散开了。

挎着竹篮回村的少妇，篮子里的春韭嫩得像蛙鸣，她身后的灰白小路渐渐泛青。

河边的野山桃说开就开了，蝌蚪在粼粼花影中游向响亮的春天。大片油菜花正在变得明亮。

北岸的洼地上，公牛衔一束花草在讨好小母牛，小母牛视而不见的样子，惹得公牛踏响四蹄加重了喘息。

吹过河面的风变暖了，喜鹊的叫声里，蛙在近处热切应和。河滩的野山桃后面，一对男女在扭扭捏捏亲嘴。

这时候，小母牛的步子越来越慢，公牛终于追上来，奋力跷起前蹄，插进了春天深处。满河的水又开始激荡。

陪母亲聊天

我常常想起，早年陪母亲聊天的那些多星的夜晚。屋子里残留着烧菜的香味，月光铺在花格子被单上，各种家什的轮廓绘满白泥墙。虫子在叫唤，叫得那么清。

屋角的母牛，偶尔停下来听我们说话，眼睛里的夜色幽幽闪烁。那时母亲还年轻，我走的路少，心里也没有多少波折。整个人像初春泛青的树叶一样明亮。

有时候，夜猫窜过窗台碰出几声狗叫，我们会突然停下来。树影摇晃在窗玻璃上，一阵小风路过门前小路。

夜不觉深了，母亲以为我睡着了，她轻声唤我乳名。其实，我在想一些别的事情，内心平静，脸上挂着平静的笑意。

窗外是多星的夜晚，树篱下的丝瓜花顶露而开，有一些已悄然结成瓜络。母亲的声音慢慢融化在虫鸣里了。

小时候的夏天

小时候的夏天，夜半带着口渴醒来，月光很好，枣树叶细碎的影子，晃满土屋有着裂纹的坑洼墙面。

我翻身下床，蹑足绕过鼾声浓重的父母，走到堂屋拐角的井缸里找水喝。一瓢凉水咕噜咕噜咽下肚，随手扔掉的水瓢啪的一声落下来，水星子溅了一脸。

水缸放在月亮照得见的地方，水瓢晃悠着，碎了的月亮又慢慢复圆。黑暗处虫声四起，巷子里传来隐约的脚步声，枣花青涩的香气随南风漫进屋来，父亲在咳嗽声里翻个身又睡去了。夜色里弥漫着一股淡淡的尿腥味儿。

那样的月夜，我一颗小小的心飘得很远，而后在月光中悄然融化。

没有人晓得，我度过了多少个这样明亮而孤独的夜晚。那时候我九岁，开始有了无以名状的心事。

无论多么明亮的黄昏

无论多么明亮的黄昏，在我的村庄，都有鸟雀掠过灰瓦时的阴影，一会儿轻，一会儿重，描在细小裂纹的山墙上。

无论多么暗淡的午后，每家每户门前的蔷薇花，都含有一抹明媚的笑，惹人心生爱怜。

黎明时幽微的树叶上，明亮的露水，晃动正待醒来的鸟鸣声。

花事东岗

在东岗村，树篱围成的小菜园里，明黄的南瓜花、菜瓜花、丝瓜花，粉白的青椒花，淡紫的茄子花，纯白的瓠子花。它们一个个面容温和，但都拥有平凡的美，叫人留意。

花生小朵小朵地开花，黄得那么低调，与土地共着呼吸。芝麻花像小学生一样上进，一节节攀升，香气也蓬勃。野萝卜花的粉白涨满村口小径，花冠平阔，可供过路的蜻蜓和蜂蝶在上面谈情说爱。

枣花仿佛淡黄色的小米，清香在风中扑簌簌洒落，染了过路人的衣角，踮起脚，可以望见身后的秋天。椿花的幽香压得极低，裹在麻雀的翅膀上飞飞停停，一阵风就吹走了。柿子花短暂，一场雨后便亮出了果实。葡萄花一串串纤细地摇曳，虫子在花香里酸酸甜甜地唱歌。

大朵大朵的各色蔷薇张扬极了，就要够着了屋檐。爱美的女人喜欢别在胸襟，香气涨成汩汩的月色，一夜夜淹没村街小巷，许多故事在里面起程。

还有一笔不容忽略：无花果省略了所有开花的过程，直接让我们瞅见它朴素的果实，它阔大的叶子在日色中晃动，恍如初开的青色花朵，看得人怦然心动。

每年秋天

每年秋天，我门前五棵熟了的柿子树，都被秋风和雀鸟们分食了。常常有带雀齿印的柿子落在我的怀抱里，啪的一声，秋的气味瞬间弥漫。

柿园四周的荒草已被母亲割掉，做过冬的牛饲料，虫声藏进了柿园。我坐在这里，可以望见远远近近的村野，以及几块迟熟的玉米地。

天空越发高远，几声雁鸣划过头顶，秋天凉了下来，柿园的落叶又堆高几寸。

回头再看我的衣裳，已然染成暖红的柿色，觅食的乌鸫的喙上也染着鲜红的汁液。

梦见你提着青竹篮回家

梦见你提一只青竹篮回家，站在门板前面的阳光下，一脸笑意。

问你原因，你笑而不答，一弯腰将篮子平放在地上，七八只乳黄的雏鸡蹦跳出来，腥湿的爪痕印满堂屋，都是春天的模样。

堂屋北边堆着去秋的棉柴，雏鸡们沿着柴垛的缝隙钻进钻出，叫声弥漫小小的堂屋。

你微笑地站在那里搓着双手，用心疼孩子的那种眼神，瞅着这一地活泼的雏鸡。碎花连衣裙被风一次次鼓动，当额前的头发撩起时，露出左颊的小雀斑，真是好看。

门口的一树桃花压着红叶李，蛙在叫唤，雏鸡们叽喳着融进阳光里了。

醒来想起，你那年二十八岁，就是梦中这般模样。

原载《散文诗》2022 年第 1 期

资兴诗梦 ［五章］

汤松波

小东江的雾

蠕动着，蠕动着，小东江的雾，气定神闲，如苏醒的言辞，飘曳在资兴的门槛里。

思绪在高处行走，牵挂在江底扎桩。山雀子由远而近的乡音，以雾的清新和柔软，一遍又一遍地呼唤着我的名字。

是的，我已经回到了故乡。一片池塘，几棵杨柳，已从村口的方向，向我奔腾而来。

脚步，顿时缓慢下来了。时间，也在雾的邀约下缓慢下来。望着冒着炊烟的老木屋，我不敢喊出声来，只听见自己的胸口咚咚咚地敲着鼓。这也许就是古诗里描绘的"近乡情怯"的那种感觉吧。

哦，那薄如蝉翼、轻如棉花的爱，就在眼前，它们紧贴着我诗歌般脆弱、单薄的身体，紧贴着我即将从眼眶里迸出的泪花。

当我走近老木屋前篱笆的瞬间，柴门半掩，一阵风吹来，夹杂着一股久违的温暖气息，让我一下子就悟觉到了生命与乡土的厚重。

泛舟东江湖

如鼓的东江湖，在九月擂响流淌的秋色。

别后相逢，渔歌缠身的东江人，为我，为一个归来的游子，酝酿着一场水的盛宴。

东江湖的水，这南方经典的丝绸，即使在空阔干燥的九月，也能保持一种雾状的、耐人寻味的潮湿情感。在这样的状态下，我乐于构筑自己理想的国度和爱人，乐于构筑蜻蜓贴着水面双双飞行的样子，乐于构筑诗歌迷恋的远方，聚集着今生降临的幸福和快乐。我知道，我在这湖水的牵引下，已不能再对你写下未知的约定，因为任何的等待，都会比光阴更催人老。

东江湖，是一面绿色的镜子。

我爱这面镜子。在这面镜子里，我以诗人的身份尽情泛舟，以歌者漂泊的优雅兴致，敬重资兴衣袂飘香的秋天。而橹声摇醒的水草，是信使，也是调皮的顽童，它们，一定会在阳光潜伏的江底，反复任性地，挥动我落花满肩的前生和来世。

游兜率灵岩

我以为，钟乳石相互倾诉的声音，就是时间相爱的滴答声。

我以为，在光线阴暗处耸立的岩石，就是你等待我千年后前来认领的前身。

那些不为人知的苦难和疼痛，早已被压在灵岩坚韧不拔的底部，那些重生的幸福，也许就来自这深渊细小的歌吟。

锁在深秋里的兜率灵岩，我是带着虔诚来拜谒你的，不探寻你亿万年前显赫的身世，只为今夜，看你如何挑着月亮，在烟雾弥漫的东江湖，豪气撒下，只属于资兴的白花花的银子。

想不起是谁说的了，大意是有爱，就有了一切。

我尝试着爱，并把爱寄予这青山绿水之间。而此时，我多想牵着你的小手，在母语的交谈中，愉悦而从容地从黑发走到白首。如果这是真实的，那么，多少年以后，我会骄傲地告诉属于我们的孩子，那些值得怀念的日子，都是被爱的目光镀过金的。

今夜，当兜率灵岩下静谧的水面轻盈地升起一泓令人没法打捞的温柔时，大方爽快的资兴人告诉我，这银子，你都可以尽兴取走，它们只需要情到深处的诗歌换取。

我觉得，我想换取的银子，就是心里渴望已久的纯洁的爱。

汤市炎帝温泉

与炎帝交谈之前，我就沿他的身影，先沐浴了一回温泉。

温泉，尽管是我喜欢的意象，但这一笔一画都透着灵气的泪腺，令沦为游子的我，心潮起伏，泪流满面，也耗尽了我所有思乡的力气。

其实，就在我斜躺在温泉怀里的瞬间，我已把我自己的灵魂白描在一首返乡的诗里了。而我的心，也早已随着这首诗的节奏，抵达故乡左右顾盼的枝头。故乡，你可知道，在无数个虚构的太阳与月亮之间，我为你珍藏着无数个被泪水浸得透湿的夜晚？那些温泉一样溢出来的泪水，漫过了心灵和肉体，也漫过了伤疤垒起的沟沟坎坎，在明处或暗处，在别人无法感知的时间里，为你悄悄发芽、拔节。

此时，我不想大声说话，也不想低声倾诉。

静默，就是我最为深刻的表达。

我相信，一个人对生活偶尔的妥协的行为，绝不是危险的越轨。而曾经的选择离开，也绝不是背叛。

在资兴，在汤溪镇，尽管于温泉触之即痛的乡愁里被一遍遍淹没，但我惬意的心底，已升起了一股股前所未有的爱情般的荣耀。

狗脑贡茶

在资兴，有资格与天比画的，只有狗脑贡茶。

狗脑山，我没有时间攀爬。

狗脑茶，我却有机缘享受。

狗脑山有了飞翔的翅膀，狗脑茶就是它疯长的羽毛。山里人咬住光阴不放哦，那贡天贡地贡人的狗脑山，擦亮了村庄的眼睛，激活了水乡的心肺。从此，与狗脑茶有关的梦，在灵秀的山水间壮阔奔放。

茶，明心智。

茶，也浸心魂。

在资兴，有资格与天比画的，只有狗脑贡茶。

贡，为心生。

贡，服天下。

原载"红网·文学创作专栏"2022 年 8 月 23 日

预 言 ［外三章］

大 可

天桥上，没有一个人。

她站在天桥的中间，微笑，皱纹开始溢出眼角。

黑色的，白色的，灰色的……车辆在脚下，在眼睛前方 60 度角的地方爬行。这个繁忙、拥挤的世界，又开始匆忙了。

白天和黑夜，又白天和黑夜。

循环往复。

她看了看自己。看着左前方一缕微凉的光线穿过数栋高楼的间隙，散落在额头上，就知道今天的拥挤会很让人疲惫。

夕阳西下。

一天的时光，脚步仍有余温。天桥一直在微颤。

悬空的月亮在微颤，满天的星光在微颤。

都在微颤和劳累。

她看着夜色下的车辆在拥挤中爬行，水泥钢铁大楼在疯长，扭曲着爬向深邃的夜空；她看着白天的车辆，在黑色的、白色的、灰色的、红色的时间上飞速地驶过。

越来越快，接近明亮的光。

天桥下面的大道上，一无所有。眼前的高楼安静，街道安静。空气也安静。百万年前的植物香气，被远古的风吹过来，开始弥漫。

一条大鱼，游过来。

时间坐在上面，面如婴孩。

过　程

黑夜降临，过程背对着我。雪花飘下来，半个小时，又是半个小时。

我站在过程的对面，仍看不清它的面容。

回车，再回车，目光老是和你相差半个空格。我和你走了一段路。

你一直在飘落。左手伸长了，右手缩短了。

我紧紧地跟随，从天空到地面。

雪花走过的路程，不断地变白，变白。在大地上白茫茫一片，遮盖落地时
的那段眼神。

一只野兔跳跃过前面的那条沟，狐狸紧随其后。

谁是谁的追随者？谁又是谁的引路人？大雪无法判断。站在雪里，时间浑
身洁白。

你走过来，把手放进工服口袋。越来越远，越来越远。

天亮了。

红红的一个小点儿。

红红的一个声音，遗落在路边。

一段苍茫的爱情，开始起舞。

睡　眠

他的右脚悬停在那里，离地 10 公分就到了画布的边缘，并微微地颤动。脚
下就是深渊，灰蒙蒙的，没有尽头。他要把右脚退回来，快速地退回来，不然，
他的生命就又多了一块补丁。就像他身后的天空，层层的补丁在不断地堆积。

有时，他知道身后的一切都是虚幻，特别是那片蔚蓝的天空，那一片无边
无际的忧伤，就生长在头顶的那一片蔚蓝里。

他在蔚蓝里失眠。

他的眼睛挣扎在身边的忧伤里。

站在墙壁的旁边，有时会有一种倾斜的压迫感逼近。他到了该退回悬空的那一步的时候了。

不然，就会在睡眠里失去自由。

他开始移动自己的目光，1公分，2公分……30公分……他从春天一步一步，走到严冬。睡眠的一举一动，都冰冻在梦里。

火焰表达了什么

远处的森林在燃烧，天空在火焰中逐渐塌陷。

他开始很平静，淡淡地看着远方，直到一股炙热划破沉默。他猛然把头仰起，火焰从他的嘴里喷涌而出。不停歇。身体变得透明，肌肉，血液，骨骼由明亮变成黑暗。

灰烬成为目标。

火焰由许多元素构成，其中一部分是金属。生命就像一座土窑，把泥土燃烧成人类的器具，文明是火焰的一部分。整个世界都开始了燃烧。泥土，水，空气，以及在你眼前飞翔的那只鸟。

人们的怜悯也在燃烧，火焰在疼痛中洒落一地。

原载《散文诗》2022年第6期

猎　铁 ［组章］

支　禄

黑　铁

一夜之间，咣里咣当地，村里落了很多黑铁。

一堆子一座山，远远地看上去乌鸦一样的黑。

抬头，看到黑铁飞过的天空，留下鹰一样的爪痕；黑铁哼过的歌谣，云一样铺满村庄上空；黑铁走过的路，流星样亮成一条细线线。

在头顶，黑铁比闪电待的时间长久，比一只鸟飞的时间短得多。

黑铁，落地后，紧紧地，用爪子抠住泥土不松劲，一块黑铁心里自始至终清楚，锻打，是唯一的出路。

打出内心的翅膀，亮亮堂堂地和人类过上一辈子。

铁　事

锻打，一锤又一锤。

翻来覆去逼出铁墨汁的内心，发出白昼的光亮。

接下来，细心的二爷在砂轮上把铁打磨出略带微寒的刃口，直到雪山一样闪亮时，二爷悬到嗓门的心放了下来。此刻，铁不管搁在什么地方，都一下子静了不少。

一块优秀的铁，能镇住喧嚣的尘世。

如果来不及锻打，雨季一来，内心久藏的旺火熄灭，一星半点的光退去，一下子变得锈迹斑斑，狗头一样，铁一生怎么走，也走不出黑暗。

铁，不怕火，怕柔软如丝的水。柔能克刚，就是这个道理。

一棵草

"打倒的铁，盘倒的面！"一棵草，在风中不停地吼着。

屋外，大雪纷飞；

屋内，二爷在打铁！

二爷撅起屁股，朝天空高高地挥动铁锤。铁锤，像一只铁鸟用尽浑身上下的力气先飞到天上，然后，回到大地啄食米粒。

二爷被弹回来，像吃了闭门羹！

一棵草，捏了一把汗。

二爷绝不罢休，二爷挥汗如雨，不能稍作休息。

铁，一旦凉了，接下来的事情就更不好办了。

一句"前功尽弃"就是说给打铁人的。

趁热打铁的道理，铁匠铺门口的一棵草背得滚瓜烂熟。

二爷，一旦忘记，一棵草，即刻提醒。

铁　黑

铁的黑，就是黑夜的黑。

这样说时，黑夜，在黄昏的肩膀上，抖了一两下，从云中落下来，明目张胆和村里的黑铁的黑搅在一起。

分不出彼此。

想到成语：沆瀣一气。

宿　命

铁，表面沉默。

耳朵贴上去，听见它老牛样瓮声瓮气地议论着命运。

村上，除了二爷能听懂一句半句，还有就是觉得自己行得不得了的王阴阳，站在铁的面前，也像一只打蒙的鸡样端立着。二爷说，铁老是担心会成一把去向不明的工具，干丢人现眼的事。

一块铁打成拾粪铲子或锅铲，抑或画家手里龙飞凤舞的画刀，注定天壤之别。如果一块铁坐在轮船上或安装在高铁上，一路的风光大不一样；上了飞机或宇宙飞船，那应该叫飞黄腾达，另当别论。

铁的议论，声音很小，铁心里清楚，铁的命运握在人类的手里。

本来是一把明光闪亮的小藏刀，却握在坏人的手里。

尘世，更多的铁风里来，雨里去，不断地磨损，在泥土上逐渐衰老、消失。或搁置在灰暗的屋檐下，让风一点一点吹老，化成尘埃，在人间消失。

铁　语

二爷，坐在冷板凳上。二爷，支棱耳朵，笑眯眯地听铁说话，在铁的话句子里听出一两句破绽。

如果听到铁口无遮拦地说见过的老鼠比马大时，二爷，脱掉横披的衣服，仓皇地起身。然后，抡起大锤，铁，迅速服软。

一松口，吐出满嘴铁花。

一块死气沉沉的铁，难道不需要铁锤狠命地喊出体内久藏的火花来吗？一朵朵铁花闪着光亮，像一只只蜜蜂的嘴里含着无数个春天，飞过白天，然后，落进黑夜。

大地，回归宁静。

好　铁

好马配好鞍。

好的铁匠，渴望遇到好铁，天底下，美就一锤定音。

好铁，不夸夸其谈，配合人类的锻打；好铁，米粒大小的事情，干得颗颗饱满；据说，好铁内敛、格局高、质地坚硬；好铁，干了好事，从不声张，依旧沉默如金。

好铁期待将来的命运能够握在好人手中，能好事连连。

尘世，好铁越来越少。

二爷背上盘缠，满世界想找几块好铁。渴望一锤子下去，一夜名声大振。一直到客死他乡，二爷，也没找到让他称心如意的铁。

好铁越来越少。

废 铁

一块废铁一旦压在人的心里，一个人用尽一生的力气也休想喊出来。这样看来，把废铁锻打成好铁，是一件多么重要的事情。

可生活中，废铁经常混在好铁里，推日头下西山。

废铁落寇，躲藏草莽之中，铁匠花费一生的时光不一定找到。

如果纠集一些草，就能够祸害一地的庄稼。

一个铁匠在谁的面前都直不起腰。管好废铁，让它别四处乱窜。

铁 山

铁，黑压压地摞起来，就是一座高高的铁山。

抢在二爷锻打之前，我们爬到铁山上逞强，与铁叫板！或者异想天开，能有意想不到的收获，在铁山上遇到金子。

心比天高，但命比纸薄。

更惬意的是，听任铁在脚下使劲地叫唤。看铁咬着铁，咬出一串串火花。有时，铁担心我们滑倒，想扶上我们一把。有时，咬出一丝血来，让我们有些害怕！

我们大骂铁不长眼睛，曲里拐弯地说几句铁的坏话。铁，无动于衷，像在说自己真的没长眼睛。

灰色屋檐下，二爷睁一只眼闭一只眼。二爷还说，让铁咬一咬，一个人就能长大。丈八的二爷，细细一想，是让铁咬大的。

人们就叫铁匠二爷。

邂　逅

大风一过，大地静了许多。

忽然，茫茫黄沙中冒出一块铁，看上去土头土脑，浑身上下裹着无数沧桑，像流浪的人裹着一件夹衣，一年四季不脱下来。

漂泊，居无定所，跟着风沙到处跑。

显得苍老，看来铁的日子并不好过。

急不可待地喊了一声：铁。铁，无动于衷，一道子亮光，划伤人的内心。铁，自尊心很强，已是睁眼不认乡亲的那种无动于衷。

后来，听说走后，铁，抱着荒凉，大哭了一个通宵。

从此，再没见过铁。像一根针掉进茫茫沙海，杳无音信。

锻　打

砧子上，被打的时间稍稍一长，铁，便昏头大睡。铁，一脸舒服或死猪不怕开水烫的样子。

正当铁睡得舒坦时，二爷嘿嘿地笑着，用钳子把铁顺手撂进水槽！铁，猛地惊醒，打了一个冷战。接下来，听见铁急得扑哧扑哧，一句没哭完就哭下一句的样子。

细细一想，尘世又有谁听懂了铁的喊叫声呢？

等铁安静下来。铁，一脸无辜的样子。

片刻，铁，又被取出，投进火中。

三番五次后，铁不再叫铁，而是叫镰刀、锄头、瓦刀……

风凉话

表情冰冷的铁，寡言少语的铁，让二爷的铁锤翻来覆去地打，直到打出十足的钢性。

二爷，起鸡叫睡半夜，村上，不少人喜欢给二爷说风凉话。

"难道想把铁活生生地打出哭声来才心甘情愿？""师傅不高，教得徒弟弯腰。""炮火连天的，要打出一架飞机来吗？""一锤子下去得打出多少人民币啊！"

二爷左耳朵进，右耳朵出；一个人，也许骂不死。

能骂死，二爷早就死了。

偶尔，生气时二爷扔出一句："猪不吃食把狗的心操烂了！"

面对山里山外越来越多的风凉话，二爷越来越像块沉默的铁。

铁 匠

电闪雷鸣，风雨越来越大，铁锤一样猛烈地敲着屋顶。

四梁八柱快要震断的样子。

打铁的二爷任凭风吹浪打，稳坐钓鱼船。像城墙上的麻雀，哪怕大炮来轰，也什么都不怕了。

雷打不动的二爷，左看右看，浑身凸显的肌肉像藏起来的雷电，在砧子上一锤又一锤砸出火花，花朵虽小，却底气十足，足可以与命运的天空叫板。

勾下头，继续打铁。铁匠二字，让二爷一锤又一锤打得钢性十足；铁匠二字，让二爷写得遍地风流；铁匠二字，从二爷的手底下一过，装裱成中堂，闲的时候看上一眼，足可养身养心。

更重要的是：一锤一锤，打出结结实实的日子来！

山里的日子，太需要铁这家伙啃了。

铁，啃一口，人，得忙十天半月。

老 铁

二爷，吭哧吭哧地打着。二爷，越来越像一块老铁。

一心一意让铁的硬度打进一个人的骨头。从此，一个人行走茫茫大戈壁，多大的黄沙也不会低头；城里的道路再滑，牙一咬，照样站了起来，即使风雨打了前胸，砸了后背，骨头也发出钢铁的声音。

从此，头顶，电闪雷鸣，人，昂首挺胸向前！

多少年过去了，碰到一块黑铁呆头呆脑地坐在地上，远远一看，像年轻力壮时的二爷。

一闪一闪的，小小的眼睛瞄着火候。

然后，咳嗽一声，朝手心唾一口，抢起铁锤，却迟迟不肯落下。遍地秋风吹着，二爷打了一个冷战。

扪心叩问：让铁成钢，越来越没那么容易了？

铁 锤

铁锤，一只黑色的大鸟。

二爷抢起来，嘶鸣着，飞过自己的头顶。

蠢头蠢脑的铁锤，牵着二爷往天上飞，这样说来，是二爷的梦想长了翅膀，不飞，枉长了一双翅膀。

在柄的牵引下，最终回到砧子上，落下，火花四溅。

一旦溅上天，火花就成了璀璨夺目的星星！

打开窗子，数到天亮也数不完。

此刻，铁锤端立在墙旮旯里，一声不吭，像是飞得很累的样子。

铁锤，满脸沧桑，油缸跌倒，铁锤不是无动于衷，倒是像无能为力。

看来，铁锤折腾铁时，其实，也让铁暗暗地折腾。

铁 匠

铁匠满脑子装着"铁"：

铁血、铁路、铁拳、钢铁是怎样炼成的、铁骨、铁树、铁矿石、金戈铁马、磁铁、铁甲、铁帽子、铸铁、铁人、角铁、铁皮、铁门、铁杵磨针、铁算盘……

铁里藏着无数道闪电。

尘世，一个被称作铁匠的人，也就是从铁中抽出一捆一捆闪电，然后，弓下腰，气促马吼地，一背篼把闪电背上天空的人。

有时，听见闪电在我们的头顶轰上一两嗓子。

那是老天在说话呢！

万物挽起手，河流赶往大海，夜色，一下子包围了村庄。古老的铁中，一两盏灯光，忽明忽暗，彻夜思考老天对我们的教诲。

铁匠双手抱头，坐在闪电中，像大地的一个窟窿。

一年四季奔波不停的人类，应坐下来和铁好好谈一谈。

破 冰

人在高处，河谷低处传来亢奋的喊叫声。

一眼认出来，一把二爷打的锤子，在冬天，依旧闲不下来，满沟走来走去。不息的锤声，一点一点漫过空阔的支家沟。

持锤人，和锤子一起，狠命地劈向冰面。

一只铁色的鸟，领着一个大活人在干很大的事情。在辽阔的冰面上，打捞春风唱过的歌谣，丝绸一样柔软地铺在水底，拦住星星去天空的路，或心急火燎地寻找天空在夏天留在水中的闪电和雷鸣。牛羊蹦过的声响落进水里，已经石头一样堵挡在河底，容易引发洪水。

一沟的风吹来，锤子飞向高处，又折回，不偏不倚扑打在冰面上。在巨大的响声中，看到太阳携带雪花奔跑的方向。

持锤人，虽然看不见你的容颜，大雪来临之前，也不一定干完，但锤在冰面敲击的声音，正一点一点渗入骨骼。

堆积，如一座大山，等黄昏来时，压得一个注视的人直不起腰。

"我的个老天爷啊！"

命 运

二爷凶猛的铁锤下，铁只要顺顺当当走过，就一块一块变成：朴实的镰刀，粗笨的铁锨，铁嘴巴的犁铧、圆滑的改锥……有些还叫不上名字。除此之外，二爷还打了些自己的意志、品质和对命运的看法。

"站如松，坐如钟，行如风，卧如弓。"

二爷，把自己打成铁二爷时，午夜的风中，传来二爷和铁的交谈，只是吐字越来越不清晰。

二爷，一下子老了许多！

许多渗进二爷体内的月光，让铁锤一把又一把震出来，雪一样白了周围的山山峁峁。

比雪更冰冷，太阳出来也融化不了。

雪光比刀更锋利，时不时，划上一个人注视的心。

雪

铁，心里记得，好几年前落在二爷两鬓的雪到现在都没融化。

看上去，越来越冷。二爷口干舌燥，即使一千遍举不起铁锤，只要还剩最后一口气，也会满怀信心在下次举起来。

铁匠二爷甩开膀子，高举锤，喊出铁最硬最可靠的部分。烧红的铁，让二爷投进火炉，又取出来，不停地折腾。

十足的耐心，定要折腾出个子丑寅卯来。

雪，落到心里时，二爷禁不住打了一个寒战。

雪，比一背篓铁更重，从此，压得二爷再也直不起腰。

毛 铁

黄土里，长出了毛铁。

村上，走路一不小心绊倒，捡起来的是铁。再绊倒，捡起的还是铁。

铁匠铺里，成天叮叮当当，铁，变软，然后变硬；变硬，然后变软。

无风的暗夜，毛铁哭诉着命运。

担心，火候如果再达不到，就终究只能是一块毛铁。

连山里的一棵草都心知肚明：铁，鬼哭狼嚎，

如果走不出大山，在巴掌大的天空下，看到的天下就小。

猎 铁

铁，浑身上下全是火啊！

"哧"的一声，一个猛子，铁扎进水里，老犍牛一样大口大口地喝着。铁，像是比汗流浃背的二爷更渴。

不久，二爷从水里夹出铁。

二爷的活就是如此不断重复，在重复中留下铁最坚硬的部分。

从废铁中掏出铁最优质的部分。

无非就是虚的部分挤实，松散的部分紧紧团结起来，虚掩的要结实牢靠，软的要不断变硬！坚强起来，天塌下来，也能顶着。

面对每块铁，一碗水端平着呢！

二爷从没恨铁不成钢！

不偏不倚，一锤打下去，时时刻刻提醒着：

日子中打进了铁，连老牛也都知道会不一样了。

二爷走了

打着打着，就把一生很快打完了，二爷，一把铁锤样，被扔进黄土。塬上，再也没有打铁的二爷。二爷走后，除草剂代替了铲子，播种机代替了犁铧，覆膜机代替了锄头，旋割机代替了镰刀……人，一个个进了城，撂下苍苍土地。

铁质的工具一旦搁置起来，荒凉便回到村庄！

一年四季的日子很揪心：塬上的农活，越来越没有二爷打制的铁家私干得利索。

经常碰到铁站在山梁苦口婆心地絮叨："二爷，二爷，草爬满村庄的脸了！"村上的人也总是打开窗子迎风吹火："人老五辈子，还是二爷打的铁最硬。"

回 乡

让风风雨雨吹打久了，一个人回到塬上。

走着走着，时不时迎面走来的铁，和你不停地握手寒暄。锈迹斑斑的铁，早已认不出少小离家老大回的人。

说出小名，一个个惊得嘴巴半天合不拢。

不长眼睛的老北风，撞到铁上，碰得豁口裂牙的。

铁，还硬着呢！

可二爷不在了。

二爷的锻打，让更多的铁改变方向，从时光中找到梦想。

然后，满世界不停地行走。

一个人出门在外，还不是如一块铁投到茫茫尘世，

一把风雨的重锤不断敲打，渴望高出村庄周围的大山。

锄 头

铁，若打上十来遍之后，还不成一把锄头，二爷便从鼻孔哼出一声：烂泥糊不上墙。

二爷，却也从不灰心，继续打下去，直到打出个眉眼来。

走过田间地头，一把拿得出的锄头刃口稍稍闪上那么一两下子，草，满脸土灰，纷纷瘫倒在地。

草，不怕人，就怕锄头。

村上，没了二爷打的锄头，草，霸占了庄稼地，它们瞅准时机，譬如，一场大雨后，堂而皇之进了庭院，让你连个插脚的地方都没有，何况，有些草还大摇大摆，堂而皇之地走进堂屋，跑得满土炕都是，让一家人脸面扫地。

以前，草就是长八颗脑袋也不敢做的事，现在做起来，都不费吹灰之力。

那些年，再奸猾的草，一旦让二爷打的锄头看见，就会一直追到黄土深处！

踏住草的脖颈，顺手割了草的尾巴。

渴望一把锄头，喝退汹涌澎湃的草，喝退满村庄的荒凉！

铁，越来越少

村上，铁越来越少。

找一块可锻打的铁更是难上加难。

没有铁，铁匠失魂落魄。

从前山跑到后山，又从后山跑到前山。

那疯癫的样子，像日子过不下去了。

大锤闲置久了，夜里悄悄地钻进一个人的灵魂深处，鼓槌一样不停地敲打，搅得铁匠一刻也不得安宁。还不是大锤甩开膀子想在一堆铁上干成想要的日子，没有了铁的日子，对大锤来说，还能叫大锤吗？

活着，与死了有什么两样？

找一块铁吧！

好好关怀一下，然后，让大锤理直气壮地锻打出刚性，让孤独的灵魂照样冒出铁花。

二 爷

今夜，行走在茫茫戈壁。

大风一来，沙土中紧跟着跳出一块铁，它矮矮地站在沙土中，左看右看都像年轻时的二爷。

我不由自主朝天喊道：二爷，二爷。

顿时，一道子电光从头顶而过，心，不由自主咯噔一下。

二爷年轻时，就喜欢这样气促马吼地找一把铁锤。

让铁光芒四射。

然后，坐在屋檐下抽老旱烟。头顶，缓缓飘来的一朵云，盖住了内心的灰暗，响亮的阳光，大着胆子，赶往午后。

原载《散文诗》2022 年第 1 期

莲是人间的药

粟辉龙

1

一亩田，就是一幅画；一幅画，也是一亩田。

让我用时间之笔来作画。先画水底柔软的淤泥，无怨无悔，藏着世代相传的秘密。再画青翠欲滴的莲叶，婀娜多姿的莲花。接着画一尾往生之鱼，嬉戏于田田莲叶间。最后画轻盈的蝴蝶、蜻蜓，飞来飞去，忙个不停。

围纸造田，裱画的框就是田埂，通往一个家。

一幅莲田素描画，平放在村乡的门前。

燕子驮着爱恋归来，口衔新泥，重建新居。袅袅炊烟，与周围旋带起的水雾，相映成趣，恍如一颗白色的钉子，将它挂在了我家玄关的墙上。

画的名字叫《莲田之心》，对面的墙上，挂着一面镜子。

镜子不大，刚好能装下画。顾影自怜，就像莲叶对着平静的水面，阅读自己不变的籍贯和履历，共享着晶莹剔透的呼吸。

2

新画挂新家，向幸福出发。

2019 年 8 月 19 日，历书之中的黄道吉日。父母专门从南充赶到成都，为儿女坚守健康、自由、真实的家风，感到莫名高兴。

妻子在前开门，父母紧随，我在后闭户。喜悦的我们如蚂蚁，井然有序。

手提柴米油盐酱醋茶，嘴里吉祥的愿景，敬奉举头三尺的神明。

在玄关之处，父亲停下了脚步，眼睛盯着墙上的画，目光坚毅地捕捉莲叶之间日出的光芒意象。

镜子里有多少白发和皱纹，岁月就给了父亲多少难言之隐，一目了然。

父亲体内的痛，结石一样，取不出来，像曾经患难与共的时光，难以割舍。

3

莲，是莲的姓，也是莲的名字。

芙蓉、水芸、菡萏、芬陀利华……是昵称，是表字，还是曾用名，似乎都不重要了。父亲独爱莲，莲早已在他心里落地生根了。

父亲出生在莲花村，莲是草本植物，也是村里的望族，兴旺如人丁。

村东的水田里种着莲，村西的山坡上立着石。

鬼斧神工，两石顶天，两石立地，敬畏亦有陡峭之美，像倒放的莲花，故曰莲花石。

拥抱在一起，要多辽阔的爱和厚重的祥和，才能让莲花石，过滤千载风打万般雨劫，守住自己屹立不倒的神话。神都死了，它还在人群中活着。

其实，莲是有生命的石头，植物界的"活化石"，比我们人类还先出现。

在莲花石下，可以看见整个莲花村，满眼全是莲，莲叶那么绿，那么大！

4

对于生活，血气方刚的父亲也没什么经验，都是摸着石头过河。

石头不会为难石匠，石匠可以把石头变成艺术品。父亲抡起大锤，对世界没轻没重地敲打。无处闪躲，钢凿石时，铁在叫，石头在叫，父亲听到的分明是人的惨叫声，不绝于耳。

石质的世道，石质的墙，石质的门。从冰冷坚硬里凿出了温暖和意义，还凿了一座莲台。

石头又是慈悲的，不然人们就不会找它做菩萨。

顶礼膜拜，每一块石头都有它独特的价值。

好的用来建房造屋，也垒成了姐姐的坟墓。而那些被丢弃的边角料，轻的用来打过水漂、击过鸟巢，重的铺成了碎石路。跌宕纵横，像极了人生。

秋天，就是沿着这条路走出莲花村的，父亲，也是。以莲为信物，时间之水，把父母黏合在了一起。婚姻延续了世间的爱情，这古老大地上不朽的美。

比父亲更孤独的，是坡上的莲花石，随着父亲远走他乡，莲花石的孤独，还在加深。

从莲花村到爱国村，三十分钟的路程却用了他大半辈子。

5

种地，父亲从来不考虑环境。远一点，偏一点，都无所谓。

立春过后，大地慢慢忙碌起来。父亲开始扳算指头，回忆地里种下的玉米、小麦、红薯、瓜、豆……他生怕漏了什么，过了季节，泥土就会以沉默的方式，拒绝发言。再好的土，也只会长出野草和蝼蚁。

水田用来栽种水稻，我们众所周知。每家每户都分有一块自留田，耕种自便。父亲的自留田，已成为他内心最潮湿的一部分，种上了朝思暮想的莲，还放养了几尾稻田鱼。

春天种莲，夏天能赏莲花，秋天可采莲子，冬天还可挖莲藕。

种莲，父亲有自己的诀窍。藏头露尾，顶芽小气需要避光，见光就不会生长了，只能微微倾斜，顺势埋在淤泥下。

莲在柔软的淤泥下，暗自生长，向上的引力，顶泥破水，水应声而裂。

浮萍盛行，乡愁般肆意疯长，占领水面，又迅速愈合裂痕。只有稻田鱼才衣食无忧，归隐于浮萍之下，风浪再大，也不怕。

新芽偶露尖角，没看见蜻蜓立在上面。

6

草籽，秧苗，流水潺潺。桃红，梨白，花香萦绕。

莲不争春。绿，从点到面，像涟漪一样散开。

一张莲叶，就是一道徐徐展开的圣旨。

接旨的就是爱莲的父亲，春意不可负，农事不可违。

在白天与黑夜之间，在清明与谷雨之间。紧贴水面的钱叶，中流砥柱的浮叶，以及昂首挺胸的立叶。赶赴夏日，太阳惊醒了所有的露水。

鸟鸣像莲梗拔节，一声高过一声，最后高过了父亲的额头。皱纹是堤岸，也是沟壑，汗珠汇成了小小的河流。

汗滴禾下田，每一个黄昏，都满目青翠。

7

月亮锻造出一枚薄薄的银色箔片，田里的蛙鸣，有了金属的回声。暗哑的莲是自己的旁观者，不动声色。

向阳而生的莲，一生离不开水。

深受莲的洗礼与熏陶，自留田也有自己的人生哲学，田里哪怕只剩一碗水，也要端平。

莲是一位母亲，在淤泥之下生儿育女。

心脏，血液，骨骼，肌肤，呼吸，都没有被污染。

炎热的夏季，人们喜欢用莲叶泡水喝，清热去火，通气生津。淡淡的苦味儿，咬住了舌尖。

莲花盛极，硕大、繁茂、润滑，有沁人心脾的暗香。姿态绝美，可赏花开，也可赏花落，每一片吹落到地上的，都是月光。

莲蓬在父亲的眼窝里积攒雨水，莲子日渐饱满。

全身皆是宝的莲，食用营养，入药，可医治人间疾病！

8

父亲经常去田间地头，再忙、再累都去，有时去看莲，有时去看秧。长势良好，夕阳贴着绿浪过来，恨不得把田埂拉直。

田里稗子很容易分辨，它比水稻要高一截。这未被驯化的谷物，有父亲的指纹、汗渍和一生的力。

不受待见的稗子，并非一无是处，它可以酿成味苦、烧喉、后劲猛的稗子酒。不胜酒力的父亲，对稗子酒情有独钟，偶尔喝两口，疲惫与疼痛原谅了他。

田埂是一道围墙，父亲走了千万里，走了大半生，都没走出一亩三分田。这个世界，他过于相信土地。

姐姐和我的童年，很多时候骑在了父亲的背上。风吹弯了父亲的腰，使他像一株谦卑的稻子，向大地匍匐。

我知道大地，为什么越来越低了。

9

出水的莲花，姐姐那么美，病无可救药地喜欢上了她。都无能为力。到了那一天，父亲也没有告诉她疾病的真相。

盛夏七月，冰冷的姐姐，让家里所有的亲人，经历了一场雪崩。

"生如夏花之绚烂，死如秋叶之静美。"

忘记姐姐，是我生命中，没有办法做到的事。

那些青山，矮了许多；那些田埂，短了许多。

水滴和眼泪一样，晶莹剔透，呈椭圆形。眼睛装不下的悲伤，莲叶也难以托起。

为了告别，父亲执意要给姐姐打碑。铁在叫，石头在叫，每一锤都那么重，那么痛，他一直忍着没有说出来。

姐姐的过去，都在那堆新垒的黄土里。墓碑让生死有界，互不干涉。

10

姐姐走后，父亲的头发积压霜雪，在黑发中间亮出了立场。

父亲一言不发，有时独坐在田埂，用低档的香烟消愁，把阴影藏在肺里。我和母亲知道他的伤痛，莲知道他的伤痛，水稻知道他的伤痛，青山不语。

不期而遇的雨，是老天爷流的泪，让夏天逐渐有了凉意。

九月可以暂时忘记心里的伤痛。水稻成熟后，大地就陷下去了。

收割水稻后，不必担心遗漏的稻穗，也不要捡，那是留给电线杆上麻雀过冬的，它们都是父亲的穷亲戚。

自留田的水波澜不惊，莲也察觉到了风声，开始在叶脉里藏掖慌乱的喘息。

莲叶长出了老年斑，并不断向周围蔓延。浮萍也颓败了，田里早已没了夏日丰腴的身躯。

越来越少了，为数不多的干枯叶梗，还执拗站着。

东倒西歪，脸上诀别的表情，像一把生锈的长矛，指着阴冷的天空。

莲下有鱼，还有埋在泥里的藕。

11

挖藕的人，经常听到轻微的骨折声。

当天挖出的藕一定要当天吃，否则，会在一夜之间老去。

我就像刚被挖出的藕一样，宽怀接纳生活的颠沛流离，经历蒸、煮、烤、炒、炸之后，早已服从于命运，不言不语。

南充、平顶山、沧州，都是生活的现场，为生计奔波，关心户口、税收和物价。乡音藕断丝连，一改再改，童年已经越来越陌生了。如今我在成都，新一线之首的城市，娶妻、生子，快十年了，我还欠故乡一个道歉。

面对宿命，我们别无选择。父亲吃过的盐我在吃；父亲走过的路我正在经历；父亲的乡愁与疼痛，我感同身受。

这么多年了，如影随形的莲，始终在我身体里绿着、葱茏着、摇曳着。

12

妻子和母亲在厨房里准备中午的菜肴，而我和父亲在客厅交谈，我们说到了家事、国事……一起抚摸往事，给明天一个微笑。

喜悦饱满、热气腾腾，像刚刚揭锅的莲藕排骨汤，母亲说："今天，在汤里加了几颗莲子……"

这让我想起曾经每年立冬时节，母亲用一锅莲藕排骨汤，带领我们一家人，与冬天握手，一并表达抵御寒冷的决心。

吃藕思莲，为人更要廉。

莲是人间的药，医治满目疮痍的人间。

原载《星星·散文诗》2022 年第 2 期

洪　流

李佑启

米开朗琪罗：基督的悲哀

征服，亦被征服。

头向前伸着，如一头牛。

冰冷的石头，因为你的存在，有了热血的温度。

你雕塑着石头，命运雕塑着你。

你想以胜利的姿势为自己的一生定格。然而，折了羽翼的胜利之神，却给你的生命，抹上了一层英雄惶惑的色彩。

直到你瞑目的那一刻，教皇的权杖，仍然在你面前挥舞，仍然洋溢着得意的微笑。

你的灵魂达到甚至超越了权力与欲望所无法企及的高度。所以，你成了胜利中的胜利者。可是，蓦然回首，却发现，你需要的，不是胜利，甚至厌恶胜利。

你用刀和笔塑造神灵，而神灵表现的却是凡人的情感。

有一种情感叫作苦恼，它是凡人甩不掉的根性。而你，也是凡人中的凡人。所以，你苦恼。而苦恼这家伙，它并不在意性别、年龄与身份，并且，不许拒绝。

"赋有英雄的天才，却没有实现的意志；赋有专断的热情，而无奋激的愿望。"于是，哈姆雷特式的命运，就这么成为不可更改的渊薮。

苦恼，漂泊，妥协……再苦恼，再漂泊，再妥协……

你就是一只别人屋檐下的燕子！

西斯廷教堂的天顶，一片没有蓝天白云也没有阳光的天空。

你像鸟一样，在西斯廷教堂的天空，仰着头，被驱赶着，连续飞了四年。你让许许多多美好的或丑陋的灵魂，让人世间的冷暖，从教堂的天顶，找到了久违的福音。

而罗马的女人，就像西斯廷教堂的天顶，只能让你以仰望的方式拥抱，永远不给你进入婚姻殿堂的钥匙。你丰富的内心、唯美的思想、纯洁而虔诚的对爱情的追求，却永远无法温暖冰雕一样的罗马女人！

一个血性的男子以法律的名义，给了你一副阳刚的躯体，然而，危险来临的时候，你的第一个动作，却是逃避。

而庸俗与黑暗，却让无处可逃的你，在危险之后，强制你的灵与肉，再去忍受危险。

所以，《哀悼基督》让你成了枝头的凤凰，而裸体的《大卫》却让凤凰淹没在汹涌的口水之中。然后，尤利乌斯二世的陵墓，又成了凤凰的滑铁卢……

是你哀悼基督，还是大卫过于前卫？抑或，是尤利乌斯二世的陵墓成为你的陷阱？

也许，你的一生，都是在为自己塑像：米开朗琪罗——基督的悲哀！

贝多芬

之前，不敢与你同行。之后，你的灵魂，成了我人生永恒的拐杖。

一个顽固的叛国者，你脉搏里奔涌的，分明是古罗马斗士的骨血。

实在不敢恭维你。因为你的脊梁，为后来人耸起了一座难以登临的山峰。

维也纳，飓风从这里出发。

亲王们向你致敬，君主们邀你表演，经久不息的掌声（即使皇族驾临，人们习惯上也只鼓三次掌），铸造了一个让人们永远仰望的姿势。

《D大调弥撒曲》《第九交响曲》，以另一种高音，向世人们宣布：你是一个战胜者，一个人类平庸的战胜者，一个命运的战胜者，一个苦痛的战胜者！

那一天的维也纳，因你而震撼。

那一天的阳光，因你而明媚。

那一天，1824年5月7日，因你而永恒！

虽然，演唱会没给你的荷包带回一个子儿。

一位喜欢酗酒的男歌手，与厨师的女儿，给了你一副丑陋的相貌。而你，却用丑陋的相貌创造了一个美丽的世界。一如"黑夜给了我黑色的眼睛，我却用它寻找光明"。

如果，你是一部虚构的小说，那么，一贫如洗的生活、疾病缠身的体质、饱经挫折的爱情，是贯穿小说始终的三条并行的线索。

许多人，被命运扼住了咽喉，而你，却扼住了命运的咽喉！

1827年3月26日。风雪交加。

那风，是来自天堂的上帝的召唤吗？那雪，是爱神艳丽的花朵吗？

为了赦免你的苦难，为了将你的路，留几步给后人走，上帝和爱神，只好为你的生命，强行添上一个沉重的休止符。

从此，一个神话——"用痛苦换来的欢乐"——正式宣告诞生。

贝多芬，一个用音符席卷欧洲的拿破仑！

托尔斯泰：失血的火焰

文学泰斗。贵族里的苦瓜。两岁丧母，九岁丧父，丑陋的相貌，让内心的绝望，一次又一次《复活》。

高加索的群山，为一个另类的贵族的出现，保持沉默。一如俄罗斯的农民，为一个反叛的贵族感到无言。

也许，是高加索群山环抱的清明，给了你灵秀的思维。不然，为什么总以斗争的神态藐视那些含有挑战性的对手？

只是，高加索的群山，无法掩隐你对一般潮流的厌恶，对人群的猜疑，对人类理性暗藏的轻蔑。

有许多东西，你是不想看到的，但是，它们却以不可阻挡的态势来到你的面前。比如：人性的卑劣与虚伪。

还有许多东西，你是很想看到的，但是，它们却缥缈得就像天边的云彩。比如：和平与觉悟。

你终于厌倦了贵族生活。为了不自杀，你把房间里的绳子藏起来，你出门打猎时不带猎枪。

然而，深藏地底的火山，还是爆发了。《安娜·卡列尼娜》开始思考《战争与和平》的关系。19世纪的大地震，爆发了。

温馨的婚姻生活，虽然给你心中的大海带来了短暂的平静，但那如烛的双眸，始终闪烁着智慧的光芒，那沉陷的眼窝，汇聚了越来越多抗争的力量。

那团蓬勃的白胡须，如失血的火焰，想一把烧尽人间的苦难，温暖岁月的苍凉，融化整个俄罗斯的冰雪。

然而，夜，实在太长，实在太黑。

失血的火焰，终究照不亮俄罗斯漫长的黑夜。

当灵与肉分离的时候，上帝成了一个哑巴。

一个小火车站昏黄的灯光，接纳了一个伟大的灵魂，接纳了一位颤巍巍的老人，接纳了一个 82 岁的暮晚。

那一刻，阿斯塔波沃见证了你的遗言：

"大地上千百万的生灵正在受苦，你们为何只在这里照顾一个列夫·托尔斯泰？"

理智与信仰，两张巨大的翅膀，于无垠深沉的天空，冉冉升起。"为生而疯狂""为生而陶醉""为他人的生而生"。于是，一个永恒的三维坐标，从此复活！

原载《散文诗世界》2022 年第 3 期

村庄的背影

孙功俊

一次次地写到村庄

仿佛命里注定，你是我的故乡。

像我一样卑贱，像我一样弱小，像我一样面对生活低着头。用身体里的盐和天空下匍匐的身影，换着夏天和秋天的粮食。

而在一些文字里，我一直叫她垅埂。

一大群孙氏的兄弟姐妹，祖祖辈辈居住的村庄，大地一样沉默，泥土一样古老。

村南的白湖，我们一直叫作大白河；村北是一个又一个她姐妹般相似的村庄。

雨水从天空一滴滴落下，风把庄稼一年一年吹熟，把村里人一茬一茬吹老。

有人在这里出生、成长；有人在这里老去、默默过完一生；有人从这里出发，从此远走他乡；更多更多的人，守着她和她怀抱里的贫寒与温暖。

在这个世界，除了她，没有人记忆着我的童年。

在这个世界，除了她，没有任何一个地方，让我如此热爱、牵挂、记忆与疼痛。

一次次在梦里紧紧地亲近。

一次次在现实中又匆匆地远离。

敬畏一粒米

孩子不可能了解一粒米诞生的全部过程。

他从课文里正确地掌握，种子与胚芽，开花然后抽穗。

所有的植物都能够在字里行间，健康地走完它们的一生。

当然包括水稻，就这么简单。

所以我无法责备孩子，对残留在碗底的几粒米饭，产生敬畏，持有感恩。

所以，每次我总是把这几粒米饭放进嘴里，慢慢咀嚼。

我咀嚼到了阳光的甘甜，汗水的苦涩。

我希望孩子能觉察出，我每次伸手捡拾饭粒时，那痛惜的眼神。

诗意乡野

一切都要从这里开始，春天，这位美丽的女神和神祇的光芒莅临，我们就要和乡野一同返青。

谁用轻松细雨的呢喃，击碎冬天残留的表情。

谁吹一阵和煦温暖的风，拱破黑色的泥土。

在这之后。父亲的身影出现，和地平线上升的太阳一样早。

忠实的老牛，咀嚼阳光和草料，在布谷鸟鸣叫之前到达。

水从低洼流向高处。

乡野，劳动的大手扇动，欢快的鸟啼如潮落下，谷物之神住进我们心中。

没有什么可以阻止，种子带着诗歌的力量萌发。

这是春天乡野中最盛大的事情，我们必须紧锣密鼓地迎接。

父亲的手指

父亲的手指和种子一道，深入泥土。

种子发芽了，手指被田野复制。

一片又一片，在春风中拔节、起伏。

父亲的手指，对每一株杂草都斤斤计较。

那些云天雾地的事情，不是咱庄稼人的话题。

父亲的手指只掐算清明、谷雨，麦黄、豆绿。

种子回家了，粮囤打着满足的饱嗝。

父亲的手指，仍在秋风中伸屈，伺候那片逐渐变硬的土地，希望再来一次崭新的收获。

一年又一年，田野翠了，希望胖了，而父亲的手指瘦了。

以农人的名义

风，解开了村庄夏天的纽扣。

田野，用一场赛跑赢得小麦。

村庄的肌肤被麦子映黄，农人的汗水将镰擦拭得铮亮，似一弯新月，高高挂起。

当麦浪覆盖整个乡野，村口的一棵老槐树，静静地守候逐渐消瘦的池塘。田埂边木刻般的老人和吃草的牛，成了另一帧风景。

我这个土生土长的村庄人，常年跻身在城市的边缘。记忆里无数次关不住的乡愁，一下暗淡了我的目光。

行走在被岁月揉碎的阳光下，在喊疼的家园里迷失。沿着野草疯长的田埂，我分明看到一群蚂蚁正焦急地逃离。

站在村庄荒芜的田野，以一个农人的名义，举起锈迹斑斑的锄头，又缓缓放下……

想念麦子

六月的乡村，到处弥漫麦子成熟的气息。

这个时节，我很想到田野上走走，穿着母亲做的圆口布鞋，迈过丛丛杂草。

青蛙跳跃田间，以这种朴素的方式让道；卖穗点头哈腰，醉人的麦香沁入肺腑；布谷鸟不停鸣叫："割麦，插禾。"

我真想弯下腰身，像村庄的父老乡亲一样，摸一摸沉甸甸的麦粒，看一看绿油油的家园。可我笨拙的手势，却被挡在了几千里之外的异乡。

原载《淮南日报》2022 年 6 月 12 日

树叶无声地飘落

聂　沛

1

大部分人都知道：几何中，直线是两点之间最近的距离；大部分人也知道：生活中，看起来两点之间最近的距离，有时恰恰最远。而大部分人可能不知道：几何与生活，它们的距离到底有多远？

2

你在黑夜中想着光明的颜色、迷宫的路径和叹息的力量；你还想着一个少女的身体，以及她转过身去时缠绕三匝的音乐的腰带，让你怎么也解不开心中的疙瘩——为什么我们总是黑夜和女人的苦役犯？

3

我独自一人走在白石铺 322 国道边的一排樟树下，这里的整洁令人吃惊。当然这是起风以前的事儿。起风之后，树叶会无声地飘落在地上，既像无限的思想里难以收拾的无望，又像有限的爱情中难以舍弃的悲伤。

4

当我们一再仰望天空，希冀在雷电雨雪的注脚之外，读懂光明真正的秩序。也许只有这样，我们才能渐渐成为它的一部分。直到死后化为一颗星星闪烁，也许才能突然明了其奥义，并把它的秘密保持到时间的尽头。

5

当你使用一个词，另一个词便下意识躲开你；当你说出一句话，就会感到有更多的话无法说出；当你有意去探寻藏匿很深的事物，无意中你把自己也遮蔽甚至是藏匿了，最终在从未发生过的事物中消失了自己。

6

"兄弟，正写什么呢？"诗人甲问。

"写鸟比子弹飞得更快。"诗人乙斩钉截铁地说。甲感到语塞。诗人之间，出现了交谈的哑语。甲情不自禁抬头眺望窗外，一只叫不出名字的鸟瑟缩在光秃秃的树枝上，像一片随时都会飘下的枯叶。这时，一阵寒风暗暗吹过，甲打了个冷战，一俟乙掏出枪来，鸟真的就展翅飞了起来，逃向空中……

7

战前，一个士兵跟一个护士相爱。他们都有一张苍白的面孔，像冬天的月亮。战后，他们邂逅在胜利广场，一个阳光灿烂的日子，却怎么也记不清对方的音容笑貌——那不是健忘，而是梦想的烈马，早已被深不可测的思念埋葬！

8

那是在黎明坐火车经过华北平原时，我深陷于烟卷的袅袅思绪中。有人凑过来："劳你驾，借个火。"我递过烟头，他接了火，客气地问我贵姓。我回答："免贵姓聂。"他说他也姓聂。"姓聂的人有三只耳朵。"他压低声音、近乎神秘地说。我略略一怔，还来不及回味他的话，他便消失了。之后，我像白痴一样倾听着……渐渐地，车轮撞击铁轨的轰鸣沉寂下去……如同天启，我真切地听到了大平原上此起彼伏的、辽阔的鸡鸣！我赶紧记下这样的诗句："在哲学和鸡鸣之间，我愈来愈倾向／后者——那黎明非凡的事情。"

事后我很清楚：当时，我并没有听到什么鸡鸣，也没有什么姓聂的陌生人跟我借火。那不过是个错觉罢了。

9

记得小时候在外婆家的深宅大院，见过高高的天窗。蟋蟀心不在焉地把四周的幽暗弹奏得很深。一只猫从天窗上一跃而过，在我幼小的心灵投下一道浓重的阴影。如今当我置身户外的明亮，看到头顶的一只秃鹰或一架飞机掠过，内心仍然常常感到莫名的战栗，和无端的惆怅。

10

树根必须在地下忍受；道路必须在车轮下忍受；房顶必须在暴风雨下忍受；而一个人必须忍受，头顶的天空！

11

让我们来玩一玩简单而有趣的终极：这一滴水不是那一滴水，所有的水又都是一滴水。这一粒沙子不是那一粒沙子，所有的沙子又都是一粒沙子。沙子就是水，水也就是沙子……以此类推：男人就是女人，女人就是男人——天哪，好像不对！一个无性的世界，还有什么意义？

12

一条门和一条门的影子，让我不断接近又不断远离；一条迩近和遥远之门，让我不断出现又不断消失；一条打开和关闭之门，让我不断穿越又不断阻隔；一条自我和他人之门，让我不断熟悉又不断陌生；一条上至天堂和下至地狱之门，让我不断神往和不断恐惧……

13

1926年12月29日，伟大而优雅的莱纳·马利亚·里尔克逝世。比他几乎少一辈的女诗人茨维塔耶娃在这一年最后一个深夜写信给天堂中的里尔克："你，是我可爱的成年孩子。莱纳，给我写信！"

十二月的水晶，在谁的心里，还丁零零地响？

原载《散文诗》2022 年第 1 期

夏令辞

大漠风

1

夏天天长，夏天天热。夏天绚丽多彩，摇曳多姿，顾盼生姿。多维度的夏天，一眼看不透肌理的夏天。

一个季节，让我想起很多很多纷繁复杂的事情。夏之心难定。赤日几时过？清风何处寻？大暑何时来？三秋何时到？萤火照空，鸟啼蝉鸣时，我忽然看见了自己的影子，在云锦上面，也在大地上面，云的心事风知道，我的心事天知道？

2

鲜花盛开的季节是最美的季节。

草长莺飞，万物生长。簇簇鲜花，五彩斑斓，七彩蝴蝶上下翻飞，霞光万道，如梦似幻。花海连着云海，苍穹似可盈盈满怀，可触、可梦、可幻。天地广而大，大而深，深而邃，唯有天空见证了大地的繁盛与兴衰，过往与将来。在如此耽美的季节，我讶然，我默然。面对自然的伟大，沉默是最好的表达，亦是最美的情绪。

行走在苍茫大地，大地给我留下足够的空间，我给内心留下足够的空间，足以盛满最美的季节，最美的风景和诗意远方。

3

七上八下，阳气上升，阴气下降，骤风骤雨，江河暴涨，潮起潮落。及时雨，没有邀约，说来就来。及时雨擦亮天空，削减灼热。及时雨引来万里风，杨柳习习，飘摇荡漾。轻风吹过，苦涩、懊恼和烦躁便如霜天叶落，满树的枝头结出沉甸甸清凉和惬意的金果。

4

光阴水一样溜走，万物随月令生长、成熟。花的枝头，缀满七彩的蜂蝶，季节像风一样走过，花树由熟悉变得陌生，日子如疏掉的花朵，如掐掉的青果，留下的都是值得品咂回味的日子，如成熟的芳香四溢的收获。

一朵花想了许多许多，唯独没有想到自己的命运，美丽的代价，有时甚至超越生命。万物随季节生长，各自奔向成熟的归程，结果已变得不再重要，如何取舍，是人一生的功课。

5

时间追赶着时间，在时间的隧道里，世间万物循其规律，在忙而有序地运转，在成长成熟，在把握时机，增长智慧。白昼随夏令一天天变长，万物葱茏，生机勃勃。

一段光阴被反复剪辑，嵌入年轮。记忆如秘史一般被尘封，被收藏。

我们是众神的儿女，我们随万物生灵走过春天，走过四季，走过自然的契约，走进人生的契约，明月是否明亮如初，抑或容颜沧桑，一如一抹晚霞，填满我的梦。

6

在遮天蔽日的树荫下，清风徐徐，树影婆娑。告别纷纷扰扰、光怪陆离的世界，走进树荫里，俨然走进人之初，未受世界干扰的环境，重新找回那颗毫无造作、清新真诚的本心。与树荫为伴,唤起心中的阳光,看见的都是光明,都是善良,面对的是真实的自己,真实的世界。

与树荫为伴,享受静谧、安逸的时光,心灵归于沉寂,归于平静。心静者高,心慧者安,高者俯瞰世界,慧者悟透世界。我被世界深度地感受着,我也在深度地感受世界。生活即经历,过往即历史,与岁月相伴,借鉴大地给树荫留有余地,我给心留有余地,豁然开朗,心中便充满智慧,看到不一样的世界,看到不一样的自己。

原载《散文诗世界》2022年第9期

墨痕浅 ［组章］

堆　雪

一袖云

一路风尘，只为站在高处。走过我的山梁，走过你的屋顶。

一生，走过多少巍峨，才能被你看见。一生，经历多少曲折，才能被你记住。

走过田野，曾被无边麦浪倾倒。走过草原，曾为露水和虫鸣留宿。

也曾到风嘶马鸣的沙漠腹地。也曾到，翅断羽折的戈壁尽头。

也曾有风雨雷电激励，也曾有日月星辰引领。

也曾想，张弓搭箭，做那怒目射天的后羿。也曾想，阔步平野，步那逐日夸父的后尘。

也曾手执杯盏，向北方遥祭，之后醉倒在南方的竹林。也曾目送一朵火烧云，一步一步，走过天际。

天地间，除了日月，无非云雨。要么落下来，注入大地怀中。要么轻轻飘走，变成一个自己想要的梦。

你哭泣过，挣扎过，最终变成一朵云，有血有肉，有情有义。

在矮矮的屋脊下，迎你。在高高的山梁上，送我。

远山静

这一生走不到的，我看到了。

看到它的蓝，它的远。看到它看见我时，因为急促的呼吸而起伏不定的胸线。

阻断我想象的步伐，又让我感到：时间，就在身边。是影子的七上八下，是道路的三长两短。

所有奔赴，都是序曲。所有想象，都是铺垫。在它面前，我们都是不谙世事的孩子，只会遥望，或者呼喊。

熟悉的城市远了。寂静的村庄远了。明灭的灯火远了。喧闹的市声远了。

在天空恢宏的背景里，它是欲望唯一的屏障，灵魂能够抵达的最远边界。

它按下世上所有伟大、弱小、富有、贫穷、权力、地位、欢乐、悲伤、安稳、流离、幸福、苦难、健康、病痛等不表，只呈现处变不惊的定力。

它拒绝回答我们所有的困惑，只给所有人一个：蓝色的轮廓。

墨痕浅

墨痕浅，心迹深。

谁在地上，走出一串脚印。谁在头顶，画出一行雁阵。

借过雨，借过云。借过霜，借过风。即使借来一地月光，都不如借来纸笔，蘸上墨，逐字逐句推敲，一点一滴抒情。

在一张纸上，写下爱慕和感恩，和着体温装进信封，贴上邮票，盖上邮戳，再把它，寄出去。

有人写信，有人送信，有人等着来信。一来二去，千山万水。

其间，有邮差赶脚，有燕子啄泥。有火车疾驰，有航班起落。有邮轮鸣笛，有红尘滚滚。

写信的，传信的，等信的，都是好人。墨浅墨深，都是水流过的印记，都是纸燃后的余烬。

没有提速的情义，就像没有速冻的冰层。慢慢温，慢慢热，慢慢化，慢慢开，最后才沸腾而出，滚滚东流，淋漓尽致。

有一张纸的宁静，再加一支笔的耐心，深深浅浅，不在路上，就在心里。

泼茶香

喝过了，泼掉，沏上新的。如此循环往复。

一样的纤指。一样的盏池。一样的动作。简捷，干净。

茶叶或绿或紫。纤指或玉或瓷。心境或沉或浮。

一生变小，一世变薄。沿一片叶子的脉络走来，汇聚。少顷，又在一壶山水里迷失。

舌尖似有世间苦味，呼吸又有自然的香气。即便是用那茶盖捂住心事，空气里，仍然飘荡盛开的四季。

说那浸过茶水的木桌，是一条大江或溪流。隔水相望，或隔岸观火，都能在彼此的脸上，看到人生的烽烟和水汽。

说那青花的茶壶，就是那炼丹的熔炉。叶片翻腾，煮着古今的闲话，也煮着岁月的秘籍。

所谓水淹金山、波漫柳堤，说的其实是三更的风雨、五更的鸡鸣。

所谓子在川上日，逝者如斯夫，讲的正是沾泪的袍襟、醍醐的容积。

喝过了，泼掉。时光温润，周而复始。

就在水没入尘埃的瞬间，你闻到一片叶子的香气。

月如钩

独上西楼，只为看到远处。如果有栏杆可凭，便更好。

我有一肚子愁绪，要向天空倾诉。从日出，看到日落。一直看到，星宿全了。

在闺中，穿针引线。我需要南来北往的风。需要一根银针，把一条弯曲的小路用尽。

还需要月光，打窗户照入，顺便照亮那些箱柜上镶嵌的碎花和银子。

不再翻动那些叠好的嫁衣。不再反复来到已经生锈的镜子前，化妆理容。

我早已布衣素食，在这座木楼上，深居简出。偶尔，被一本书里的情景感动。

花开在窗外，时有香气飘来。叶子落时，我便不再轻易出门。我怕迎面的风雪，也怕身后的洪水。

等到霜降庭院和两鬓，檐上的风声，从此，一阵紧似一阵。

想把自己的一生，画在一把折扇。想把你们的名字，缝进一个香囊。

挂起来，看着。揣起来，想着。走到窗前，向外张望：远处，你们正风尘仆仆，走着我曾想走的路。

月亮，注定要在最晚的时候，才肯露头。先是在暗黄的云层，之后跃上红色的窗棂。

待我看清一切，它只剩一瓣月瓤。它像一把磨得锋利的镰刀，被最高的檐角钩住。

这一生，清亮的心境，最近月色。就像单薄的影子，最近故乡。

月亮在我清醒时把我带到远处，又在我醉了时把我送回原地。

现在，那弯月牙就挂在小楼的一角，正好提醒我，把很多事忘掉。

原载《伊犁河》2021 年第 5 期

遗落的乡愁 ［五章］

丁济民

　　　　闪逝而去的岁月太过沉重。而夜晚是岁月的驿站，如豆的灯盏是夜晚
乡村的眼睛。

——题记

姥姥的纺车

　　纺车一转，多少年就匆匆过去了，人事沉浮，道不尽的沧桑一抓一把。唯有纺车，依旧留守村庄一隅独卧，不言，亦不语。

　　姥姥家的那架纺车，像生命之河中的一叶扁舟，搁浅于岁月深处，身上早已经布满了微尘。那是时光轻挪慢移的触手在轻轻地抚慰着它，留恋着远逝而去岁月的踪迹印痕。

　　纺车确实被时间的脚步抛开与遗忘了。

　　而它，被那双曾经布满裂痕的手抡圆，并发出嘤嘤嗡嗡的岁月，明明灭灭的日子都轻如秕糠一样地遁去；时光如同一张薄薄的、写满欣喜与忧愁的麻纸，在光影飞逝中锈蚀得已揭不开的缝隙里打望。

　　我仿佛看见，在已经远逝的年月里，年轻的妈妈驾鹤远逝了，我和三岁多的姐姐，成了四处漂泊、无处停靠的船。是苦命的姥姥眼眶里噙满了泪花，伸出了那双善良的手，将我们接纳。从此，姥姥就替代了妈妈，将我们拉扯长大。姥姥那一双皲裂着而摇动纺车的手，一双暗夜里昏花的眼睛，在广袤的中国农

村，在北部中原一隅，纺车曾摇亮了一页页纷纷飘落的日子，摇亮了淙淙流淌的生活；一盏微弱的煤油灯下，在纺车的"吱拗吱拗"声中，温暖而又贫弱的日子发酵了，焐热了企盼的明天与挪移的日影。

纺车卑微而又撩人的气息，把我带到了几十年前的光阴，让我仿佛看到了姥姥苍色的华发和那一双握紧岁月的手。在贫困而懵懂的日子里，姥姥的纺车"嘤嘤嗡嗡"着像一只蜜蜂，曾经剪短了光影的脚步、摇落了黑夜的幕布，摇亮了漫天的星斗，摇亮了乡村那片小院静谧纸糊的窗棂，摇亮了一个个漆黑而孕育希望的黎明。

把我少年时代缥缥缈缈的梦，也摇落到了天的尽头……

如今，姥姥也已经走了很久。她的纺车，也消失在汤汤流逝的日子里已不再回首。

纺车啊，凝固了多少个人间的故事？怀恋着多少个岁月的浪花溅流？还怅望着逝去的日子以及那双摇动而又枯瘦的手，孤独地守候在坎坎坷坷岁月的门口。

纺车不在，时光却匆匆向前了，浑浑圆圆的它，恰似一个时代遗落时间缝隙里的纽扣。

织布机

织布机，从《木兰辞》的"唧唧复唧唧"声中款款走来，走进了中国农耕文明的历史。却戛然失色与停滞在二十一世纪的门口，欲望五光十色而又波光汹涌、风云诡谲的今日。

那些个用你编织未来的日子，都如织布机上亮澄澄的牛角梭一样地忽闪着远遁了，连同那一张张淳朴苍老的面容，以及曾经抚摸过你的一双双纤细的巧手，也如时光波澜的树干上凋落远逝的叶子。时间的长河，在这里打了个结，锈蚀泛黄的日子风干着被卷曲起来而束之高阁了，而春风一样扑面而来的阳光，在时间的年谱上正得意地大步疾驰。

织布机，如同那些在岁月汤汤长河中，曾经与乡村忠实相守，而后——消失的、带有乡村体温的其他农具一样，在今天广袤的乡村深邃而又鲜亮的日子中，老病而咳嗽，累极了，悄然退役；无奈地看身后时光的身影淙淙溜去。身上无数的手纹叠印着四季青青黄黄的光阴，仍散发着土地温馨而明明暗暗的气息。

你是我们人类的老祖母哦，在爬满皱纹因年代久远又皲裂的面容上，让皇皇的时光做巢，孵化出现代时日中每一片亮闪闪的叶子……

一盏煤油灯

如豆的灯光，曾经燃亮了乡村贫血而灰暗的岁月。

时光远去了，光影散落，干瘪而风干的岁月长满干涩的苍苔。你却蹲在时间的一隅，凝望。如一颗颗隐在时光之后的痣。

回忆曾经被你燃亮的，那一个个北风呼啸的冬夜与夏秋虫鸣的夜晚，眼前，星光般闪现的人哦，青丝已变成白发，多少个村庄已长成高楼，温馨而知性的小路已被时光吞没；代之而起的是现代的宽阔和柏油与水泥的讪笑。煤油灯下曾经燃亮的那一沓沓泛黄的故事，却还在一个民族汹涌的血脉中滋滋泛活。

曾经，你与茅屋、红木桌（姥姥年轻时的陪嫁物）以及热炕同谋，度过了多少代贫穷窘迫的日子。日子匍匐着前行，你却如黄鹤般悄然隐去，如同街头南墙边那一排，曾经穿毛蓝色长衫短褂、腰系宽宽的布带，笑吟吟的耄耋老者，已渐渐隐入时间的背面和脚下灼热的土地。日子斑斓着剥落，煤油灯也像时光中的那颗美人痣，被挪移到快餐年代里日子的一个角落。

你啊，煤油灯——一粒粒如豆的灯光，会幻化为暗夜一颗颗星斗的，只郑重地拷贝在曾经被它照亮的人们岁月深处的记忆，像故乡的一味药，能让远离家乡的游子们淡淡的乡愁瞬间复活……

老粗布

老粗布是乡村没有走远的记忆。

老粗布缜密而又瓷实的经纬上，洒满了时代的亢奋与日月流转的叹息。

小时候，我清楚地记得，夜晚曾经是岁月的驿站。银亮亮的月牙和如豆的灯盏，是夜晚乡村不灭的眼睛。而老粗布是那个难忘的岁月里贫苦百姓一袭温暖的胞衣。

似乎每个村庄都有一个事物成为这个村庄骄傲的标志，或者说是村中一张姣好的面孔，抑或是村子里一个传奇。反正当年备受青睐，而风靡一时的四眼缯老粗布，就是我们村子率先值得荣耀的原因之一。

那一年，不知道从哪里突然刮来一阵风，让不事张扬的北中原乡村突然亢奋着，让食五谷杂粮的黄河故道的妇女们眼前豁然一亮。从此家家户户开始了模仿，开始了那你追我赶的织布竞赛。开始了让崭新的、五颜六色、花纹端庄的布匹，骄傲着走进了千家万户，走进了用轻蔑的眼光俯视它的遥远的都市。

四眼缯——一种乡村巧妇用奇巧的组合方式新织就的粗布，样式大方而新奇。风行了好一阵子。姥姥是我们村里一顶一的织布好手，还有有一双美丽的大眼睛而不爱说话的祥嫂，以及我年少的姐姐，她们整日里泡在织布机上，说说笑笑，用一双巧手织成了一匹匹布的传奇。那是当年每个出嫁的姑娘必备的物件；就像今天姑娘出嫁陪送轿车一样珍重，是展示娘家人心灵手巧的一种荣耀，也是父母家人由衷的心意。

至今，远离家乡的我，仍珍藏着姥姥多年前给我缝制的四眼儿缯粗布被子。被面虽然在光阴的河流中已经褪色，里面的套子也早已板结了。但，永不褪色的是少年时代的温情，是对故乡的一草一木永远也不会板结的记忆。

一张明式圈椅

这一张明式圈椅，像一条不动声色的游鱼，穿越了四百多年苍苍茫茫而又明明暗暗的光阴。明朝、大清、民国，是它栖身而游过的一个个苍茫的港湾，也经历了太多太多的事情。明代先人移民时叹息，清朝被剃长辫子的屈辱，民国南军北军的兵燹。最后，它旧了，累了，栖息在一座老屋的正堂。连它身上曾经坐着的一个老者也一脸的沧桑与迷茫。

两边的扶手已经被抚摩得油亮油亮了，椅子腿上的横木也被一双双布鞋、皮鞋、娃娃们的虎头鞋，踩得消弭了油漆，没有了尊严容光，扁扁的像被时间刨开了骨肉，裸露出惨白的木纹。

椅子有时候会在院里小憩，看飞鸟们自由自在地穿梭来去，看燕尾轻快地剪去残冬，看东方升起一抹阳春的虹霓；此刻，有风筝会飘向头顶的天空，大地上升丝丝的阳气。

椅子有时候也在树下听一听蝉鸣，感受这拇指般大小的动物在炎炎夏日激昂地吟诗。

椅子曾经在时光里惊悸地看兵燹劫掠，删改了一个个王朝与偏村云卷云舒的历史。

椅子有时候会惊讶孩提倏然就变成老翁，感受到无情而汤汤时光流水一样悠悠远去……

原载《延安日报》2021 年 11 月 3 日

空 阔 [组章]

郭 辉

雪雁飞

晴空一碧如洗。

雪雁飞——多像是天使抖开的一匹玉色丝绢。

湛蓝湛蓝的天壁，抹上了一连串一连串透亮的啼叫。然后，又一滴一滴拂拭下来，撒落在坦荡如砥的大野之上。

清远，明澈，充满了节奏感和幸福感。

我仰起头来，看到那些高八度的音节，一闪一闪，发着光，并且有形有状——

如一只只高脚琥珀杯，盛满了对爱的想象和冲击力，以及追梦者的情愫。又如一片片洁白的雪花，飘飘而下，储满了勃勃生机。

我忽发奇想——

今天，气象从容，万事万物都感觉到了神的存在。

这华色含光的日子呀，或许，正是雪雁的生日。

多么美好，多么祥瑞——动态的鲜活的如天空一样阔大的生日。

黑翼角鼓动着的魂灵，把万里蓝天，当作了永远飞翔，生生不息的

——巢穴！

寻芳记

时令已是秋寒了，却听得说，山深处，有一个叫七里村的茶园，还开着气

数未尽的花。

——就去。

山路瘦长瘦长，依稀可辨，就像是谁在故乡的皮肤上，挠出来的一道浅痕。

走在上头，能感受到它对我们的陌生感，和几许明显的不屑。

路边的茅草脱尽了水色，焦黄焦黄，有的冷若冰霜，有的阴阳怪气，使眼底下的山野，愈显苍凉。

而掠过鼻尖眉梢的寒风，似乎也愈加伤感。

多亏有一个穿着红色羽绒服的女孩，一边走，一边哼着莫名的曲子。

曲子颠颠簸簸，却给我们的寻找，增添了一点意趣与暖色。

翻了一道坡又一道坡。

过了一座坳又一座坳。

遇到过几户山里人家，有点头的，有摇头的，有的说是在上七里，有的说是在下七里。

有一位年过花甲的大爷，自愿做向导，领着我们在山里头，左一转，在一转，好不容易寻到一个小水库，坝上有一栋木房子，房子旁有一个苗圃，但早已人去房空，草木凋敝……

最终，我们什么也没有找到。

茶园呢？花呢？芬芳呢？

都像是隐匿在时间之外，人间的秩序之外……

龙拱滩

水要远去，船要远去。

而一条龙，把传说与风骨，留在了那里。

那年五月，我带着年幼的小妹，去到龙拱滩边。

水色正清凉，草色正迷茫，绿芝麻开出了众多的小白花，就像是准备淹灭春光的一场无情雪。

忽然起风了，起云了，滩头的白杨树，绿叶子一片沙沙响。

要下雨了吗？我对人间气象暂且一无所知。

荷锄的祖父告诉说——

晚上滩响，白天晴朗；晚上无声，白天雨淋。

小妹问：为什么呀？

祖父答：龙作怪呢。

我嚷嚷着要看龙，看龙口中的大宝珠。

祖父指一指江上——

雨天看龙，龙在雾中，忙着施法；晴天看龙，龙在水中，忙着拱滩……

一晃几十年过去了。

故地重游，祖父早就不在了，我也老了。而且，传说也旧了，江水也浅了，滩涂也瘦了。只有一座新修的拦江大坝，巍巍然站在龙拱滩上首，挺着腹，昂着头。不可一世的样子。

仿佛是它镇住了龙，又仿佛是在告白尘凡——

拱得翻的，那叫龙椅；拱不动的，那叫江山！

化 粑

过了大半辈子了，一直是待在资水河边的三堂街上。

甚至没有上过一次县城。

从没有过故乡的概念。就像谷米子磨成粉后做成的化粑粑，从来不把那一格格黄篾蒸笼，当作自己的故乡。

父亲早早就死了，只有娘亲带着他，苦挨苦挨地过日子。

渡船码头上首的饭铺里，刚出笼的白生生热腾腾的化粑，天天香气扑鼻。

他常常叫花子一般望着，望着，馋得流口水。

好心的大师傅跃爹，只要瞅着没人了，就会偷偷塞给他一个。有时还叫他，给娘也带上一个。

化粑粑软，化粑粑甜，怎么吃也吃不厌。

读了三个四年级后，他宁愿被打死，也再不去上学了。

凭着蛮蛮的一副身板，几斤蛮劲，他天天跟着街上的搬运工，下码头担石灰，担河沙，担鹅卵石，挣上几个小钱。

多多少少，为娘减轻一点负担。

可是后来，娘一撒手，也撇下他走了。

他只得一个人讨生活。

在白铁铺里，打过克铁匠的下手；去白合庵旁的茅棚子底下，守过尧丝村的山；还在河里驾过吃喝拉撒睡都在一起的渡船。

手里有几个钱，就去买化粑粑，常常是一日吃上三餐。

街坊们都说，他就是吃化粑的命……

我再次见到他时，是三十多年之后了。

在一场喜宴上，席面快要散了，他端坐于一张杯盘狼藉的桌子边，顾自吃着残羹剩饭。

头发僵乱，脸面油黑，皱纹如镂。特别打眼的，是一脸的兜腮胡子，像一蓬入冬的野草，里头还裹着两三粒白米饭。

目光迟滞，旁若无人，像是一尊泥塑。

我心里头不由一紧，一时百味杂陈，百感交集。

如果走上前去，他会认得出我这个儿时的玩伴吗？

我早就忘了他的真名实姓了，但一下子就记起了他的小名——
化粑。

原载《散文诗世界》2022 年第 1 期

桂子花开 ［组章］

王忠民

桂花，秋天最小的灯笼

紧踩农历的节气。在八月，桂花尽情开放。

一朵挨着一朵，玲珑小花。淡黄嫩蕊散逸着芬芳。细软而绵长。

这是秋天最小的灯笼，为打马而过的人指引着回家的方向，千山万水，都抵不过故乡的月光明。

风仍轻轻地吹着。谁的身影，站在高高的山冈上，曾经挺直的背脊，被张望多年的幸福压伤。

可你，依然在寂寞中清醒，吐出露水和星光。

把剩下的时间，交给桂花临摹吧，像一幅画一样只展露美好的部分。

我用衣袖拢起花香，在一阕词中安顿下来，朝暮不离，深居简出，听凭月光，将三千青丝染成白霜。

月光，窖酿桂花酒

这是幸福的季节，约定的佳期降临。

天空明净，日子丰润。河水正安详地流去远方。十分秋色，随着蝴蝶，落足在桂花树上，香气漫过村庄。

我们都是胸怀美好的人，绝不错过任何一场盛大的花事：白日采桂花，夜晚引月光，

淘洗心事、密封、窖藏，慢慢脱去柔韧，化成剔透的酒酿。

解下青玉佩，执起琉璃盏，让我们一同饮尽这尘世的悲欢。眉目流转，唇齿间，唯余甘甜在白露降下时，怀抱着星光入眠。

醒来之后，我把所有的语言细细地翻检，不提陈调，不赋新词，只说彼此醉去的感觉，比羽毛要轻，比花朵要重，像一根古琴的弦，走漏了爱的风声。

折桂花为药引治疗相思

时候到了，红苹果和紫葡萄都走了，桂花也渐渐地淡了颜色，流萤做着最后一次飞翔。微光闪烁，像星星坠落的眼睛，洞察了秋天的秘密。

风已经凉了。吹过的孤灯映出一个人的身影，一如传说中绝尘的桂花仙子，青衣夜行，脚步轻轻，露珠沾在她的衣襟上，擦亮浮尘，勾勒出心上人的线条和眉形。

深夜，我在水边折桂花为药引，这是治疗相思的妙方啊，请你带上锦帕，拎着词句，吐出失散的光阴。此刻的月光正好，适宜让泪水相互投奔。

酒窝里并不盛酒，只盛香气。我们折下的桂花，晾晒或风干都可以，睡在蜜糖里，被命运的纸张包裹，潜入诗歌，比喻幸福和爱，返璞归真，简单生活。

重阳夜，阳台的桂花

夜半，桂花开放的声音，惊醒在黑色里沉睡的清香梦境，在尘世的茫茫里，谁点燃了烛光？

这么多花突然出现，却仍然不被人看见。这金黄、这孤独、这妖冶，完全不像它存身的世界。

今夜已是重阳，我站立在阳台，寒露从夜的黑色中沁出，一颗流星在无人注意时，不能被天空留住，凋谢不可避免。虽不愿接受，但存在的这事实，被这些桂花忽略。它们正在创造璀璨，创造转瞬而逝的回忆。

突然冷雨敲窗，击打暗处里的幽梦。一片秋池其实比一颗忧心大不了多少，也会涨满，也会疼痛。雨点不停地打来，让它不时泛起一些悲凉的事情。

你可以抵御一场风暴，可你抵挡不了一场秋雨。试问，尘世里有哪一种忧伤，比一场秋雨更寒冷绵长？

你随着秋风秋雨，举着金色的杯盏，撩起裙裾，香气袭人，裹挟着不易表达的欲望，将那些云朵纯洁的身世，尘埃落定。而你的内心是何等的平静，只泛起些许涟漪，而外表，依旧波澜不惊。

原载《草堂》2021 年第 11 期

册页：乡村书 ［组章］

鲁绪刚

落　日

收起散落在山峦间的衣袖，以行云流水的脚步，完成最后的歌唱。

来或者去，都不带一丝尘埃。

色彩是最脆弱的火苗，不用吹它，自己就会在时间里熄灭。

赞美只是一种廉价的商品，过多的购买只能加快生命的坠落。我选择了沉默。

选择了爱和恨，把记忆撕开。

曾经的情感泛滥，让身体受伤。甚至一路走来，失去了地址和姓名。

仿佛前世的约定，我必须把思想交给土地，让高贵的孤独成为一缕轻风，成为众多目光下无法捡起的虚荣。

一座村庄

方言还在。镰刀坐在土墙下，早已不再开口。一座村庄在孤独中享受孤独，有谁能从纵横交错的山路中找到答案？

时间盗走了火柴，把几颗孱弱的星星留在天空，藏在泥土里的阳光，时时刻刻想挣脱束缚，完成一次涅槃！

一座村庄碰疼了一代人的脚趾。

青春和血液，在泪光中汹涌。

一座村庄被一盏油灯困住，昼夜干咳，握不住的流水和衣袖，在童年的草尖上摇曳着风声！

一座村庄缄默着，道路就和车轮一起生锈，只有炊烟，依然抬起村庄仰望的高度。

黄　叶

就是这漫天黄叶，犹如我们撕掉的一页页日历。

岁月暴露出了软弱和无奈。亘古的犁铧坚持用伤口擦亮自己。我们赖以生存的生命的泥土，埋葬我们也给我们生长的力量。欲望在这一刻被压抑被消弭。时间不满足这样被迫的选择，报复着我们的肉体和骨头，骨髓和脉管是我们走向远方的道路。

剩下具体的事物本身。仿佛奔波之后卸去的红尘。卸不去自身的痛苦、遗憾和热爱。

只有灵魂一直想开口说话。

尝试接受这些散落的语句和修辞，彼此说出内心真实的感受。就像必须要喝的一杯苦酒，选择哪种喝法此时都不重要。

一片黄叶正擦着我们的颅骨落下。

草　垛

倘若令冬天旷野中流浪的草垛，找到它自己的故乡。

我们必须歌颂泥土的博大与慈爱。

尘土灌满了肉身，接着蒙蔽了太阳的眼睛，无法看清远处的瓦檐与炊烟。雪踩过我们内心最柔软的部分，把一种叫疼痛的感受强加给我们。压抑的灵魂在微弱地喘息，释放出最原始的悸动。风更加肆无忌惮，咬啮我们的四肢和傲慢的头颅。

于此，我看见。日子一直在飘忽不定。

我的瘦小和单薄，我的弓着不能再弓的腰，必须承受骨头上的阴影和岁月留下的斧痕，以及那种断裂的声音。必须扫净思想里的杂念，单纯地在有限的生命里活着。

让我们膜拜土地，感谢它的恩赐、芳醇。

只要能渡过自己的旋涡，哪怕成为一把土一缕焰火。

风中的叶子

我不想把风中的叶子形容成生活。

曾经选择过逃避，挣扎，迷茫，随波逐流。我只是把它当作一个梦，还在阳光下酝酿一次次突围。

岁月是我们随手扔出的纸，皱巴巴地，蜷伏在路过的某个角落。

日子像一位拄着拐杖的老人，时不时地需要我们去问候一下，搀扶一下。我们在云彩下面，杂草一样兴衰。

把忧伤翻出来晾晒，时间是雨天里的咳嗽声，那么轻。天晴了，看不到一点迹象。

我不是有意，要回避内心的感受。那片刚刚远去的叶子，它留下的空白，找不到一个准确的词去填补。

原载《散文诗世界》2022 年第 9 期

第二辑

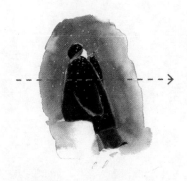

镜像中的我

卜寸丹

引子：很多东西都在沉睡，等着你来唤醒。

1

我摸了摸身上的羽毛，它们都还在。

它们一片一片，密密实实的，在夜的灯光下泛着薄薄的光泽。

飓风，急雨，晨光，风的声音，止息在我的身体，我黑色的眼眸里。

2

那个新鲜的婴孩，那些茂密的光阴！

无数重叠的我。

像一枚指纹。

那是我的密令。不可更改的命。

3

就像街头偶遇的一个女人，一转身，你便失去了她所有的蛛丝马迹。

我们处在彼此瞬时的孤立里。

躯壳。剥落。

新的生长。

4

沉默的铁、黑黝黝的铁在人间。

我们将它打制模具、兵刃，或维持转动的零部件。时间与火焰都沉寂在它体内。

铁不说话。它只生锈。回归不可言说的开端。

5

我深知羽毛的好处，而迷恋于飞行。

而我的父亲教诲我要脚踏实地。他拿着斧头走向山林，他在洁白的纸上写下诗行，他在实验室里发现事物的秘密。

孤单如他。

富足如他。

6

那些蹚过荆棘的人，不屑于灰尘落在身上。

那些真正活过的人，不屑于哭灵人空洞的祷词。

7

我的爱人，黑夜中回家的人，全身闪着光，正如我看见的晨光中的那匹雄鹿，他头上的角庄严地耸立，他远远地回头，留下一帧不可磨灭的剪影。

8

我包裹在一颗斑斓的灵魂里。

而我常常只是固守在日益陈旧的躯壳里。我无法像一棵树，可以被砍伐，可以不断生长出新枝。

9

我的羽毛最终亦会枯萎，像枯萎的树叶。留有虫子的空洞。留有世间所有的雨露的精魂。留有光。留有风暴。留有愤怒、温柔的情绪。留有羞愧。

10

镜子的意义。就好像虚构一场旅行，虚构无边的葵花地，它们在阳光下，呈现青铜的质地。就像幼小时漂泊不定的生活，就像中年的一个梦境。只有入睡以后，梦才会来。

11

那天，我在阳光下扇动翅膀。多么斑斓而充满力量的羽毛啊。而它们，分明又是如此轻盈。是的，它们密密地包裹我，托举我，闪着梦幻的光泽。所有的句子在内心涌动，我想带着它们飞翔，而我又想把它们安放在此刻我站立的大地。那孕育我的大地！

12

我在天空飞翔，我会投下阴影吗？

我听到那么多的声音，但没有一个声音是我的，或是可以描述我的。

像灰烬，我舍弃了虚无的明亮，我选择了凉薄的真实。

13

我的父亲。我曾经描述过他，只在黑夜里张开翅膀的父亲，永归黑夜。他仅在城中留下一个小小的房子，留下我们在小小房子里历练、试飞的记忆。

多么令人沉醉的时光啊！

"你会飞起来，孩子，你甚至不需要风！"他说，"张开你的翅膀，孩子，你看，你那么完美，你不需要任何依托。"

14

我小小的母亲。我曾经以一条河流来称颂她的母亲。我事实上与她同体，共生。当我扶着她的灵枢送她回到出生之地，我觉得我就是她在水中的倒影。我是漫长的流逝，是世间万物的缩影。"歌颂它们，孩子，即使是卑微的，即使是那些黯淡无光的事物。"

15

我是一个长着羽毛的孩子。这是我的骄傲，这也使我获得异质而附加的落寞，尽管这种清欢也是我所快乐的。我渴望飞在空中。那是风暴的中心。在那里，那些越位的物件、思绪，越来越远离正统的秩序，那些疗伤的人，那些禁锢在一小块阴影里的执念与爱，父亲交给我的一片钥匙或可借来一用。而来路苍茫，早已看不到我的行迹。如风摘走最后的叶子，倾注着倦怠。我们在空气的镜中看到裸露的自己，我们正在丢弃自己早已破碎的雏形。

16

春天的雨水落在我的心里，生出了根。

旧疾复发，生出隐痛，就像这么多年过去，我仍无法形容的所有的悲伤；就像一片在雨水中长成的叶子，除了枯萎，它再也无法褪尽颜色。

站在春光中，我们是透明的，我们之间，我们与天空之间，仅仅隔着一层——玻璃。

17

那天，在冶力关，马驮着我，走过溪涧，草坡，阳光暖暖地照着，我们都不说话，我们只是默默地前行。马的皮色、鬃毛与我的羽毛一样，油亮而沉静。此刻，我们都是一匹独一无二的小兽，此刻，我们互通彼此的秉性与温柔。

18

有些人死在书里，有些人从书里活了过来。有些人固执地在纸上画上万物之形，有些人正将一匹马表现成烈焰，将爱表现为水的流逝，将万物变形为情绪与思想。我把饱满的心灵一点点地切割，分享给你，直至将整个的我祭献给命运与生活。这仍将是毫无意义的。如果我不能超越我。

19

我从一条河流出发，抵达另一条河流。一只迁徙的鸟，怀抱密集的无可分割的水，涌荡大地。河流纵横交错。夜色苍茫。满天星光，在天幕上，也在水上。

20

我是否需要经验？我想，在我的有生之年，我都会远离这个词。我永远记得第一次飞行时的胆怯与笨拙。但那是本能。飞，是我的本能，胆怯与笨拙也是。风，掠过空中之羽，我由此步入自我的流亡与发现之途，而终其一生，我们其实仍是在不断地回到这简单至极的初始时刻，我们所有的寻找仍是原初就已经拥有的这些：珍贵的天真，去掉所有虚饰的天然。

21

我所言说的东西，并非以前的东西，或眼前所看到的某种存在（脱离存在的实际）。那个具象的事物并没有消失，就在眼前。但是，我们之间却有着无法逾越的距离。时间、经历、不可言说的庞大的精神的图景，将我们分隔。我们通过语言的交流与沟通是无效的。这时候，我舍弃了语言，而选择了诗。

22

每一个位置都是重要的。我们在位置的转换中，会自然而然随时完成身份与角色的转换。我们目睹一个孩子的成长，他们年少的时光那么短暂，而后又匆匆相爱，筑起脆弱的家。再眨眼间，风霜早染白了他们的头发。我们目睹着这猝不及防的苍老，一生竟宛如一天。我们甚至说不清楚这一切是怎样一点点发生的，而众多的个体之间又有什么不同。生，或者死。怎样结束？

23

"他们在苦熬。"福克纳在《喧哗与骚动》的结尾这样写道。是啊，谁来描述这些高贵的世间的生命？谁来描述他们在短暂一生所遭逢与经受的一切？谁来描述无名者流离的命运？万物度过漫长时日里的普通与不凡，像我所飞临的黑夜的高空，闪现高远深邃并且不可侵犯的特质。

24

我想，我们对语言的节制即是：我叙述下自己，我不复存在。我们对语言的谨慎即是：我描述下自己，我是语言的幸存者。语言一经说出或写出，它表达的就是思想，紧贴你的灵魂的气息，是缩微的你，除此，不可能是其他。

你从自我出发，又回归自我，在自处或他处中，最终重叠出那个新我。

25

时间的奇妙是它充满了虚幻性。它碾碎一切现实的存在，而幻化成虚无。

在时间的长河中，一切的荣耀、权力、悲伤、欢欣、焦虑、嫉恨都会消失，包括我们流下的真诚的热泪，我们心存的善念。在这个永远无法破解的魔咒里，时间模糊了所有的面孔，虚化成一片白色的羽毛。

是的，唯有时光可以见证与倾诉一切。建筑与摧毁一切。

26

这座南方的小城镇多雨水，多梦境。他们趁着晨光，将婴儿的胞衣装进黑砂罐子里，丢弃在河岸水边，他们将去世的亲人抬进高高的山林，入土为安，他们从大年三十守岁辞旧迎新，在来年谨遵时令与节气，开始新一轮周而复始的劳作。他们在小餐馆里闲聊，去影剧院看场电影，练练香功、太极、广场舞，时兴什么就风一样地去练什么，他们生病了，就划水驱瘴，婚嫁生子，亦有自己的习俗规矩，在散淡中，一生就过去了。如草木一秋。

27

在我生长的家乡，很长一段时间，我都以为我的家族是唯一长着羽毛的族群。在幼年的时候，我就知道这个秘密，我怀着隐隐的担忧，自然而然地知晓而又自然而然地一直守口如瓶。我的母亲告诉我，我是在猫村出生的，她接连地怀孕，几乎是一年一个，而那时候，还有繁重的工作，她实在忙不过来，就将我送到了舅舅家养着。那里叫月门楼，距离兰溪不远。她在每周末的星夜走几十里地赶来只为看一眼我，然后一早又消失在清凉的晨色里。除了爱，她没教我任何东西。甚至也没有叮嘱我要保守自己不同于人的秘密，比如，我是一个长着羽毛的孩子。她从不忌惮那些异样的目光，或人言。而我的父亲用他一生告诉了我一个身怀绝技的人是什么样子，一个父亲是什么样子，一个孩子，获取多少爱是最恰当的。他在黑夜里告诉我怎样振翅飞翔，他亦告诉我怎样敛翅，怎样让片羽散发淡淡的光，怎样在孤寂中坚守倔强的内心。他说："恶魔端坐在镜中，但，你要看到你自己。"

28

抽离臃肿的修辞，语言凸显出骨架。抽离行为的意义、细节之能指与所指，思想将失去依存之地。其实，诗之奥义就在那里，与所置的时代没有任何关系。当我们变着花样去谄媚讨好去逢迎接近它时，我们反而离它更远。

29

打开一架钢琴的内部，那是一整套严丝合缝的庞大的运动系统，它们推动着那些音符与尚未诞生的生命之音，演奏家精准地捕捉与操控了这一切，流泻而出的音乐在空气中震颤，纯正、执着、绚烂而辉煌，它们消失在空气中，美妙而又近乎残酷，艺术的无力和本真，展露无遗，显示出一种宿命般的神秘性与悲剧性。那个演奏乐器的人就是诗人。演奏的技艺只是策略。就像我飞行的万千姿态。那些从他人口中细枝末节所拼凑出的形象、认知、零碎的评价，只会让我不断陷入反思：到底什么才是真实的自我以及由真实自我感知的所得？

30

一个盲孩子站在河岸，朝霞满天，光明一点点吞噬了他；当夜色升起，黑暗也一点点吞噬了他。失去对立，世界在他小小的身体上趋于严酷的统一。而他本身，成为一个发光体，一个描述生存实质和灵魂状态的发光体。在这里，象征、寓言、梦幻、现实，胶着而构成一首诗启示般的尊严。

31

很多次，因为突变的天气，因为倦怠，我停止飞行。我看到黑色礁石下涌荡的大海，看到落日坠落在青山之上，花叶在晚风中颤动，黑夜即将拉开帷幕。万物的卑微只使我怜悯，却并不能打动我，正如卑微而低级的爱只会令我心生厌弃。除了光明，我更在意废墟所历经的消失，那些得不到回应的爱，那些鲜衣怒马的青春，那些喜极而泣的悲凉，那些滞重的思绪，宛如打开诗人一部断裂的残篇。历尽万劫，这原本就是一个诗人完整的生活方式。

32

一条幼虫，根本还没有长出斑斓之翅。

它需要不断地从一无所知的世界中攫取养分，而后将自己彻底地融解，萌生而化成新的形态，直至雕琢成内心完整的塑像。

33

"那是什么？"

"鸽子。"

提问者是我75岁的母亲，回话的是陪在她身边的我的儿子，18岁。

这是母亲留给我的最后的语言。

当时，刚从医院把她接回到我古道街的家中。

她尚还能坐在轮椅上。

她从书房的窗口望向天空，一群灰鸽子疾翔而过。瞬时便无迹可寻。

她的提问，短促，清晰，完整，有如箴言，镌刻在我的灵魂里。

在生命的最后，她给我留下抑或是设置了这样一个布满隐喻的场景。这注定让我在失去她的长长的余生，在无数寂静的独处的时刻，能与她不断地猝然重逢。

34

我抖动翅膀。

我将放弃一朵流云。

放弃那些银饰般幽暗的诱惑。

放弃命途中缄默的秘密、心中的羊群。

我将留下阴影、界限、清晰的轮廓，我将返回被驱驰的事物的内部，孑然而独立。

35

飞翔的奥秘是速度。

那，也是诗之精魂。

36

在星月之夜，我写下第一行句子。

我顿悟羽毛之秘密。

我一下子看见了我的同类，那些美好的诗人，那些长着羽毛的孩子。

除了指认，我所拥有的羽毛，只是在我想飞的时候就能飞起来。除此，无任何作用。

37

我注视着父亲。这个英俊的充满理想的男人，这个长着羽毛的男人。彻底地消失在世界尽头。任何一个他心爱的孩子去唤他，也都再唤不醒他。永逝之时，他的羽毛仍附着他的肉体，却顿时失去了所有的力量。他彻底松懈下来。他的决绝令人心痛。但他是完整的，他的一颗独立的心是完整的。时光的尘土，也无法掩埋一切。自此，若我迷失，我必得自己判别方向，若我流泪，也必得自己拭去咸涩之泪。所幸的是，我成了他引以为傲的孩子，是他的根脉，是他遗存在世的骨血，我们仍将在不断的飞翔中看见彼此。

38

诗，永未完成。

原载《柳洲》2022 年第 3 期

乡村的剪影 ［二章］

姚永刚

河畔小菜园

母亲河的一条支流，蜿蜒傍村，绕山过岭，一路腾挪跌宕，穿石叮咚东去。沿着这条河，就走进天仙配的民间传说里。

经春秋，历战国，先贤曾子和庄子曾经感于村民，"进儒退道"，仁义尚德，遂留村传道于民。村子因之便有了一个内涵深远的名字。村口那棵古槐，主干中空，树冠遮天，许是老牛栖息过的那棵有灵气的树吧。

千年的耕云种月后，山乡巨变。蔬菜制种，特色养殖，乡村旅游，光伏发电，让镰镐锨耧、碾磨碌碡，成了挂在村口迎宾墙上的乡愁。俯首耕耘的老牛，从田野里走进墙画中。悠远的哞声，仿佛有万般留恋与挂牵。

村西河畔，曲径通幽，尽头，是依山就势参差错落的传统古居。石古墙古门楼古。硕大的锈锁，锁着一个个高大的土墙院，也锁着几多男耕女织的人间烟火和俗世悲欢。

秋蝉嘶鸣，绿意葱茏下的仙女河，流水潺潺。碧波映日，庇于树荫。开阔处，溪水清冽清净，饮浣两相宜。左岸一高台，巨石为堰，辟出三分小菜园。小白菜、上海青、红白萝卜等时令蔬菜横排纵队，缨苗青青，恣肆生发。间植的玉米，已抽出青黄的棒子。青红的须，偶随风动，似乎能听到茎秆拔节的声响。白日当头，溽暑仍存。一位老人，坐在低矮的竹凳上，给长势稠密的小白菜疏苗。凳挪人走，手脚麻利。她的专注专心，她对农事的虔诚，她对土地的怜惜，把红白格子衣衫的背影，洇湿成田畴里拙朴的剪影。

蓦然回头，她发现了我，定了定神，便掬起一大捧菜苗向我走来。"要不要，送给你，地头还有，随便拿，回去做清汤面，好吃得很。"接地气的实诚话。娇嫩的幼苗，散发着甜淡的清香和泥土的濡湿。那似有似无的叶绿素味道，十分熨心。她的勤劳，她的淳朴厚道，她对陌生人的热忱和大度，是传统文化哺育出的乡村品格，让我立刻想起晴耕雨读，更想起远方的母亲。那时的这个年纪，她和这位老人一样，在自留菜园里从事同样的劳作，拥有同样的秉性和格局。

土地是慷慨无私的，用丰收回馈每一位常怀敬畏之心的躬耕者。

小小的自留菜园，是乡村的原生态菜篮，更是留守老人特别的心灵寄托，诠释着勤谨节俭的传统美德。她会有个好收成。

在这偏僻山野，从田间归来的农人，皆会主动与你打招呼："上来啦，回家歇歇喝口水吧。"如同偶遇故交。高亢爽朗的方言，是暖心的乡音，有客套，有亲昵，更有不是亲戚胜似亲戚的别样情愫。

老人身后，越过青纱帐不远，白墙灰瓦的两层楼院规划整齐。高大的宅门上，镰刀锤头的党旗猎猎生风。

南山农家小院

置此情境，自然想到"采菊东篱下，悠然见南山"。只是，此南山，非诗中陶翁所吟咏的南山。

——南太行的王屋山脉，秦末汉初"商山四皓"隐居之地。东园公唐秉、夏黄公崔广、绮里季吴实、甪里先生周术，四大名士的高洁遗风，拂过千年，泽被着国家级森林公园里的这个村落。四皓曾经远离尘嚣，遗世修行于此。森林氧吧里的村庄，而今成就瞩目，美誉驰名。

石坡爷、花姑奶朴素的农耕传说，锻造出纹路如花的石头。石上花草繁茂，古柏参天，衍生出绵延了数千年的村落。素洁、亘古、顽强、奋发，是村落的精神特质，也是村民改变命运的底气。

2000 余年后，初秋的阳光，扫过南山茂林，揽村入怀。阳光还是当年的阳光，只是，人世沧桑，弹指一挥间。

石板大街，青砖灰瓦，回廊木榭，亭台小阁，翘檐斗拱……

清音巷，原外巷，琼瑶巷，东篱巷……

橙黄的玉米辫，火红的辣椒串，临街垂挂；山墙根，大门外，菊香引蝶舞。棕榈，椰树……景观绿植，守墙护院。

仿古不泥古，古风出新韵，耕读传家的内涵，有了现代意义的拓展和升华。

一座"福泽绵长"的五美庭院，喜气盈门。院内，大红双喜中国结，高大的盆栽肉桂，长长的绿萝，物以类聚，各归其位。修竹葳蕤，更让氛围喜而不俗。透明遮阳棚下的两层四合楼院里，停着一辆崭新的白色轿车。淡蓝色的手工粗布作车衣，上面盛开着百合碎花。宅门外，树荫下，有老人在逗趣小推车里的婴儿。

山水藏金。水绕村转，有湖有潭。湖潭可观鱼，莓园任你摘。可到愚公渠里体验声光电音乐漂流，可马放南山，森林里滑雪，可到梅园嗅蜡梅飘香，亦可观非遗铁花飞溅，赏五彩灯展；可到民宿里读中外经典、品现磨咖啡，可在"沁园春"群艺戏曲里一甩水袖……资源变成资产，资金便成了股金。昔日的贫农，就成了如今的股东。

村在山林中，人在图画里。

——山乡振兴的标签，新时代新农村的样本。

生态宜居，产业兴旺，乡村旖旎，人竞风流。

原载《济源日报》2022 年 9 月 22 日

访大沙河 ［外二章］

马东旭

清的。净的。明的。

这是豫东平原的春日，我的欢愉是小的，小小的欢愉。又是紧的。蔚蓝的天穹下，浅草没着马蹄。马向外界发出嘶鸣。

于此，我见天地。

与万物开始蓬勃。麦子准备拔节，桃花吐着骨朵。儿子放的纸鸢越来越高，它要飞向哪儿？

但有时我只能见到有限的身在，见不到无限的行魂。见大沙河的水东逝而去，一群肩上有尘土的人在凫水，洗涤着一个个干净的"我"，呈现出最美的姿态，他们的公狗腰有阵阵弹力，在旋涡中扑扑通通。春风和煦，为他们吹拂也为我吹拂。

我变成一只唱歌的黄鹂。

在枝头，与巨大的寂静对抗。

我的身体将在空中发出震颤，是空气中一闪一闪的洞穴。卡在让人看见与看不见之间。

返家途中有感

晚安，黑色草木。

晚安，黄色街灯。

晚安，白色月亮。

晚安，蓝色银河。

晚安，种种色、声、香、味、触、法。晚安，七情和六欲。晚安，我的情人，你是我骨头中分出的一小块儿，是我血液中淌出的一小滴儿。我与你求同，忘掉异。晚安，树丛中的小野兽，遵守着丛林法则。晚安，屋檐下的小飞燕倜傥，穿着黑色的燕尾服飞来飞去。晚安，汪汪叫的黑子，看似无情却有情。晚安，黑黢黢的棒子地，叶片呼啦啦地响。晚安，蟋蟀低鸣，对着旷野宣言。

晚安，我坚定的信仰之塔。

晚安，犹有陈楚之俗的申家沟。

晚安，丰盛的世界。

晚安，一座沙漏，和微鼾的人间静待花开。

梦会飞向更幽更远的地方

在这奇妙的夜里，其实，我清空了自己的身体。

梦是归于另一个世界的。身体与梦隔着一层透明的薄膜，但永远戳不穿。梦是恒变的，更多时候是随性的，不连续的。桃花朵朵开，它的芳菲尽在干净的小院，属于黄岗镇、宁陵、豫东平原，属于中国，它不一定属于梦。梦中是嗅不到香味儿的，梦中没有嗅觉。

身体是梦的一个托盘，仅仅是。

倘若我不醒来。

梦会飞向更幽更远的地方。

原载《湖州晚报·散文诗月刊》2022 年 8 月 27 日

高原行记 ［六章］

王 妃

石头与玉

养在深闺无人识的石头，不是淳朴的边民垒起的，不是在游客脚边被踢来踢去的。是你盈握在手心的，给你安全、温热和喜悦的——

乳房一样的石头。

在暗夜里，像淡淡的月痕，像纳木措的湖水，有飞翔和涌动着的横纹。

你舍不得松手。有乳汁流进生命。是你幸福的源头。

那石头啊，是小母亲温润的玉。养育着你。

石头与誓言

因缺氧而呈乌色的嘴唇，在石头面前颤抖着念念有词：舍利子，是诸法空相，不生不灭，不垢不净，不增不减。

转经筒在风中沉默，有一股前人推送的闷响在筒内膨胀。

你来过，我来过。石头上有你的指纹，指纹里有我的体温。

我记得那雨天，你粗重的呼吸把雨声压得很低很沉，仿佛石头堵在我的心口。

雨过天晴，仿佛世界换了新的天地。车轮带走了行旅人的疲惫，我把吻印在小小的石头上，把誓言留在雪域高原的风雪里。

石头与湖水

我是一个怀揣着石头奔赴羊湖的人。

这石头里藏着血，藏着泪，藏着太多的爱和无奈。

排着长龙的车队缓慢攀升，钢铁也有坚定的虔诚心。天空高远，云朵下凡，我想把石头掏出来让白云擦一擦，让湖水洗一洗，让石头还原为石头。

坐在羊湖边，湛蓝的湖水照见我肿胀的双眼和乌紫的嘴唇。

好想纵身一跃啊！

我愿那深涧里的油菜花只开不败，我愿那湖水洗掉所有的行迹，洗掉你，洗净我自己。

因为呀，只有纯洁的石头才配得上羊湖。

石头与街道

游人如织。

我惊讶有那么多假扮伤心假扮快乐假扮淳朴的年轻人，在石头垒起的八廓街巷里，演绎边地风情。他们在摄影师的指导下占据着街道的中心部位，摆着夸张的造型。

脸部刻着沧桑横纹的原住民纷纷远离，骨子里的忍和让给假象腾出空间。

我是一个看不出悲喜的旁观者，谁能模仿我身藏石头和罪孽。

站在街道上我恍然，被驱离久远的玛吉阿米又回来了。我苏醒的情感从冰冷的骨头里开始往外推涌。真是悲喜交加啊！爱的那个人早已消失，但经幡还在，情诗还在。

幸好有墨镜和防晒服遮掩着，在大昭寺前泪水横流的女人不丢人。

我不信佛，但深感肉身沉重。行走半生，心里注定有无处安放的人，无处安放的石头和罪孽。

石头与宫殿

卞卞的红，牛奶的白，牦牛毡子的黑。

一座宫殿的基色，饱经千年风雨的侵蚀却屹立高处。

朝圣者趋之若鹜。虔诚者叩拜着，竹板啪嗒、啪嗒……

只有石头能给予如此清脆的回应。

石头撑起的神秘，曾经高高在上的神权和政权啊，落入了人间。

翻身的农奴后代熟练操持导游词。一座石头垒砌的宫殿，舌头卷起浪花般的诉说，分不清是史实还是传奇。

石头与女人

有信仰的人多么幸福。

他们拜绿度母、白度母、拨着转经筒，走山路走水路走天路，灵魂登着梯子进入轮回大道。他们口中念念有词，在金盏花、果汁阳台、格桑花盛开的石头垒起的宫殿里，瞻仰松赞干布和诸位高宗大德。

文成公主柔弱偏坐于一隅，以和亲的姿势，成为神权的陪衬。

她线条纤细，有大汉的硬气撑着，在海拔 3700 米的扎西次仁山上稳稳扎根。

她的眼神温顺如一头母鹿，我愿——

那是对爱情的屈从。

原载《星星·散文诗》2022 年第 4 期

蒙古马 ［组章］

王占斌

1

当长调卧成青山，群马在青草的丛林里嘶鸣，大风就从蒙古高原的鹰翅上落下豪迈，成为马鞍上站立的闪电。

蒙古马的双目如鬃毛立起，鬃毛若长剑，在大草原上寻觅彪悍的骑手。

锡林郭勒、科尔沁、呼伦贝尔和察哈尔，熟稔的名字一次次被暮色清洗后，包裹进毡包。

如果说草原上的烈酒被马头琴温烫，蒙古马的野性，一定是牧马人酒醉后赤红的脸膛。

赤红的豪情和梦想，在一片辽阔中回荡。马蹄的鼓点，深深的痕扣印入大地，像马莲，像绽放的雷，像蒙古人流淌的血性，在银碗里急速燃烧。

马匹的腹内敞亮，上马高山草甸，下马沙地草场，在荒漠的尽头，蒙古马的鼻腔辽阔，辽阔在高高的山冈。

2

邂逅一匹蒙古马，如邂逅一个失散多年的兄弟。它一声不吭，在塔拉的晨曦中倾诉着坚韧。

曾经掺杂的匈奴、东胡，以及鲜卑、突厥的印记，已然褪得痕迹全无，命运让它有了自己的名字。

在蒙古高原，大兴安岭和阴山纠正了蒙古马的发音。顺着乌拉盖一路向东南，圈出河套的马蹄，这奔腾不息的母语的河流，成为欢快而又润泽的马槽。

太仆寺是有记忆的，曾经的马市烙印一样，刻在蒙古马宽阔的额头，也刻成一枚地名的印章。

它们成群结队被作为钢铁，从察北流落到大同、宣化，蒙古马，背负落日的铁骑一路呼啸而来。

风沙总是在边塞扬起，蒙古马的铁蹄一路绝尘。更多的时候，它形同于一柄马刀，用锋刃饮尽疆场的黄昏，用嘶鸣掩埋住血腥和寒冷。

3

该怎样指认一匹蒙古马的前世和今生，套马杆归入蓝天之鞘，草原上的野花比马奶酒光鲜。

马头低垂，向着青草低低潜伏的方向。

在百岔川岩画中，一匹凝固的蒙古马喘着粗气。它身材矮小却目光坚定，将历史的沉重和使命，全神贯注在油亮的马蹄上。

勇敢的蒙古马，毫无顾忌地冲进了风雪。饮狼烟的悲壮也饮草原上的琴声，像一条条被命名的河流，蒙古马流淌着高原的血脉，蒙古人的血，这被母亲的脐带缠绕的图腾。

仿佛日出烘托出的一抹血性，地平线上放出光芒，放荡不羁的灵魂被长调和马头琴喂养。

在每一个苏木，你不得不低头注视蒙古马。

这桀骜而又勇敢的灵魂，草原上奔腾的可汗！

4

在蒙古高原，一匹匹蒙古马是一面面旗帜，是北风的密码和钥匙，忠实守护草原的星辰和北斗，指向哪里，哪里就一片肥沃，哪里就插满毡包。

黄昏的牧场马群安详，牧马人寂静地注视着远方。

这隐秘而又空阔的草原，河流装订了蒙古史诗，一直向东流淌，蒙古马的眼眸像书页中的灯盏，照耀着呼伦贝尔，照耀着鄂尔多斯，照耀着所有的草原。

　　蒙古马，北风中呼啸的绝唱，马头琴和牧鞭的交响。颂歌之上，高原厚重的尘土飞扬，那雄健的蹄音燃烧成篝火，燃烧成时代穿奔跳跃的鼓点，每一次律动都击中蒙古人的魂魄，击中蒙古高原的青春。

　　大地上的青草和野花，牢牢拴住蒙古人的根系，蒙古马目光坚定，带着它的勇敢走向远方。

　　像一面面旗帜，像迎风招展、最绵长最坚毅的长调。

原载《散文诗》2021 年第 10 期

低处的繁华 ［四章］

李佑启

　　阳光下的微小，被烈日一晒，大风一吹，去掉虚晃与冗杂，有的灵魂，虽然低于尘埃，却高于许多丰碑。

——题词

黄花菜

1

幸好，黄花尚未成菜，即使凉了，也还不算晚。

有风，自南山而来，习习成诵。

风吹黄花花弄影，影入南山山藏峰。

有蝶，于花间而舞，翩翩成韵。

显然，风中的蝶儿也并非唯一的"花间派"，还有蜂儿，正朝这边赶呢。

2

幸好，黄花尚未成菜，植株尚未成荫，即使凉了，也还不算晚。

同样的金黄色。纣王的时光已去，妲己的身影已远。历史真的能够用雄黄酒来自证清白？

项羽死也不肯过江东，难道是他在乌江水畔看到了正在疯长的黄花菜？也许，只有那柄泣血的霸王剑，和那匹跑累了的乌骓马，才真正明白黄花菜体内唾沫飞溅的分量。

三千越甲可吞吴不算。

据说，郓城皇宫里的楚王，听到屈子纵身一跃后，从此再也不提黄花。

3

如果，黄花菜真的可以种在嘴巴上，种在盘子里，那么，真的会与心一样凉吗？

事实之前，繁花似锦。事实之后，伤得了仲永，难道还伤得了明日黄花？

如果，将黄花菜一律种在清晨的露珠里，种在春天的第一声惊雷之后，那么，即使整个春天都是你的，甚至，再借给你三个春天，也许，那盘可口的黄花菜，也已经凉了很久了！

匍匐而行的地瓜藤

1

足矣！一抔薄土，二两阳光。

你的要求并不高，立锥之地就行。

匍匐，终生匍匐，顺着低处走。

将心事与沉重藏于地下，高举着绿色的旗帜，以春天般的笑靥，直面风沙，沼泽，烈日，抑或洪涝。

脚踏实地，每一步，都落地生根。

与贫富无关，与天性有关，不说沧桑。

2

狗尾草，竹节草，四棱草，等等，皆可为友。因为，你认为，阳光不是谁的专用品，每一个人都可以拥有张开双臂的权利。

一份阳光和雨水，你就能化合出沉淀着生命钙质的灵魂。

本来有一个很好听的名字，但是，你却朴素得一如你的绰号，甘薯、番茄、山芋、地瓜、红薯、白薯、阿鹅……一切随风。

与天性无关，与态度有关，不说谦卑。

3

不挑肥，不拣瘦，笑纳生命里的一切。

不争辩，不埋怨，笑傲大地风雨沧桑。

不自卑，不造作，笑迎寒暑写春秋。

一节，只要完整的一节，就敢闯关山内外。只要完整的一节，就敢下大江南北。

与态度无关，与环境有关，不说气节。

4

也许，你早已认定，生存才是硬道理。

黄土坡上，你伸展自如。

荆棘丛中，你迂回腾挪。

田间地角，你风雨兼程。

与环境无关，与德性有关，不说顽强。

5

视每一滴雨露每一寸泥土为机会，将生命内化为根须，用阳光雨露说话，向下，向下，再向下，低于所有牌坊，低于尘埃，低于尊严。

这世间，谁不为你惊叹？

我知道，高处肯定是孤独的，除了热闹。

我还知道，低处绝对是孤独的，除了另一种热闹。

孤独是精英们的真相，也是低处的真相。

匍匐而行，向泥土致敬，以最最虔诚的方式活着。我从来不认为这只是一种表象。

我乡下的兄弟姐妹们，他们的内涵与外延，又何尝不是如此？

与德性无关，与生存无关，不说中庸。

6

地瓜的藤蔓形而上，地瓜们形而下。

与生存有关，与哲学无关。

与传统美学意义无关。

与蓝天白云无关。

与你我，有关。

我为微小的美好纵情歌唱

我为微小歌唱。微小的物，微小的人，微小的事。

高大，伟大，宏大，他们太大太远，我够不着。即使我放声歌唱，我的歌声也许在半途就被罡风吹散了。

歌唱一粒沙子、一块石头，歌唱一缕风、一阵雨，歌唱一棵小草、一棵古树，歌唱一只蜗牛、一只蚂蚁，歌唱庄稼地里的一位老农、流水线上的一位孕妇……

一粒沙子或一块石头，它们将平坦引向远方；一缕风一阵雨，它们给大地带来凉爽和滋润；一棵草一棵树，自力更生，任劳任怨。歌唱蜗牛与蚂蚁的执着与顽强，歌唱老农一辈子摸爬滚打、向土地致敬，歌唱孕妇为父母为孩子吃苦耐劳、无怨无悔……

这世间，人们往往习惯于锦上添花，忽略了雪中送炭。够不着的崇高拼命赞美,身边的美好却视而不见。

一滴晨露闪烁着干净而不耀目的光芒,这不是很美的事情吗?一朵白云悠悠随风,放牧着一群小羊,这不是很美的事情吗?一只乳鸽轻轻划过高远的湛蓝,给人们晴朗的心绪,这不是很美的事情吗?呼啸的林涛此起彼伏,奏响大自然的乐章,浪花朵朵后浪推着前浪,每朵浪花都是一首大自然的绝唱,这些,不都是很美很美的事情吗?

我为微小而欣慰,而激动。我为微小的美好而情不自禁!

微小是黑暗之中寸步难行时你递给我的那个火把,是一不小心摔倒时你赶过来搀扶我的那个身影,是我进退维谷伶仃无助时你的那一句问候,是我踩了你一脚还来不及说一声"对不起"时你的那个浅浅的微笑,是孩子取得成功时你深情地亲亲孩子的额头时的那个吻,是孩子沮丧时你拍拍孩子的肩膀的那双粗糙的手,是那盏夜深人静时还专门为你亮着的灯,是苍苍白发之下那一泓翘首以盼的双亲的眼神……

仰望丰碑,可以辨明方向;俯首微小,不至于摔倒。

我为微小的事物而歌唱,我为微小的美好而纵情歌唱!

雪 祭

(任何水滴都可能成为一片漂亮的雪花。然而,历史可以撒谎,真相不撒谎。一场雪终将被另一场雪覆盖。大雪初霁时,太阳总是睁一只眼闭一只眼,微笑着,什么也不说。)

1

冬天,除了对雪花的爱,一无所有。和我一样。

每当春天来临之际,我,或者你,走着走着就不见了。像一片安静的雪花,融了,化了,重新渗入土地。

然而,每一个冬天,连孩子都知道,可以将雪花堆成人的模样,与白毛风对抗。将手和脚，藏在手套和皮靴里，将鼻水与冻疮留在风中，把童年的脸冻得青一块紫一块。

往事潜伏在雪人的背后，双手哈着白气，直到开春。

在一朵花的世界里，青春就是一朵红梅，一团火。

我不想贬低冬天，甚至对它还有一点好感。冬天虽然无情，但它至少还有自己的态度。

春天虽好，但是，毕竟是冬天才让雪花成为雪花，让雨水有了骨气！

2

拉开窗帘，点一盏灯吧。只要你的窗口亮着火一样的灯光，风雪夜归人也就多了一份爱的温暖。

尽管他知道，一片雪花终将被另一片雪花取代，一场雪终将被另一场雪覆盖，不像风，可以走回头路。

雪花也许想让风也有点骨气。但风终究是风。

起风的日子，雪越来越厚，冷越来越厚。

其实，没风的日子又如何？

当然，风一直都在。

3

以花自喻。

这是一个多么漂亮的名字啊！自己给自己脸上贴金。

一路窈窕，一路逍遥，视红尘如无物。

我伸出长长的舌尖，想接住你的身影，也沾上一点仙气。但是，我的热情，常常只是一种妄想。

英雄谁不爱美女？哪只蜜蜂不爱花？

隔着世俗的尘埃，我将内心的温度降低，再降低，直到低于尘埃。

远方一定不会很远，只要我能坚持。我对风说。

谁都不愿意让更年期早早地光顾自己的青春。

我害怕远处的风。只要那暖暖的风一吹，冬天必然牵着雪花的手走向远方。而那风，不属于我。

4

真相很重要吗？

我现在终于明白，皇帝的新装，并不是每一个人都能穿的。但我更清楚另一个真理，你可以掩盖肮脏与阴晦，却终究掩盖不了真相。

在我的赞美声中，你从天而降。首先，给土生土长的我，以花一样美好的共同信仰和追求！然后，又离我而去。而我，却还傻傻地一直惦记着你的好。

5

风说，春天的根在低处。

高处的人情，被风削得很薄很薄。

翻手是冬天，覆手一万里！

春天的芽，哪一回不是从低处向着高处攀爬？

春天属于卑贱者。

属于泥土，属于小草，属于野花，属于石头上的苔藓，树枝上的毛毛虫，属于风，属于雨，属于每一把锄头，每一双沾满了尘土的手！

属于雪后龙溪河畔的每一阵风，属于龙溪铺的每一根脊梁，或者，每一根肋骨！

6

"冬过龙溪铺，多穿三条裤。"这是风对龙溪铺的承诺。

你乘着降落伞从天而降。当都市为你供出钢铁的骨头时，我的家乡，我的龙溪铺，却为你供出的是一片纯洁和善良。还有渴望与擦肩而过。

而你，却总是遮遮掩掩、虚虚实实。

为什么你的表情，总是像一篇美丽的祭文?

既然春天来了，就应该让我看到春天啊！不要总是用纯白的颜色掩盖黑色的肮脏。

原载《青海湖》2022 年第 5 期

春花烂漫，点亮时间的故乡 ［组章］

关福财

梅花，永不凋落的意象

你听见梅花开启芳唇的呢喃了吗？如梦如幻，宛如轻盈飘逸的飞天，引出季节高处的柔软，道破花蕾挣脱紧紧束缚的寒。

尘世上的万物不仅是时间的注解，更是时间的主角，给时间以存在的意义。万物与时间，其实就是河与岸的关系。次第绽放的梅花，正如起伏的涛声依次拍打着岁月的岸。我坐在岸边摆渡心河泛起的微澜。

梅花的绽放与料峭的春寒相伴，倾听一万句风雨的激励，也不如自己打开一片命运的花瓣。每一朵花都是我仰望的一座心灵芳园、一面远行的风帆。

我和梅是这片时空里互为抵达的意象。每一朵花都在唤回一个个词语迷途的慌乱，这些花朵既是名词也是动词，作为形容词的叶片正推敲修饰春天的恰当空间。

若有风，就拂面而来；若有雨，要如春风般柔细轻软。那一缕缕湿润的梅香，让长久的等待有了深情的回望。

面对辽阔的岁月，我不敢自诩渐老与沧桑，只言人间无限春光。

桃花，让爱再一次起航

桃花如潮涌过来，一浪接着一浪追逐着心跳。

我默默地凝望，不敢触碰其中的任何一朵，怕碰落的不仅仅是花瓣，更有灿烂背后的一路心酸。

年过不惑更喜沉默。不想再做花的角色，只当春天的使者。余生甘愿做叶子的事业，行走四季，安抚岁月的冷暖。让熟悉的日子，不再是盛宴后的狼藉与寂寞。

满树的桃花，沿着岁月的河流，浩浩荡荡千帆竞发。风吹岸边那久久的凝视，蓦然回首青春竟是无法抵达的天涯。

这个春天，我又一次身不由己地爱上了这个低处充满烟火的人间，爱上哪怕擦肩而过每一张绽放的笑脸，顺便也真心地爱一次自己作为人间的过客。

但愿每一朵桃花都不会嘲笑我，爱得过于直白和简单。此时，只想任性地虚度一次这段午后的时刻，静静地呆坐，一点一点地看着桃花瓣上漫长的日落。

梨花，芬芳一轮皎洁的梦

梨花，春天唯一允许不必融化的雪，她们的白超越季节，压低枝头暗香的摇曳。

无情的岁月被一只燕子掀开细雨的帘帷，多情的梨花满脸的泪，风含千朵花只为春日醉。

人间留得住，唯是草木心。梨树上绽放的是人间的美学，春光不负万物的轮回。

在一树梨花前，我的欲望开始收敛，粗糙的文字不再描写恣意的狂野，用一朵花抚慰今夜的梦。

窗外花已睡，只有暗香醒。夜里的花朵发出甜美细微的鼾声，花朵里睡着静谧安详的世界。

梦里已忘是人间客，醒来却见月摇一枝婆娑，月是梨花内心的盈缺。

风拈花枝，花不语。月光是时空永不寂灭的白羽，栖落于梨花之上。

今夜被千盏梨花照亮，最大的那一朵叫作明月。梨花的祝福是挂满枝头人间的笑靥。

花说，我的梦是盛开的一轮皎洁；

月说，我的梦是漂泊的万朵芬芳。

原载《内蒙古日报》"北国风光"副刊 2022 年 3 月 24 日

高原上 ［组章］

花 盛

暖 阳

有雪的地方，就藏有隐秘的火焰，像我所处的高原，藏有故乡的温暖。

四季轮回是一片云所描绘的时光，转瞬即为春天，生灵在雪线之下破土重生。

那些银色的碎片，是雪，也是阳光，映见我们的挣扎和夹缝里卑微的梦想。

暖，是一种源自身体和心灵的力量，冰雪消融后的潮湿，拯救了不曾放弃的脚步。

而此刻，我在高原之上，蚂蚁般奔波，撞见青草和暖阳，以及一颗露珠里释放慈悲微光和明亮的日子。它们，云朵般轻盈，牧歌般悠远。

但这毕竟是短暂的，像你我的生命一样，从出生到死亡，左脚晦暗，右脚明媚，明暗之间，以心为轴，在万物里彼此依存，却足以照亮这短暂的，孤独的，却温暖的一生。

夜 行

一朵花开在风中，就有另一朵花，在天空沉默寡言。

世界在时光的循环里，像一个人的背影，跌跌撞撞。

风止时，突然就有了生活的味道。那些习惯于喧嚣的生命，终究归于平静，归于一种可贵的孤独和寂寞。

陈旧的事物，自带光芒，像一个永恒的话题或被遗忘的词语——

它的纯净，在于视野之外的开阔；它的明澈，在于纷繁之外的心灵。

或许，被露珠照彻的世界狭小而短暂，且光芒四射。而那些被置于辽阔的言语和赞歌，将在黑夜里乌云般长久地消散。

万物欣荣，被时光掩埋；人生苦短，定有五季存在。这被我虚构的一季，在另一个物象里经历着梦境般的日出月落。

但我总是忍不住怀旧，念叨熟悉的名字，也无法改变转瞬即忘的事实，像一个个小灯笼般的日子，藏着火焰，也藏着云烟易散的冷清。

在生活的夹缝里坐久了，心，也只剩一条狭长的缝隙，仅供一丝雨露和星辰挤进来，聆听一条溪水奔跑的跫音。

是的，隐秘的人间，话语与沉默同处一室。

我们习惯于将自己托付给虚幻的远方和未知的星空，在仰首与低头间，完成人生的又一次夜行。

绿绒蒿

像一群舞者，将斑斓之色涂于高原之上。

氧气稀薄，你却如此洒脱，以轻舞飞扬之势，以金黄、火红、天蓝、绛紫之色。

我曾一次次经过美仁草原，穿过经幡隧道，也曾一次次贴近草甸之间，辨认你坚韧的存在——这草原的主人，大地的证词。

你我都是入侵者，在广袤无垠的寂寞里，在人迹罕至的大风中，甚至在雨雪交加的深夜里，稀释俗世喧嚣与满身疲惫。在高原，你是何其渺小，单生于花葶之上，你是何其高大，像你在我心里大若世界，我在世界里渺若尘埃。

我们的每一次践踏，都是在践踏自己，你在践踏里从不气馁，具有柔软的倔强；我在践踏里衰老凋零，有着腐朽的骨骼，我们的全身都长满细小且坚硬的刺。

是的，活着的意义就是存在本身。我不止一次地试图做一株绿绒蒿，把自己交给高原，在宽广里绚烂，以倔强和不屈，与你同在，与万物同在。

高原上

一场雪落白沉静的山川，像为你铺开宽广洁净的日子。

悄然来临的事物，轻盈如梦，万物在梦中启程。

远去的时光，唤醒记忆的窗口，桑烟般柔软，抚平生活的折痕，给未曾泯灭的梦想一对翅膀。

异乡和故乡，仅仅隔着一场雪的厚度。

而平凡的你我，依旧在路上，脚印的重叠就是心灵所能遇见的美好。

高原上，我们都是一颗种子，在雪线之下孕育，扎根，成长。

雪有多厚，根就有多深；根有多深，梦就有多葱茏。

原载《星星·散文诗》2022 年第 2 期

册页：板子桥走笔

乔书彦

1

板子桥被记录于时间的转盘，指缝间漏出花朵，如散落在草丛的萤火虫。鱼群在阳光的浸润下与水草冰释前嫌。被遗忘的角落，蘑菇拱出泥土。与梅子山相遇，感受比花瓣更轻的静。在板子桥大理石台阶上稍事休息，看屋檐悬挂的蝴蝶结卷进鸥鸟打开的翅膀。

向城市吐露的词语，挥毫于扇面，如盐，驱散内心的忧郁，在寻找归路时，留白的部分给予启迪。敢于自我揭露的男人，紧紧介入城的规划蓝图。吃着冰激凌，激情被点燃。走出疲劳的束缚，开始愉快的旅游。多少次在睡梦中醒来，看花开缤纷。

我笑了。

2

绿色被装进透明的视野，撑起不可复制的欢愉。蝶，惊醒往事。花瓣在月湖的水波里缠绕。我耐心等待阳光熨平被风揉皱的湖面，垂柳的丝绦飞进鸟的吟咏。酒花爆裂的瞬间，厨师端出了香酥武昌鱼。两朵月季，如同落在草丛的星星，与之交流的是两朵紫花苜蓿。

旧情往事倾诉不尽。纸鸢被大风拽着，在彩云间做了人生的诠释。离我远去的小猫小狗、虫儿鸟儿，以及几只乱蹦的蛤蟆，如同碎布片，记忆与它们共舞。季节提供了新景致。抬头仰望，发现天空又增高了。在今日的记忆里，有昨日的相聚。

月湖，是板子桥的花帽子。

3

生活波澜不惊。在树下捧书阅读，水声给予思绪无边的力，覆盖泥土的玫瑰花瓣，恰似明月创造一瓣心香。走出板子桥，足音占据半城风月。汉阳城有无数多的插图，可供生活选择。城之绿野移动如云，渗透清脆的鸟鸣。湖水明亮的反光，穿透薄雾，如一阵锣鼓声破空而来。

常青藤缓缓走进古树的空旷，带来愉悦和好运，留下懂得相互珍惜的证明。绿色成为主色调，旅途因此被拓展。我瞥见蘑菇生长在树下，与未来保持友好，垂钓者此刻收竿，月湖荡起的风里，鸥鸟着迷于风景。当我抵达时，朝阳覆盖湿地，有几个人翩翩起舞。

4

长江在龙王庙接纳了从鄂西北跋涉而来的汉江。鱼群翻着浪花，像一粒种子挨着另一粒种子。走出狭窄花径，从兼容并蓄中看到素养提升的高度。月湖如同一块屏幕，波纹带着水草的力量，成为灯光下鱼群的食物。蝌蚪在春天发芽，青蛙在彩色画卷中唱歌。

过路的男青年弯腰亲近月季。柳风细软，阳光微亮，薄雾醺得人迷醉了。在等待中磨炼意志，从山水间获取动力。为了在某一刻登上舞台，他持续吊嗓子。相信未来。他决定走到龟山下，源头的那棵树，枝杈间的木耳按时开花，树根撒上石灰，来者不问归处。

5

穿过枝丫的风，掀起绿色，如同潮汐涌动。鸥鸟的羽翼滑翔于彩云间。进入黎明，纸鸢在汉阳城的蔚蓝中，烛照戏曲的开场白。爆米花和咖啡，意味着新的生活方式，我们接受了地平线上跳跃上升的喜悦的涛声。有足够的时间去理解改变。甜蜜的飞翔融入云彩。

调慢生活节奏，脚步像随意甩出的泥巴，贴在湖边草丛。涛声释缓了倦怠。愿真诚与美好在生活中联袂登场。治愈忧郁的眼神如此纯粹，通过引领，走出一行空白，言辞如玫瑰，朝向内心绽放。信仰的号角在高处吹响。成长中的男子汉眺望到成功的远景。

6

走过渐行渐高的石阶，突兀地在一个逗号上哽咽，瞬间波动的涟漪，使得岁月之河埋下纷繁伏笔。山茶花深入梅子山，凝满露珠的樟树高大，湖边绿草如茵，视觉层次分明。月湖全部的波动，诠释了板子桥的美。词语掀开陌生的面纱。脚步找到了善意的房间。

在离开龙灯堤半个小时路程之后，香樟跨越梅子山，在半岛拱廊增强了耐受力。我打开瓶盖，触碰一次甜蜜回归之实质。夜班工人走出清晨薄雾之唇，在早餐店显示彼此的友谊，勤劳与淳朴在街巷延伸。在某些时刻，回归动物园的孔雀预言了自身。孔雀是泡沫。

7

穿越显正街，抵达城的深处，追寻的主题不变。我没有走远，阳光雨露滋润银杏、梅、海棠和樱花，演绎城的青山绿水。我们将会把全部注意力赋予西大街，在即将拆除的边缘，进行技术性营救。闪电锋利如刃。涂鸦者的倾诉是一片风景，涂满整堵墙。不敌风雨侵蚀。

银杏伸出原创性的果子，从崔颢的视野里走到现在，并不老态龙钟。植物多样化化解了单一。鹦鹉洲到最后还是消融不见了。卷入另一首诗，意象喷发如炫彩。有关城的前世今生，被赋予多重性。付出总有收获。朝阳升空，恰如汉阳钢厂、湖北枪炮厂的启迪。

8

携一路风尘苦苦追寻，一朵幽怨彷徨的丁香在诗人的雨巷里落寞，油纸伞在细雨蒙蒙时被他人撑开。诗人彷徨又彷徨，足音踏碎青石板，雨巷悠长，一只纸鸢挂在树梢。柳叶遮挡不住黄鹂鸣唱，梦幻穿行于四季的交换。靠近花园，明悟尘世间色彩转换如云涛。

韵律合着最美的诗意，被细节粘住。足音是阵风。远眺板子桥，音乐厅给予的新生同样不同凡响。记忆之路延伸到汉江南边，整整一日，我接受了现在的自己。城，并未把我看作相距最远的人。在另一个时间段，潮声席卷令人陶醉的水杉林，给混乱带来秩序。

9

从回忆中抽身而出，城市将一个叫沌口的词语甩在后头。毫无疑问，喝咖啡吃甜甜圈，或者去看个怀旧电影，听一首上世纪的老歌，都是不错的休闲。好些年头过去，我们已经适应了新生活。变化是巨大的，身后是一片被开发的土地。目光所及，银杏在沌口保持挺立。

我感觉与沌口隔着一条河，隔河相望，过去的已经过去，若昨夜星辰；即将到来的，是带翼的骏马开拓的无边蔚蓝。布鞋压过野草，在彼岸踩出传统的步履。从一种兼容并蓄的行走中，我们看到了城市的态度。创造与发展，是当下的馈赠。

沌口，是一条青春的河。

原载《散文诗》（青年版）2022年第2期

台地之夜

吴湘岩

暮色开始收拢阳光的羽翅，天空仿佛一张硕大的毛边纸，墨汁一样的夜开始从它的边角晕染开来。

落日像个孕妇，即将分娩出璀璨的群星。寨子里的灯盏渐次被摁亮。它们全部都亮起来后，夜空里的星星仿佛顽童一样，陆续从家门蹦跶出来，很快，就占领了整座天穹。

从云贵高原吹过来的风，带着晚秋的凉意，吹动着星星，吹动着窗外的那几棵毛白杨。寨子里的灯火像眼睛，注视着大地，注视着我的窗口。

往事，风一样吹过青石板路。夜精灵悄悄地爬上了梦的屋檐，吐着炭黑的舌头，舔舐着窗户，以及天黑之后每户点亮一盏灯的寨子。

我知道，不需多久，夜色又将把一粒一粒灯火和睡梦中孩子们的呓语，一一捡拾，扔进黑暗的樊笼。彼时，璀璨的群星将成为寨子里最亮的灯盏，照彻茫茫的人间。像冬天的柴火，台地的夜愈深，火就愈大，灯就愈亮。

草木深深

世上本来有许多路，走的人少了，便成了荒野。自从乡村路改道，修通了水泥路，原来村里的古道马上被荒草占领，成为野生动物们的家园。

春天，山上的草木像野孩子一样疯狂地生长，而人迹一年比一年稀少。除了灰兔子、野猪、山雀，以及各种昆虫的鼓噪，整座山林没有丁点烟火气，空旷得像座被吸去了精气的废旧古庙。

到了清明，那个独自住在村头、常年蜗居屋里的哑巴老人，仿佛潜伏在岁月深处的地下工作者，被这个季节从暗处逼到了明处。

只见他握着一柄磨了一宿的镰刀，站在春风里，虔诚地守候在进山的路口。一直等到落坡的夕阳，把他的身影照得更加清瘦，才拖着疲惫的身躯离开，像头劳作了一天的老黄牛，踏上归家的路途。

草木深处，躲藏着一个与他失散多年的儿子。

一个人的下落

漆黑的夜，包裹着瘦骨嶙峋的你。车子在崆梁沟谷间，兜兜转转，颠簸得比你的一生还长。

来到你的村庄，只为打听你的下落。是心里的暗疾，将你吞噬？抑或失足，将你葬身于水腹？答案影影绰绰，像个该死的沉溺于捉迷藏的调皮鬼。

其实，这些都不重要了。你曾经的阳光和自信全部都淹没在寨子的漆黑里，它们黑洞一样，将你的青春吞噬。就像回不来的童年，以及村庄里那些老死不相往来的鸡鸣犬吠，被时间无情地吞噬。

当初，为了摆脱命运的羁绊，你兜兜转转，走了三十年的路，如今都被荒草和夜精灵一一占领。转了一个圆圈，你又回到起点，回到草木的根部，被命运廉价地收购。

瓦檐上的半爿月亮，像天堂溃烂了的伤口，不停地朝着尘世倾泻暗夜的毒汁。现在，你让我又一次领略到了生活里的寒凉。

原载《散文诗世界》2022 年第 6 期

图腾与愿景

贾文华

矿山男子汉的誓言

挺进地层深处，扭亮一盏盏开花的信念。让奉献的意念，淌成沸腾的泉。

做一个荒诞设想：假如无形之手将铁铸的风门撕开；假如复燃的鬼火已找到最佳瞄点；假如我们跋涉的路线，被死神统统拽断。

"兄弟，我们是血气方刚的男子汉，不为占山为王的寨主，愿以百倍的力量、排山倒海的气概，砸碎所谓的死神，以及鬼火一样狰狞的灾难！"

不愿将芳名混入这片流金的断层。胆小鬼的羞愧，只会将荣光的土地污染。听一听远古那澎湃的涛声吧，仿佛前辈，又铁马金戈地驰骋在大漠。萦绕于森林中的勇士魂，请接受子孙的膜拜！

远方煤峰的线条，好比我们隆起的轮廓。火焰山一样的浓缩，大写意我们的骨骼。

我们战马似的出征了，得驮回一座座乌金山，得捧出一块块燃烧的情感，去雕塑属于矿山男子汉铁铮铮的誓言。

煤海蛟龙朝天吼

煤海蛟龙朝天吼，三山五岳阔步走；煤海蛟龙朝天吼，凌空翔舞傲神州；煤海蛟龙朝天吼，迎着导航的红日，驮着沉思的北斗。

往昔，古森林被挤压于世纪断层。尽管燃烧的图腾呼之欲出，却无法找到喷薄的突破口。

今朝，山重水复一程，柳暗花明一路。自萧条的冬，向希望的春；经漫长的夏，抵收获的秋。

意念，在凝聚中爆破；信仰，于开采中恒久。

阳光同族暖天下，涌动星光千泓，金晖万顷。

所有涌动，都预示着一场场空前的采光运动。

让黑暗逃遁，唤灵魂复生。把光明搓成绳缆，纫在男子汉的肩头。

不吼出一座太阳城誓不罢休哟！你这朝天龙——吼出冲天气概，吼出豪迈风流。

下　井

这个想法由来已久：舞文弄墨的奶油小生，脱去西装，解下领带，换上工作服。挺起还算宽的双肩，很骄傲很自豪，竟然成为八百米深处的王子。

去会那些喝老白干像喝凉白开的兄弟，和他们交朋友。捋胳膊、挽袖子，非要比试健与美。如果哪位大哥说我胆怯，那咱就在这地层深处见分晓。

还留恋那缕紫玫瑰香味的雪花膏吗？还遐想办公室那朵一见倾心的茉莉花吗？想象黑液体涂面，定会清爽无限。感觉心灵的美加净，是矿工的豪气配制的营养品。

换装，换去一身呆板，换上一身轻松，一声口号吹出满天星。把矿灯端正地戴在头顶，我浑身是劲。再望一眼蓝天，白云以及那颗红太阳，跟上掘进者的队伍——下井！

升　井

虽然步履迟缓，挪动叠加的疲惫。老书记的眼神流露柔软的疼爱。脊背上的灰尘，好像万吨沉重。

但，我没有示弱。

示弱不是男子汉。我偷偷瞄了老书记一眼，他那坚毅的额下，没有一丝愁叹。是啊，我该扬起我的头颅……

振作起来，让步履的沉重，成为诗行的欢快，拿出决战的勇气——攀！

我们充满力度，我们一往无前。

看小炭车驶向太阳，奉献佳篇。

希望，组成我们升井的制高点。

测量仪

人到中年，我常回眸童年光景。

那时，父亲爱把我举上肩头。他的肩膀像巅峰；我像小星，仿佛伸手就能摸苍穹。

扛惯了荒原上的飓风与雷霆；扛着测量仪的父亲，好比不弯的松。

站在这样的领域看风景，我的领巾如系在测杆上的红绸。

立足父亲肩头，我步入人海；植一脉豪气，我的腰杆长成山峰。

父亲就像测量仪，总将我灵魂校正！

到祖国最需要的地方去

父亲坚信自己的选择，凭他精湛的地质学识与独到的生态论断："那片古色古香的莽原，准保呈现过辉煌涅槃！"

眼前浮现憧憬的图腾，耳畔回响"到祖国最需要的地方去"的铿锵誓言。

井架模仿父亲的身姿隆起，漠风跟随父亲的华发漫卷。沉睡万载的太阳石，终于从小孤山巅与簸箕山脉呈现。

父亲每天都观赏时光剪刀，如何为晚霞的山巅剪彩。

可是矿山典礼这一天，他却始终没能等来。

在那个缠绕绸缎的小檀木盒里，我认出那十个被烧成炭灰的字眼。

一位地质队员的妻子

她不懂得"人生与奉献"的具体内涵，只晓得，她的丈夫是一位光荣的地质队员。

她常领我去北露天，捡拾矿山自翻车遗落的煤块，只为我家灶台，炉火持续不断。

矮小的她，背起煤袋却高大无比，像移动的小山，屹立在我心坎。

白毛风肆虐的漫漫长夜，她总凝眸漆黑的窗外，自编的长调仿佛探照灯光线，巡回于一望无垠的茫茫雪原……

她的脸颊写满自豪，她的眼神溢满神采——

她，就是我平凡的母亲。

原载菲律宾《商报》2022 年 2 月 18 日

第三辑

黄昏谣 ［组章］

刘楷强

山城记

只是一眼，便深陷在这夜色中了。

我幻想着把自己变成一条鱼，潜入浩荡的长江和嘉陵江，衔起一支竹笛，去将巴山寻找。

或可搭上渔人单薄的筏子，深入江腹，窥探汹涌的波涛。也或可沉入江底，亲吻沉睡的礁石。

一盏渔火，把尘封的卷宗就此打开。

这里曾屹立着威严的城邦，在滔滔江声中，与漫长的黑夜对峙。

早已北上的人群与骡马，再一次把历史的轮廓放大。

远去的嘶鸣声，穿过了群山，与长空碰撞，溅出漫天的星斗。

我看到，棒棒们在夜色中收工，拖着沉重的躯体，消失在人群里。

一支竹杠挽着棕绳，摇晃着这座城市所有饱满的疼痛。

罗汉寺的钟声又响起了，隐约着，为这座城市画上一个柔美的符号。

黄昏谣

就这样，黄昏停在鸟群里，点燃几片坠落的羽毛。

晚归的人，哼着歌谣，影子被湮没在林间小道上。

谁会遇见她呢！一条清浅河流，顺着篱笆蜿蜒入梦，梦中的白马，追逐着落日，像一次漫长的修行。

我从没见过比这更愉快的事，黄昏在天边，哑默的铜色，映照着万物归于寂寥。

这是何其幸福的一天，谷粒饱满，野蔷薇开成你的样子。

我内心深处的孤岛，让我背靠着黄昏和虚无，写下命运一般的诗行。

在流星陨落之前，它们将与这落日一起，被烧成灿烂的红色。

可惜我不能追逐天地辽阔，我只能借着植物之名，来填补对这世上所有困惑的认知。

它们曾不止一次占据我，试图让我，在这旷野里纵身一跃。

树木志

那些还活着的树木，在山顶上淡然记录着一生的抉择。

我们如此近，我听见它们的呼吸，正顺着叶片延伸，直到被鸟儿的翅膀消磨。

或许，树木如我一样，时刻在与诡秘的影子博弈。正如我梦见过的群山和溪流，彼此纠缠，却沉默无言。

我们的一生如此雷同，从出生到死亡，都为了完成抵达。

与这样一种生命对视，必须让灵魂时刻保持虔诚和静止。就像我们之间的语言，在风中枯竭，也会保持静止。

我知道它们在等待些什么，雷电绽放的瞬间，在暴风雨中汲取生命。

然后倾尽一切将身体抛开，向大地献上静谧的年轮。

日喀则断章

到日喀则去，我的血液里泊着远行的船。

我曾遇到的朋友，就是从那儿来的，那个阔别已久的陌生人，握着空酒瓶，装下高原上深蓝的春天。

爱人已经走了，信箱里空落落，我开始细数每一根发梢，望眼欲穿。

夜里，我梦到一列北上的火车，从南方的黎明出发，开向一个传说。

一些平民的灵魂，从萨迦寺而来，沐浴，开斋，把转经筒传给未亡的人。

他们在喇嘛的诵经声里，得到解脱。

我和秃鹫都在追逐这人间的盛宴，被露水沾湿的清晨，饥饿与无知一起抵达。

那是一段五彩的路，我看到人们在与亲友告别，与天空告别！

在南方

夜幕下，一场乡戏即将止息，人群散去，森林在水波的战栗中消失。

月色早已流遍整个村庄，屋檐沉寂，覆盖了重叠的花影。

心底隐居的故人，闻着落寞不期而来。

今夜的天空没有繁星，只有远去的行人和鸟群，落叶，就是这满地月光遗失的嘴唇，一遍遍地亲吻着他们的名字。

那些还残留的灯火，穿过瓦缝，点燃了我内心深处一片蛮荒之地。

在这里，有人曾亲眼见证过河流诞生的过程，像成年以后，从梦境中抵达另一个梦境。

在长路的尽头，人们称其为神明的昭示，抑或是掌握了生命本源的某些物质。

它们都曾赋予我特殊的权力，让我为花和心爱的女子，起一个动人的名字。

这样的夜色，很容易让人放下沉重的行囊，也放下年少时一个只身远行的梦。

我听见空荡的信笺里住着一匹枯瘦的白马，昼夜长鸣，却耐不住千里梦乡空无一人。

为一座城池写生

一个久居南方的陇南人，凭记忆勾勒一座城池的轮廓。

我出生的那座城，秦时置郡，距今已逾七千年。

离开她之前，北方只是一个抽象的概念。装着故乡，装着一生都走不完的遥远距离。

一枚破碎的陶片，以鲜活的纹路，写尽了陇地千年来的历史变迁。

纵有黄沙万里，依旧遮掩不了她发光的轨迹，一路风雨兼程而来惊骇世界。

她的优雅和华贵，超越了一切用古典来命名的肉体。

陇南，一个被文人墨客念及了无数次的名字，如果你走近她，你便会深切领略到山川的含义。

我生活的那座城，有着永恒的矛盾的记忆。

在那里，我曾无数次地将自己寻找，用时间换来的远方，都被她温柔地握在手心里。

追忆过的落日与河流，原来都带着她挥之不去的影子。

一个漂泊的人为一座城池画像，怀揣着无限的敬畏和慈悲！

所有的线条和色彩，在幻想里总是透着不切实际的苍白。

索性，我还是将她定格在南方的六月吧，用阳光和盛夏去回馈她，用所有盛开着的野花，为她粉饰一个安稳的梦境。

将足以媲美江南的风光，安放在诗行里，在一个风和日丽的午后打开再合上。

如果有人询问我，我会诉说她的博大、谦卑、富饶和辽阔，指引着仰慕她的人在黎明前抵达。

我要告诉人们，一旦走近她，所有的生命都将被赋予全新的意义。

离开她之后，天地苍茫，笔尖能触及的远方都是幸福的。我眷恋着的城邦，将会在嘉陵江绵延不断的波涛里被人们传承和铭记。

沿着一条记忆的曲线，我将顺流而下，给远方的游子带去故乡丰收的讯息。

乡村序曲

我生活的乡村，隐匿在丘陵沟壑间。

像极了弗罗斯特印象里的西部小镇，每当起雾的时候，一道道屋檐就会融入山间，被浓雾勾勒成天空的样子。

在一滴澄澈的露珠里，乡村的颜色被无限还原。

那是所有生命涅槃后的积淀，如同大地丰厚的底蕴一般，可以将一切浅薄的目光掩埋！

她最初的血肉，来自雷电的鞭策和风雨的喂养，在日月的锻造下沉重如铁。

人们用木犁和汗水，为她塑造出挺拔的脊骨。

在乡村，善于行走的牛羊是锦簇的云朵，它们往哪里移动，那里就有草木的香气。

七月，麦子开始成熟，在等待人们的镰刀前，鄙夷麦群里一株养尊处优的杂草。

傍晚时分，飞鸟入林，麦穗开始分娩，每一粒饱满的种子，都是她痛并快乐的诉说。

原载《扬子江诗刊》2022 年第 2 期

给夜开门 ［外四章］

陈惠琼

天　使

让我的生命到善的天使当中，让天使去站在我愤懑的心中。

忘记贪心、残忍、渴欲饮血之人和事。和平，覆盖着日夜的骚扰。朝阳出来时，像盛开在人间的善花。天使，悠然清纯圣洁的琼浆，净化。

天使的羽翼，奔向灿烂清明的领域，翱翔。

天使，亦是内心深处圣殿里的一席之地，燃起不败的爱之花。

一生的潜渡

一生在地球蓝色的版图上，确定轨迹。愿望衍变成功勋的塑像，在大海的一边万古不朽。

一生的饥渴，在广阔里得到养分。迎着第一抹晨曦，从一片海向另一片海，获得吸收。

一生在渡口，跟随渔夫的桨声打捞水中的黎明，倾听动人的鸟语。偶尔，随波逐流。偶尔，逆流而上。

一生不做慌忙的来者，也不做匆匆的过客。把所有的季节在潜移默化中与万物交融。

一生被好奇携着……向往一种旷远的奔腾。

忘却季节

居住一个不死不灭的梦幻里，流血的伤口，升起一首歌……

透过许多脸，脸会从一扇窗，飞至另一扇窗？

为何还浪费地摆弄着时间的流水？为何还假装微笑将脸遮盖？迷失，已忘却季节。如果在夜的风暴之前扯起有意的风帆，击断船桨，就不会后悔；在黑袭击之前，赶紧渡河，就不会后悔；在摆渡之时，拿取酬金，就不会后悔。

后悔会变得敏锐而笃定。

给夜开门

走出酩酊大醉，砸了叮叮当当的脚镯。彼此陌路人，不会再将声音变为自己的声音。

给夜开门，让出空间给晨光，快马加鞭地把欺骗连根拔起。

记住：时间匆匆走过，命运没有把一切骗走，想唱歌时就唱出声……

从春天的财富挥霍

伺候闲暇的时光吧！枝间的秋千摇荡，不管是圆月或是弯月都会挣扎着穿过来，亲吻长裙。

晚上，当脚每挪动一步；早晨，就会有芳草来问候。腾出手拉开家中的窗帘，拉开的此时，无遮无拦，有意无意地在改变。

悠然，有缘有故的快乐，同样呱呱喧闹，想尽办法从春天的财富里挥霍日子，感受鲜活的喜悦。

自己的声音穿越时光，一种命运的暗示。

一直追赶，为自己而进行，跟随自己的无穷，固守一份超脱，机会就不会溜走，溜走的是像狗的影子窜悠。

不会等到腿酸脚麻时，每条路都有不同寻常的去处，交给时间和命，不经意改变内心的那片布局和长势，让该变的一切都有变迁。

原载《中山日报》2021 年 10 月 16 日

与天空为伍的人

蒲素平

一根角铁的生活就像我的前半生

工地上，角铁有时大，有时小，有时长，有时短，有时站在塔顶，看浮云流水，有时站在塔基上，咬牙挺住一生。

有时被风吹，被雨淋而不语。

有时被阳光照射，被云抱拥而尽显辽阔。

有时被人扛在肩上，高高在上。

有时被踩在脚下，低头在草木间生活。

在工地，天天和这样的角铁在一起。

怎么看，都像我的前半生。

空中行走

他向前走着，以一个小黑点的黑，以一个春天跑步者的速度，走到我的头顶之上。

我仰着头，依然看不清他的笑容。

他的脚步在风里看起来有些失重，轻轻摇晃，像一个人在春天的心事，干净，羞涩，躲藏。

双手是可靠的，紧紧握着导线，握着生活的脉络，至于冰冷，至于零星的毛刺，用手中的砂纸一打磨，就可忽略不计。

他在生活中迈出的脚和另一只踩在导线上的脚，一起与天空对抗着，一步一步击退生活的疲惫和夜的黑。

此刻，田野中绿色庄稼，呼啦啦一起抬起头。

田野和天空都成为他身体的一部分，使辽阔的更加辽阔。

简单的人生

多么简单的人生。

我站在铁塔上，任风去吹好了，任雨水冲去脊背上的污点好了，任汗水反复出没好了。

如果，爬铁塔就是我的使命。

我搬起一根角铁，只管低头按图施工，只管认真执着好了。

瞧！这是多么简单的人生。

无人喊我，我就不会回过头来，就一直在岁月里低头劳动，就一直躬身前行，就一步一步向铁塔的最高处爬去。

坚硬的，磨破手指的角铁，不过是时光的一枚棋子，在生活的大海里，被一条鱼反复吞吐。

在故乡时，一生放羊的邻居大叔，对我大声说出了生活的真相：如果我识字就去开飞机，我不识字，就放羊，一只羊死了，伤心一会，明天继续放羊。总之，放羊这活不能停。

是啊，如果，爬铁塔注定是我的使命。我就用一生的时光，组装起一基又一基铁塔，组装起无穷无尽的铁塔。

把光送达生活的深处，送达时间的深处。

一截角铁

高速公路上，我经过的一基铁塔，高大、威武。

没有人知道，我最熟悉的那一截角铁，留着我体温的那一截角铁，就藏在铁塔的曲臂处。

我的车速度太快，像春天的风，在大地上一吹而过，但我还是感觉到了那截角铁的存在和它望向我的目光。

那截被我反复抚摸过的角铁，躲在其他角铁的影子里。它不会想到十几年后被我看见。它一直与时间对抗，一直用电，充实着自己，完成着自己。

尽管我的汽车在高速公路上快如闪电，我还是看见了那截角铁，我咬紧嘴唇，不让外人看出我身体里渗出的盐，不让外人看出我内心掀起的波澜。

我无法停下来，时光推着我的后背前行，我只是快速地和那截角铁对视一眼。

之后，越走越远。

在藏北高原组装铁塔

四面是褐色的山体，云层遮没了阳光，北风渐起。

而我要说的是把唇，贴近风和氧气，用手握紧铁质的工具，屏住呼吸埋头组装铁塔。

组装铁塔这活，我已干了几十年了。

我要说的是几个人，几十个人，在寒风吹动的高原，呼吸起伏，用骨头组装起铁塔，这生活的经脉，超越我前半生的目光。

我要说的是旗帜的方向，团结的力量。

我要说的是用血的激情，用钢铁的坚硬和身体内的盐，注入凌空而起的青藏联网工程上。

花花绿绿的世界，车水马龙的世界，抵不过一基铁塔在藏北高原上的高度。

听，角铁互相撞击的声音。多么熟悉而亲切。

听，谁的心跳得这么重。一下一下撞击高原百万年荒凉的胸膛。

我要说的是埋头工作。忘记了表达和问候。

我听见自己的骨骼在高原上成长的咔咔声。我听见同事们击掌相庆的声音。

当我从安装好的角铁中间抬起头，向藏北高原更远的地方望去，我看见从天空倾斜而下的一条电力天路。

在藏北高原上，在未来的时空里绵延千里不绝。

劳动的场景

在一堆角铁之间，几个人忙碌着，其中有个穿红衣服的人拿着图纸在大声喊着：132铁拿走，102扳拿走。

多么熟悉的声音，沙哑中，透出一股高亢。

十几吨的角铁，大大小小地拥挤着，分不清年龄的几个人低着头各自忙碌着。一条钢丝绳蛇一样生动，喊声号子声汗珠子掉在角铁上的声音，夹杂在一起。

一基铁塔就这样从低到高，显出了青春的风采。

他搬动一根角铁，他们搬动一堆角铁。

他的坚硬和他们的坚硬与角铁融为一体，成为铁塔的一部分。

他们把手中的扳手挥舞得飞快。这些没有生命的工具在工地上，在角铁和螺丝面前主宰着一切。

不同的人，此刻是不同的王。比如，他来自城市厦门，他来自徐州的乡下。

此刻，他们都是工地上的王。

在山顶组装铁塔

一条高压线要翻山越岭，一基铁塔就得站在山顶，一群人在山顶组装铁塔。

先是挖石成坑，用钢钎杆，用大锤凿，用炸药炸。

然后，从山脚向山上运石子，用马驮，用肩扛，一袋又一袋。从山脚向山上运水泥，从山脚向山上运角铁，大的，小的，长的，短的，喘着粗气，吭哧吭哧。

一根角铁凭空长高了自己，看过了无尽的山川。

一块石头，一堆野草，沉默着，如同一群劳动者，话语稀少。

风来了，先在空中吹，接着吹在高处的角铁上，吹在组塔者的后背上，风，掀起了衣服的一角，窥视汗水形成的过程。

一个人张开怀抱，差一点抱住迎面相撞的阳光，一根角铁正被钢丝绳运到高处，一颗螺丝被一只手穿进角铁孔里，配合得多好。一根角铁，一颗螺丝，一个孔，一只手，成为铁塔的一部分。

钢丝绳穿过滑车，不断拉伸着身体，像个能上能下的人。如果遇到主材，就是遇见一次大战役。遇见角铁，必是成片的铁，像人的肢体骨骨相连。

在山上组装铁塔，空气好，离天空近，方便伸手摘一片云。

在山上组装铁塔，起点高，眼界宽，一步就站在了生活的高处。而铁塔不管多高，脚都深入到了山体的深处，并和大山成为一体。

一基铁塔组装好了，不管白天黑夜，不管冬风夏雨，都站在山顶上，像四个高个子的人，背靠背拉着手，面向东南西北四个方向。

头向上，腰挺直。

一根一根角铁，像骨骼支撑着，永不弯曲。

原载《散文诗》2022 年第 7 期

完整性及其他 ［组诗］

严　刚

静止的木船

停靠在水岸，不管冷暖时节，守着安静的时光。

退去后，如波浪式的经历，在耳边萦绕。

不忘记昨天。而有些却透过时间，擦伤体内。

仍有海水，浮起万物，虽看不到，却让坐在木船两端的人，感到某种恐慌，眩晕，仿佛在游动，像一条迷失的鱼，撞上暗礁。

有时会把虚境，当作生活的真实，又把当下存在作为另一种可能。

黑夜与白天，风雨或雷电，它们都不动声色，听一些人来去。

风，从门前经过

丝毫没有察觉它。我看见门前干净了许多，石墩上，灰尘，残枝败叶，都被带走。

——重新面对和认知，有一种全新的感受，如释重负，从不同视角到内心，把春天理顺，打磨，像我这么多年无数次的起伏。

一次次蜕变中，感受人情冷暖，和生活思考中剩余的疑问。它在明亮的早晨 7 点，不断向阳光靠近。

大门一直开着，风吹进来。我和它们交谈甚欢，逐渐吹开一条河内心结冰的秘密。

旧窗口

从很远的目光返回，古典窗棂，带有方格组合的架构。

无法查证它的年限，它支撑着日益塌陷的屋顶，上面落满去年冬天的叶子，而冰雪融化，若非穿过旧色窗口，哪能看见远处有紫竹院的飞鸟，和近处青绿草丛中靠近的蝴蝶，它们的翅膀——划过天空的光，照亮此时被打开的书本。

常常这样，因为喜欢安静，忘记日历上的词，为某个漏洞，在它背后隐性的解读。

一支木簪花

在刻刀下，成为头顶的暗器。
如长出的锋芒，但它不会伤及无辜。

插在盘结的发丝间，刚好找到自己的位置，有别于季节，四时开放。纤细的指尖，为你擦出内在油脂和包浆的温度。

它只是饰品，并知道自己前身，从枝头经过锻造后，深藏不露，仍然有觉知，却失去主宰权，像有灵魂无法选择的宿命。

它只是守着青丝到白头，为一个女人，扶正柔弱中立起的信念。

完整性

失去的部分，还在日夜寻找它的缺口契合度。

在一场风暴中，竟从故乡的流水里迷路。

被行走江湖的刀光剑影，磨平内在的骨头。更大隐患，藏在阳光背面的巅峰之上。

它渴望完整，却在残垣断壁上行走多年。

其实，时间可以让它忘记一种念想，偶尔，通过记忆重复和反刍再度引发出来。

你看不到它的伪装。

——善意的谎言，有时候，不经意间，在月光朗照的夜晚，突然明悟。

空 巢

白杨树并不粗壮，有风的时候，四面摇晃，但仍然会将枝条向上，举着一个偌大且沉重的鸟巢。

经历四季冷暖，偶尔，会有几只鸟，飞来飞去，围绕着它。之后，再也没有踪迹。

直到三月，有大雁北归，吸引很多只眼睛从远处看过来——没有人觉得，它是空巢，包括那棵树，也从来不过问，只是用力托举，就像母亲抱着襁褓中的孩子。

在每个黄昏，用虚构的想象，当作内心的影子。

原载《散文诗》2022 年第 6 期

序 曲 ［组章］

王猛仁

曾经失去的鼓乐之声，是最初也是最终的结局，无人破解。

任何黑白之间的撞击，都会紧紧地裹进宽大火热的胸怀，或者因狂欢而褶皱，或者在烈火中熊熊消亡。

我时常沉湎于落幕之时，畅想着一首山水诗浮游于晚霞。

有时，也会陷入纷繁的纠缠中不可自拔。

亦同骤风卷进屋檐，掀翻石阶上的最后一片青瓦，在离乱的日子里，坠落。

像黑夜里一件妆台的裙裾，从孤苦的滩涂上驶过，戛然而止的曲子，探测着失却太阳之后的冷漠。

之后，以日渐萎缩的远行，寻找一座空置的童话之城。

惊醒睡梦中沧桑的鹧鸪，终于荡开斑驳的思绪，将满含秋天的光芒，嵌进永恒的话题，细细咀嚼着，只有一个男人的如画秘境。

七 月

只是轻轻地望着，一任两汪碧水深潭，沉没，化为夏日荷花的开放，阻隔沉默千年的内心。

看似没有繁星的夜空，和飘忽不定的余香，孕育在冰与火的深谷。

一场大雨，冲缺了飒然逼近的一地生灵。

当我们足迹遍及的时候，很难忘记从指缝间跃走的雨花。

清风已来。

微微起伏的光影，依旧朦胧着固有的神秘。

最后一句煅烧的笺言，一直沿着七月指示的方向，引吭高歌。

在铮铮作响的琴弦上，复述，或者印证与日俱增的风语。

灯　火

月光高过一处旧伤，落在云眼里的翅声，俯仰之间，有着不同的词汇。

如今，回到童年的青色原野，无际的叶浪里，大地孱弱的躯体并不平静，在接近黄昏的一匹锦缎上，演绎着灯火稀疏的尘世。

儿时的伙伴穿过岁月的空间，酒，醉成暮色。

他们哪有时间喂养自己的故乡？

我多想用生命之中的热量，烘干没有退路的泪花，甚至带着无法返青的童谣，盘旋于疯长的清辉里。

当纯粹的光芒不能立足于世，当一棵爬满虫鸟的古槐，占据我思想的全部悲喜，甚至，用她那原本的丰茂、原本的沸腾，在梦出生的地方，看风吹麦浪，看彩蝶飞舞，看无数金黄的星辰，连着秋后的田野和我的诗歌。

刹那间，只有一只蜻蜓在墙壁上收集我倾斜的影子。

流　年

满地破裂的虹霓，几近完美。

在不停的离合中，这无疑是一次空前的宠爱，在昔日书斋的边缘，惊散昨夜清晰的背影。

四季陈列不凋的图像，用婉约的手法，让一株格桑花的忧伤，涉过江河，涉过千里不毛之地，拥抱涩涩而颤颤的黄土高原。

既然沉浮的欲望已经烟雨般从眉头升起，一些被侵蚀的想象与秘密，站在魔幻与松散间，被无声的底色解离。

夜，拽住衣领，终以彻骨的力度，突兀成前世的风云，将噙着巍峨雄伟的文字，注入月色。

仅一声长啸，将我无尽的前程丈量。

红头鸟

馨白的蕊情，沉积在茫茫水天里，于冷冷的心空，探测清越的足音。

一只冬天的红头鸟，划出远翔的流线，终以满腔的热情撑起蓝天。

两条延伸的辙印，会击醒无人看守的空林，追赶一场亘古不变的约定。

灯如惺惺睡眼，重复着同一动作，以此打捞被贬的芳踪。

阵阵疾风错过。

远去的雷声，带着喘息，不会躲开喧嚣的世尘。

可我，依然在诗行里行走，在近似僻静的脉搏里，啜饮着深邃的笔墨语言。

久违的一柄锋刃，不能雕琢蜷伏的寂寞——如果我的缅怀之日无法预定。

已失的断崖绝壁，会不会再次爬上干涸的心塬，甚至生出丰盈的词语，让思念泛滥？

繁　花

不只是一次没有涛声地缓缓流过。

发光的河流上站着夜的高度，与喋喋不休的黎明，滋生那么多细微的私密生活。

看惯了清浊黑白，比胸膛更辽阔的洁白，不是人间的壮锦。

窗外，是不敢正视的波谲云诡。

回首，发现身后的不动声色，竟是我难得一见的知白守黑。

它伴着风、大河、飞鸟和广袤的草原，那一刻，我的目光与漫天盖地的光华，热烈交织。

一种新的认知，在各自的心灵蜕变中窃窃生长。

我忽然觉得，在莽苍的天空之下，一个个文字更加接近丰满与深沉。

我开始迷恋一个季节。

当星光与月亮浓缩得看不见缝隙，那半遮半掩的朵朵繁花，突然间像个孩子，紧紧地抱住我。

原载《散文诗》2022 年第 8 期

山水之间

刘贵高

1

五座山峰，在鄱阳湖边一字排开，像是高挑的门帘，又似垂挂的屏风。

清脆的鸟鸣，随同春风轻扬。千年曙光簌簌而下，滴湿了绿意盎然的方言。

一个高频名词，偏安于赣北一隅。星空下，一条光芒万丈的朝圣之路，穿过华章，铺就历史与岁月交汇的甬道。

一路载酒扬帆，击节高歌。无数风流人物的脚步，踏在山光水色的梦里。

逶迤的时光，在庐山，打了一个解不开的结。

山峰、幽谷和湖泊，呵护着这块风水宝地。巍峨的五老峰，似一束摇曳的玫瑰，蓊郁心灵的景色。

2

一片叶子，就是一个生命。一条河流，就是一道闪电。

五老峰、锦绣谷、三叠泉、含鄱口、白鹿书院，还有牯岭别墅群，在雾霭山岚中静静守护山城灯火。每一座别墅，都有一个故事。

智者乐水，仁者乐山。而在我眼里，庐山，是卷帙浩繁的赣北气象。

惊蛰之后，春意正浓。一个穿着旗袍的少妇，迈着轻盈的步履，走过流水潺潺的小桥。五彩缤纷的鲜花，竞相绽放。

嫩芽破土，飞燕穿梭。

蒙蒙的雨意里，风吹竹林，风吹万物归乡的江州。

3

被一片绿色擦洗的传说，有着丰富的内涵。

自然与文化的巧妙结合，深深地揿入了时间的陀螺。耳听松涛，遥远的歌吟，一声声，压低了四处游走的风声。

阡陌山川，溪流环抱。古木清池，点缀旖旎的风光。

野果山珍飘香。蓝天上，一道高挂的五彩云霞，连接起炊烟袅袅的村庄。

一个风姿绰约的女子，走在回家的路上。

节节生长的名词，落在头上，头上长出芽片；落在肩上，肩上长出枝丫；落在脚面，脚下长出根须。

原载《九江日报·长江周刊》2022 年 8 月 28 日

潇湘胜迹

陈惠芳

岳阳楼

洞庭天下水，岳阳天下楼。

长沙赶路，是为了赶水，是为了赶楼。

给我以水，给我荡漾的机会。

给我以楼，给我登高的希望。

阳光一路追随，无雨有风。

心情亦随平原的开阔而开阔。

水上行舟，犁出浪花，犁出深深的足迹。

登楼望水，望到的就是自己的前程。

不过是把浪花还给了洞庭，

不过是把足迹沉入了水底。

我在水中，感受楼上的我。

我在楼上，品味水中的我。

更新了的岳阳楼，屹立于千古之水旁。

一代又一代诗人，把才情抛散在烟波浩渺处。

一座又一座繁荣，在倒塌中复古，风流不断。

采桑湖

东洞庭湖。采桑湖湿地，显得那么安静。

南迁的候鸟，需要的不仅仅是大片大片的湖洲、滩涂和水面，

更需要一个一个不被惊扰的梦。

我来看鸟，

感受它们的排列、组合与悠闲。

飞鸟把道路铺在了天空，又被风一一抹去。

一架高倍望远镜，

把飞鸟的思路清晰地陈列在我的眼前。

站在"鸟类天堂"的边缘，

隐隐约约地听到鸟的叫声，清清楚楚地看到鸟的形态。

306 种鸟类就是 306 首诗，一行一行在很远的地方排列。

我感觉了诗的韵脚、诗的旋律、诗的风格。

我不需要分清哪是白鹳、黑鹳，

哪是白头鹤、白鹤，

哪是中华秋沙鸭、大鸨、白尾海雕，

哪是白琵鹭、天鹅。

当"濒危物种"这样的字眼打进我的视野，

我感到一批尚未阅读的绝句正离我而去。

东方白鹳、小白额雁，一首是唐诗，一首是宋词。

我移动着望远镜的角度。

零零星星的鸟，从我头上飞过。

成千上万的鸟，掠过我放大了的目光。

鸟有鸟道，人有人道。

天上地上，各行其道。

洪江古商城

一个巨大的诱惑，被稀释。

朝怀化而去，朝洪江区而去，

朝洪江古商城而去，朝曾经的"小南京"而去。

诗与远方。

因为远方，才拥有诗歌。

因为诗歌，才追寻远方。

明，清，民国，

一代一代留下七冲、八巷、九条街。

商家，官家，客家，

一家一家念着厚重的经。

我穿行在雨巷之中，

走在青石板上，驻足、仰望。

那些寺院，那些古庙，那些会馆，那些钱庄，

那些茶庄，那些青楼，那些烟馆，那些店铺，

那些缥缥缈缈，那些灯红酒绿，

只是一群音符，无声地飘落。

我的肩头，吹过现代的风。

当桐油、木材、白蜡集散的时候，

当一批又一批仰慕者踏访的时候，

悠长的潨水和乌黑的窨子屋都像高深的哲人。

我无法读遍这些沧桑、这些往事、这些或明或暗的传奇。

我是今人，也将成为古人。

我是过客，也将消失在烟雨之中。

蔡伦竹海

蔡伦造纸。造纸术，造纸有术。

耒阳，蔡伦的故乡。

有竹，有海，有竹海。

一代纸圣，是不是从东汉走到今朝，

藏在这一片竹海，靠郁郁葱葱呼吸？

蔡伦造纸。湘人刚中有柔。

命薄如纸，却书写万千图文。

从甲骨文、竹简到蔡侯纸，

从繁重到轻便，历史积淀了一部分，

散失了一部分，带走了一部分。

竹海中有观海楼。

楼在山上，人在楼上，云在人上。

谁更高？登高，登上这层楼，

近观高大挺拔的竹林，

远眺静默起伏的山丘。

坚硬的石板路，从幽深的竹海里，

蜿蜒而来，留不下足迹。

细微的血脉被竹海淹没。

大大小小的村落，民间作坊还在造纸，

还在承接纸面的力量。

乾州城

"凤凰的兵、乾州的城"。

我念叨着湘西的老话，

走进 4200 年的乾州城，留下一寸光阴。

乾州！十里盆地，二水环洲，三陆横陈，状如乾卦。

乾州！夏商以降，土著先民繁衍生息，僰人、瑶人、苗人……

乾州！秦汉商埠码头，驿站驿道交会，南来北往。

乾州！明清苗疆首府，朝廷大将镇守，烽火狼烟。

小桥，流水，人家。

胡家塘是乾州城的肚脐眼。

月城，中间主楼，两边耳楼，

三座城楼，开三道城门，"品"字形布局。

三门开是乾州城的耳目。

呈梳子形的乾州城，夜以继日梳理千年发型。

"梳齿长边"的城墙，沿万溶江而立，

聆听涛声，聆听棒槌声，聆听游子归家的脚步。

或许，我也是聆听者。

乾州城的脸面，也是我的脸面。

乾州城的心跳，也是我的心跳。

荫家堂

背靠凤凰山，涉足蒸水河，眺望佘湖山。

山水之间，商机无限。

申氏兄弟步出邵东民居，走南闯北。

由东而西的邵水，突破由西而东的惯例，

暗示邵商"逆流而上"，敢为人先。

190 年，荫家堂坚守着。

风雨之中，保持着南北纵深、东西横贯的通透式格局。

悠长的走廊，犹如时光隧道。

家相通，人相连。

邵商鼻祖以开放的姿态，展示豁达、包容的胸襟。

一些细节腐朽了，

一些情节松动了，

荫家堂依旧是韵味深长的诗篇。

青石门槛磨得像一面镜子。

步入正堂屋，仰望天空。

一个奇迹凸显在飞扬的目光中。

正堂屋两侧墙顶，竟然绘有一座英式座钟！

凝固的时间，镶嵌在天蓝色之中。

190 年嘀嗒至今。

荫家堂又名"108 间"。

一位老妇走到正堂屋，

指着一口棺材说："我会睡在里面。"

言谈举止，透露着从容。

庭院深深，秋色深深。

荫家堂，是一座修炼堂。

澧州文庙

早在唐朝，我的马就借给了李白。

这老兄不讲信用，一去不复返。

白发三千丈之后，一一脱落，

李白只剩下了一脸诗意的胡须。

我只好打着赤脚，

从唐朝的夹缝中穿行，一直走在澧州文庙，

才歇脚休息。

孔圣人还在里面讲课，

之乎者也，没有现代的火星文。

我感觉一股久违的香火，在背脊上升起。

状元桥上的石头，是冰凉的温暖。

晨钟暮鼓。我敲响的是自己的风骨。

目光在镂空的石雕上，像种子一样弹跳。

我将自己栽培，在经久不息的文脉中，栩栩如生。

八面山

至龙山，登湘西屋脊。

八面山，南北长、东西窄，

巨大的高山岩溶台地。

平整的山顶，足足 52 平方千米。

土家人唤八面山叫"树母卜"，

"树母"意为祖先，"卜"代表船。

八面山真是游弋于浮云大雾中的航母，

航行于武陵山脉的"祖先船"。

八面山龙凤呈祥。

南面是凤凰，是凤。北面是龙山，是龙。

阅读了高天流云，预览了巫楚文化，

惊回首，猛低头，

八面山下，是里耶古镇，是秦简，是酉水。

曾几何，戍边的士兵，奔波的邮差，

踮起脚尖，抬头眺望八面山。

高山、草甸、牧场、日出、云海，已是寻常景致。

杯子岩，形如巨杯，高逾百丈。

岩顶一碗山泉，亏则满，满不溢。

自生桥曾是土家先祖的穴居。

集洞穴、天桥、天窗、天坑、水帘于一体，构成"八景同心"。

燕子洞曾是湘西最大的匪巢。

土匪修筑的掩体、熬制火药的窑、卧床，保存洞中。

刀光剑影的八面山，留下 36 个以"刀"命名的小地名，

"三把刀""四把刀""六把刀"……

血雨腥风的八面山，留下 48 个以"营"命名的自然村落，

"上营""中营""下营""七家营""八家营"……

亿万年，斗转星移，

"祖先船"一直隆起在这里，

"武陵方舟"一直停泊在这里。

八面山，八面来风，八面威风，

有棱有角，无须八面玲珑。

原载《华西都市报》2022 年 4 月 21 日

莲上的月光 ［外一首］

白 琨

别惊动一朵莲上的月光。

夜色还远，文字在莲叶打禅，诗歌从塘边赶来。

让蛙声折起，让风景转身，让花瓣与花瓣贴近耳语，让若干韵脚，朝向莲子。

静若处子，净若婴儿，一面塘的声音，压得很低。

被云丝盘发的月，那么皎洁，层层剥开，藏在莲心的自己。

自己被自己宝贝。我看着怀里的你，就是看着自己。

虚拟的月亮，还在想着，从你开怀的细节，小心取出，莲开的声音。

然后微笑、收藏，轻轻放在她必经的路上。

时间去哪儿了

一只猫，把时间从中午叼到傍晚。

树叶再枯，也能玩起它闲懒的生活。

嘴与阳光构成直角时，晒太阳的人是最长的边。

一飞而过的麻雀，被老人想成自己的双腿。

蹲着的板凳，倚着的拐杖，五条想跑的腿，拖不动一双羸弱的鞋子。

帽檐的藏蓝，是旧日子的尘色，戴在白胡子与皱纹的上面。

顽猫累了，老人就伸伸手。

接不住年轻的时光，分不来几十年的沧桑。

有些事是必然的，怀想是永恒的。

这些是我向楼下看到的。

隔着赤裸的冬枝，视野生生被裁出若干盼春的脖子。

探身的我，在窗子里，看一下午的时间，怎样地被猫叼着。

原载《泰山诗人》2021 年 11 月

乡 恋 ［组章］

林进挺

田 野

漫向田野的路，是通往童年记忆的路，也是连接明天的脐带。挥洒自如的秋色，弥漫无边的月辉，寥落寂寂的田野，我的爱所在，温暖了所有的梦！

路边的一簇簇野花随风轻摆，如穿着白色裙子的害羞少女。这是我谙熟于心的鬼针草，是我长大后才知晓名字的植物。它摇晃着的姿容，楚楚动人，漫长在秋夜的路边。

高高低低的庄稼啊，晃着暗黑色的影子。弥漫出来的草叶味道，让人有一种沁凉的愉悦！勾起了我童年的记忆，勾起了我往昔的劳动场面。多么温暖的生活，多么熟悉的劳作。

秋夜的田野，我的心与你在一起，怀抱着乡村的生活。

广 场

抵近村庄，扑面入眼的一大片绿地，有葱绿的青草，有高低的花木，有修剪成半圆球状的树丛。弥漫着一股清新的空气。

不需要夸耀的精神，不需要评头论足的言论。身在此地，呼吸着青草的味道，目视平坦的土地，心里就有一股得意的劲头。

安居乐业的生活，和睦相处的乡邻，一派平静的场景！坦荡荡的春风在这里，众人拾柴的村庄在这里。

溪墘村，孙中山广场。在南方小镇，触摸一片丰润的思想。

爱与诚，春风惠及这里的日与夜。

搬　家

搬动的家搬不动的故事，如一片树叶从大树飘落。离开故地情非得已，甚至来不及一场道别。

立秋了，天气有些微凉，风絮语着过往的片段。我们的理想还奔波在路上。

从一个小镇到一座小城，唯心底的沧桑不会改变。

我的朋友，譬如朝露，总是在阳光下闪光。而只有草叶，才能拥有滋养的力量。

落地的蒲公英总有灿烂的时光。

钟　婆

年老的阿婆一脸笑容，亲切地拉住了我的手，问这问那的。这熟悉的一幕总在我的心头回放。心底的温暖，像浸泡在热气腾腾的温泉般。

阿婆爱喝酒，自己泡上了补酒慢慢享用。一次喝多了，满面红光醉醺醺的，倒在地上睡了一夜。那可爱的场面从她儿子口中说出来，又恼又笑。

阿婆的世界是小小的庭院，是天空泻下来的灿烂阳光。阿婆也是庭院的另一种落日，遥望着儿子的远方。

谁还会说出那一点点迟疑的忧虑呢？明天的太阳将会照亮阿婆的影子，照亮我的心！

原载《南方都市报》2021 年 12 月 5 日

菊，照亮了一座城 ［组章］

半壁心空

一朵菊，引领着一座城

一朵菊，走在一座城的前面，九月的天空，是它的高度；秋天的底蕴，是它的背景。

一座城的理想，也是一朵菊的理想。这带着泥土芬芳的菊，渴望阳光的普照，不惧风雨的磨炼，守护着这座城的花期。

用一朵菊的神韵，打造一座城的岁月静好，再把一座城的古老与月光的皎洁拼接在一起，放入街头巷尾，与你我肝胆相照。

菊花丛中，可看见许穆夫人在吟哦，墨子在静读？阳光下，花浪如海，早淹没了前尘旧事……

其实，一座城常常在一朵菊上站起。西风吹不走一朵菊的忠诚，只锻造了这座城的深邃与厚重。朴素的通许，借汴菊之光、开封之道、曹植之手、七步成诗、一举成名。

汴菊茶韵

借一只杯子，复活几朵菊，那水就筑起一片河山。

岁月挂在杯沿上，吟茶人双手端起了前朝的日月星辰。采菊东篱下，悠然见南山；枝头抱香死，开尽更无花……

这花与水的乐章，在你我唇边招摇，那一缕菊香，为远方游子留下回家的标记。

这绽放菊花的杯子，在交出茶之道、菊之韵的时候，也交出一千多年前汴京的诗与酒。

去火、清热、解毒，堆满舌尖的温柔。隐隐地，有宋史浮出，带着开封的温度，带着通许的心跳，开始走南闯北。

九月，去通许看菊吧

不知是先爱上通许，还是先爱上通许的菊花。这黄的紫的白的花朵，仿佛是我熟悉的亲人，点亮秋天的灯盏，等我归来。

菊的锦绣，洇透通许的身影，在绽放的九月，找到美的灵性。无论是剑形、钩形或者针形的花瓣，都会与一抹夕阳相恋，构成通许亘古不变的秋色。

凝视一朵菊，与通许相对而坐，秋风穿透我的肌肤，有着丝绸的滑润，并不觉得寒冷，这该是菊的骨头已伸进我的血肉吧。

一只蝴蝶飞来，双翅描述出九月的喜悦，映照着近处远处的高楼剪影。谁在九月的通许街头徘徊不定，谁又在脚步匆匆赶路回家？

重阳，会发给你一场邀约，远方的客人，来通许看月光在虫鸣里摇曳，或就菊饮酒，或赏菊写诗……

原载《星星·散文诗》2022 年第 3 期

山花记［组章］

苏启平

梨 花

梨花洁白，灯光灰白。

飘落的花瓣是白色的蝴蝶，在我眼前乱舞，舞入空白的心。

大地像一片寂静的海，月如孤舟，穿过一个又一个故事的边缘。

对故乡，我无能为力，只种一棵梨树。

送走爷爷，送走父亲。眼泪，给了一个与"梨"谐音的汉字。

再白的梨花无法穿透黑色的夜，我的狂风暴雨在有梨花的夜晚心如止水。

花期是一周，世间所有的思念与离别都有时间的限定，你我浑然不知。

人类是万物之灵，可以分辨白天与白色的梨花。我分不清好人与坏人，分不清痛苦与悲伤。

脑子时不时会想起虫子咬过的烂梨和失败的往事。分别是梨的味道，青涩，或甘甜。

一定会有一曲歌、一首诗，适合此时吟唱。

告别梨花，告别一段华美的时光。叶底藏着细小的青果，神秘的青春。

吃梨的时候，老了的是我，懂事的是孩子。

映山红

鲜艳的红，像血一样。

我用嘴吸吮过花瓣，酸涩而微甜，恰如儿时的懵懂。

如果一定要用一种比喻，它一定是手中高举的火炬。

那一团火，点燃了我的青春。从故乡出发，一路都是激情。

就像在干涸的沙漠，我总能想到骆驼、绿洲、泉水，想到蒙着面纱的姑娘。

映山红灰褐而苍老的树干，不正像老去的亲人，老去的故乡一样支撑着你我。

映山红是一种石头花。把根深深扎进石头的缝隙，昭示山村强硬的态度。

映山红是一种大众红，像神州大地每一扇大门上面，鼓舞人心的红灯笼。

一束花是一种文化，是一种刻骨铭心的记忆。

从城市出发，沿着宽阔平坦的公路可以回到故乡，跟着失魂落魄的蜜蜂是否可以回到开满映山红的山坡。

禾苗青青，最忙的是春风，最美的是映山红。布谷鸟说。

芦 花

芦苇长长的穗，让人想起大漠飞雪。

天生一种豪情，挑灯看剑，吹角连营。或许，带着一点锋芒未尝不好，至少可以拒绝虚情假意的喜欢。

刺，是一种痛，更是一种最好的醍醐灌顶。所有的美好需要我们披荆斩棘。

瘦削的芦花，像三五成群的孩童，举着燃放的玩具烟花。

风吹起沉寂很久的浪漫，天空回忆了一段往事。白云羞红了脸，仿佛被我知晓了它的秘密。

在距离老家不远的山坳，芦花零散地站在路边，露出热情洋溢的脸。

那不是马的尾巴，我无法追逐它前面的艰辛。岁月给我们丰富的经验。

我想起儿时夜空排成一连串的星星，和课堂上一个个彩色的梦想。

芦苇莫非在送我回家，从我居住的城市，一直送到故乡。

它一直没有走远，在我的童年原地等待，一直等到今天。

柽木花

硬，就要像一棵柽木。

哪怕长不成参天大树，没有奇花异果。

立志就必须勇往直前，像一条溪流径直地奔向江流大海。

不一定要做栋梁，只要你坚持，总有一天会有人把你做成锄头柄，让铁做的锄头帮你完成前所未有的功业。

没有人想起你的花，密密麻麻的花微不足道。

不过谁也无法改变你的名字，就像你倔强的性格，遭遇坚硬的石头也不会弯曲。

脚下是贫瘠的土地，你是山村最坚强的族群。

缺少房屋，缺少粮食，缺少财富，你唯独不缺的是你的执着。

再细小的花瓣也有花开的声音，就像再微小的生物也有生命。你在街道绽放，影响了一座城市。

我想起苔花，想起星星，想起每一个微小的存在。它们，那都是山村的兄弟。

栀子花

白色的小花，打开一串一串的春光。

任山村怎么变化，它一直在，在你我的身边。

雪白的花，像一只振翅欲飞的鸟，欲往何方？白色的蝴蝶，最后飞进谁的家？将你化作洁白的信笺，写上最真诚的情话，寄给谁？

隐身在一个忠贞不贰的词语，回到古老的楚国。

朦胧的烟雨中，屈子正向我走来，带着你的香味与安宁。

岁月把最好的四月天给了你，你把一生给了山村。

我想起音乐，假如一座山是一首歌，你是哪个音符？

栀子花开，在美好的时光邂逅一个人、一件事，青春不可辜负。

爱你，我就等你。我默默把你藏在心里，等到头发白的时候再回味。

你熟透的身体，流露金黄，骨子里有着山村的温和善良。

一只鸟下落不明。为你长久地等待，等待你下次花开。

原载《散文诗》（青年版）2022 年第 2 期

一条江的走向

林延军

1

一条江。一条祖国的江，一条世界的江，一个遗产的名字。

一条蘸满风霜雨雪的江，穿越两千多年的时空隧道，至今仍翻滚着大地的肌肤，诉说着"天府之国"的奇妙乐章。

公元前二五六年，李冰那一把治水利剑，以天为笔、地为砚、江为墨，从"湔堋"中勾勒出一幅都江堰山水画。

一生的奔走，改写了村庄与田野、田野与庄稼、庄稼与烟火的沧桑遗韵。你就像一位巨人，流淌着岷江、灌县的暗蓄力量的血液，我隐约感觉江水的眼睛在一直注视着天府的安宁，嗅着天府的味道，遥望天府那一片绿草地。

鱼嘴"四六分水"，宝瓶口"开凿玉垒山"，飞沙堰"溢洪道"，如三大金刚守护着跳跃的生命和万亩良田。那是人类伟大的壮举，一个"天府之国"在蜀郡太守行者无疆的期盼与脚步中，演绎着亘古绵长的回音。

2

从不言累的你，如一匹来自北方的野马，在遥远的时光隧道里追逐一马平川的梦境，在舞动的水精灵中寻找前世的修行，一如上演一幅万马奔腾的骏马图。

倾听你寒风呼啸的奔腾，四周回荡着一首岁月长河里的交响曲。从南桥到鱼嘴石栏，从翻滚的浪花飞溅起来的那一瞬间，是否我要以另一种方式抵达你流淌的光阴?

四根一丈长的卧铁,静卧河床一千多年,抚摸内江的脸颊,穿过"岁修"的印记,也封藏着时光镌刻下的风雨声,将流淌的温情遗留给多情的江水。

一尊持锸石人像,站立于伏龙观里,带着永恒的微笑,那一笑,却笑成千年的守望。可有谁知道,李冰那坚定的目光,埋藏了多少心愿,承载着多少生命的祈盼?

3

一百年,一千年,从"湔堋"到"都安堰","楗尾堰"到"都江堰",《蜀水考》和《括地志》见证了你绽放盛开和激流勇进的每一个时光深处。

石犀、石人在"深淘沙低作堰"的警句中回荡着两千多个春夏和秋冬,飞翔于安澜索桥上的比翼鸟,是否遥望千年二王庙的清幽与巍峨?

从司马迁、诸葛亮到张陵,从黄炎培、林森到冯玉祥、贺龙,吮吸着大地的精华,以天地乾坤的乡愁情歌,以生命的名义描绘着一段又一段关于都江堰的国画长卷。

马可·波罗和李希霍芬的足印,如赶集的月光,与夜对话,照亮川流不息的筋骨,《马可·波罗游记》和《李希霍芬男爵书简》如两只盘旋的鹰,在辽阔的地球村撒下鱼的渴望、船舶的心事,还有商贩的目光。

许多年后,被岁月洗礼出土的李冰石像,拱手挂剑,仿佛又将建宁元年的故事传遍世界每一个角落。

我听见,两条江在鱼嘴相拥、交汇又分离,在心房的深处许下千年情话的窃窃私语。在花开的季节,在鸟鸣的时候,它们又如一朵朵白云,飘过洛水与章山的怀抱……

原载《飞霞》2022年第4期,总407期

闪亮的语汇点燃杏坛的烟火

雁　歌

粉　笔

叶子飘落，露出深藏的果实。

当浑身的雪花洒向黑色的土地，一双双蒙昧的眼睛开始明亮起来。

笔墨生辉，点石成金。所有的稚嫩和憧憬汇成一束光。穿过顽石，荒草，牛背，竹篓，荆棘，向春天的河流漫延。并把多年储蓄的词语，递给大海涌动的深蓝。

书山路远，一个勤字架起纵横坎坷的笔画。昨夜星辰，依旧闪烁寒窗不眠的眼神。

凉热间，万物生。微弱之白，涂抹着岁月的容颜。三寸之躯，阻挡不了一束光的远行。无数地上的禾苗，在春风中拔节，招展。

白，一种生命本色。总是不断调和人间的苍茫风雨，遮蔽甚至堵塞，世上那些黑色的漏洞，或者裂痕。

讲　台

杏坛中最醒目的位置，三尺版图，根植百年风雨。

修竹，茂林，清流。蔚蓝色词句随风荡漾，几滴鸟鸣滑落生命的枝头。此时，容易想起儿时那段头顶星夜的青葱岁月。

陌上花开。只是，那颗流星的光芒，至今仍没落在一代人饥渴难耐的心上。

风雪一场场抵达，讲述一天天深远。

我们是一群被纸墨笔砚喂养的庄稼。最终听不厌"关关雎鸠"，走不出"逝者如斯夫"这条古老的河流。

一切虚假被正义的言辞击中，邪恶被圣言匡扶，黑暗的灯芯被大道拨亮。

蝉噪蛙鸣，喧嚣沉浮。一束阳光啄破一粒种子，一棵树举起一朵白云。

沉默寡言的讲台，停泊在蕴藉的港湾。风雪掀开一扇扇大门，铺展东吴万里行舟。春天疯长沿岸的垂柳，让一个个低垂的问号，连成破浪前行的风帆。

一行白鹭，两个黄鹂，三千栋梁，展翅从这里起飞，盘旋。

黑 板

诲人不倦的杨柳，将一块黑色的版图，挂在壁端。

宛如一幅裸露的壁画，从人类最初的模样打开。任远古的苔藓注释，任每天的阳光提炼。

黑色的浓度在充盈，板块的主题在升华。

古今故事黑白分明，世界脉搏触手可及。

比如可卧听风雨，梦与蝴蝶。可思接千载，视通万里。

其实，脚步声响起的时候，天还没亮。随着起伏的浪潮，无边的黑在这里堆积，酝酿。历史的废墟深埋左上角，文明的碎片遗落右下方，思想的头颅坐落在黑色版图的中央。

一枝桃红，从版图伸出清脆的鸟鸣。一枚花瓣，沿小蹊托起满园的书声。

作为一方黑色的蕴藏，深不可测的沃土，唯有选择开掘，耕耘。

电光，石火，总是不经意间翻开那些沉重的心事。

而你最原始的密码，也许，三寸粉笔记得。

教 室

那一年，我们进去的时候，怀揣十八九岁的憧憬，将青春的容颜和朴素的愿望别在胸前。

那一月，我们进去的时候，九月菊怒放南坡，布谷鸟从稻田之上的乌桕树绕过碧瓦朱檐。

那一日，我们进去的时候，古树悬垂的钟声敲醒一座村庄的桃花，斜肩的帆布袋子装满一代人背篓的迷茫。

在所有的渡口，我们以手为楫。在所有的枝头，我们躬身为叶。

只为，春风过处，种子萌芽，信念开花。

开门，或者关门。进与出，总是挽起每一个迎风起舞的日子。犹如一双双挥笔的大手挽起那一只只孱弱的小手。

当最后一枚钟声，滴落黄昏，一切荣辱喧嚣归于宁静。直至我们踉跄的步履出来，额上早遍布一圈花甲的金黄，与黉门的风霜。

唯有多年的脊背，不再挺直。因为我们已把那份正直植入桃李的身上。

油 灯

寒风猎猎，夜色苍苍。你单薄的身影就像一片颤抖的雪花。

唯一的温存，是你心中残存的信念。犹如黑夜那盏微弱的油灯。

油灯下，世界仿佛安顿了下来。包括白日的疲惫，内心的焦虑。

窗外，风吹竹林，窸窣作响。案头，任火苗舔舐寒冷的围困。

你坐在窗前，注视一粒黄豆的焰火如何撕咬着书本。文字从书页间缓缓突围，撑起僵直的脊梁。刚好，两枚古铜色镜片，挡住了忧郁的目光。

间或用一支红笔，将寒夜划开一道口子。让所有的红汇成一股暖流，在乡村的夜色中流淌。

原载《散文诗世界》2022年第7期

乡居小记 ［三章］

黄　健

灶　火

风干的笋壳作引，灶膛一下子红了脸。

再喂些黄桷兰叶子、桂花枯枝，连同半截木头的一生。

把寒冷也烧掉，烦恼、阴郁、伤痛一并燃成灰烬。

一块土豆，几个红薯，溜进灶膛，烤熟的时光里，掏出童年的故事。

烧得通红的木炭被祖父夹进烘笼，孤独也夹进去。漆黑的夜里，捧着星光，暖透一个梦。

日子被烟熏火燎。切一瓣碎念下酒，嚼出几粒乡愁。

锄　地

荷一把锄头，挑两片朝霞，去田地里分行，写诗。一锄一锄阅读大地，阅读一颗泪里的相思。翻弄泥土的往事，也翻弄皱巴巴的光阴。

左手挥锄，挖出一块旧时光。小院。三十年前。醉酒的祖父，摇摇晃晃，日子也就跟着摇摇晃晃。

右手握犁，犁碎了月光。草屋，慈祥的祖母，穿引针线，缝补亲情。

一把沧桑的锄头在大地上绣出绿叶，绣出鲜花，绣出过往，也绣出乡情与牵挂。

累了，坐在田地里抬头看天——

鸟雀在搬动阳光，风在搬动云，我在搬动年轮。搬着搬着，我就哭了——

天空被掏空，就像被日子掏空的自己。

劈 柴

我在乡下的院子里劈柴，也在一位诗人孤独的句子里劈柴。

一把斧头，锋利、闪着光。凿开木头的肋骨，凿开风也凿开雨。那些镶嵌在木头里的阳光与鸟鸣，如散落的佛珠。掉进光阴的词典。

然后再将斧头高高抡起，将一个人的孤独劈开，两个人的恩怨也劈开。

将它们一块一块堆积，就像村里的故事重重叠叠，压着远行人的乡愁。

原载《星星·散文诗》2022 年第 6 期

第四辑

呼啸的风雪磨砺了山河的峭拔 ［九章］

黄恩鹏

雁 门

与李牧、李广、卫青、霍去病、薛仁贵等战将有关联的雁门，言说的是英雄主义语境，其中有历史的悲剧性与时代的象征主义。汾水晋山，寒风砭骨。风吹白杨，天黯青冢。黑云压城，趑趄踏沙。手持长弓大戟、髭须凝霜的飞将太守以忠诚之姿坚守城门，凝视从漫天卷地的沙尘中向他进攻的狮豹、虎狼和鹰鹫。

出身卑微的人、侠肝义胆的人、醉里挑灯看剑的人、风中吟咏的人，以孤独的人生为伴，以凛冽的时间为旗，任旋天而起的暴雪锤炼热血。

不犯尘俗，不蹈陈迹。英雄主义的雁门，精神大于物质。

有时候我对历史的伤痛是麻木的，需要哪一段情节来刺醒？遥念戍守岁月，男儿一身热血，将士满腔豪情，能够慰藉的，仅仅是筋骨成灰的功绩百战？

暮春残剩的冰雪渡来了最后一场大火。

如今的雁门内外全是苟活现世的味道。没有历史的呼啸，只有商贩的吆喝。

暴雨顶

天下竟有如此抽象摹状、通感喻指、激情飞扬的山名！

暴雨顶。

星曜遗落的一块巨岩。

草木绵密，山岩突兀，一只鹰驮起了山的重量。我的恐高由来已久。但我不是鹰，不敢言说飞翔。活了大半辈子的人，每每爬山，都有一种从母亲子宫分娩的感受。其实一个人用一生时光攀一座山就够了。暴雨顶巨岩让我恍若看见西西弗斯的劳作。古老的隐喻，生命的秉承，意象的迟疑。寂静里知晓它存活的理由。

山豁处有东倒西歪墙塌砖碎的野长城，似被暴雨冲毁所致。

暴雨顶是哲学的，有关兴废；是文学的，有关沧桑。是仙的指头，神的手掌。西上佛爷顶，东上暴雨顶。光秃秃黑岩是大地深处坚硬的火焰。

烽烟绝尘远去，白云伸手可触。

孤独的岩壁比群起的广厦高贵，我在汗流浃背的攀缘中读诵山河峭拔的秘境。

砧子山

岩石的卦爻，被细心的工匠组合排列。山竭了，海枯了，崖壁没有腐烂。岩石仍然坚硬，比铁盾和时间坚硬。形同砧石的山，披戴湿漉漉的贝螺、珊瑚和海星，从古海深处横空出世。恍如有根的巨大古树，山下是草原。一万头黑牛，十万匹野马和驴子，五百万只山羊和黄羊，身披星辰，头顶明月，从此有了吃草的地方。

浓眉大眼、髭须浓密的大王，送信的武士，骑着麋鹿，飞奔大青山下。如果古海没有枯竭就不会有大草原。大海失去了海水留下了草地湖泊。草木旺盛，莺飞兽走。一百万顷草原，十万座湖泊，成吉思汗的兵马和牛羊吃饱了喝足了。

落日浇铸金印，时间融化预言。蒙古秘史藏于石头的密码中。帝国的草场，巍峨的神殿。众牲集合，群禽高飞。呼麦与长歌一路燃烧。狼群、野牛、獾子和狍子，在森林里蛰伏。成吉思汗的兵士有虎的威猛和鹰的凶残，狼豺和蟒蛇都害怕。

石头的火焰，骸骨的废墟，帝国的灰烬。

官布扎布说在砧子山说话声不能太大，否则会被石壁上的骏马和岩羊听见。

它们全都是古灵精怪的魂儿，听见人声，会钻进厚厚的石头里面不出来……

箭扣长城

鹰飞倒仰长风立，燕山雪花大如席。

多孔窍的岩石被狂风吹出了牧马长调。一根长鞭，当空劈下，横风急雨，掠沙飞雹，石破天惊。大寂大静之后的生命是真正的王者。天地之间，只有鹰能听见每一片雪花弹射的声响。

以麟的速度和麒的劲健攀登天梯。

天太低，地太窄。一朵白云，古人的绝句。垛口眺望。向北是八道河，向南是渤海，向东是慕田峪。而我仍要，以一块砖的力量，继续向上拔升，前往西地，抵临大榛峪。铁琵铜琶，大风度谍。满脸皱纹的樵人从山中打柴采药回家，他的身后跟着一只小黄犬。他们的前世，是否与这座长城有关？

龟蛇锁梦，雷霆鸣响。那些砌在云层中的城墙，是全天下最优秀的士兵。

雨雪夹杂着沙尘滑过了枯草，白海螺吹响了催征的号角。

大将军闭目射雕。肌腱鼓胀。扣满弓弦的手，从古至今，没有松开。

曲德沃村

曲德沃村，一个地图上没有标识的村子。我在此驻足。山南八月，割青稞的人，挥动镰刀，弯身打捆。多么美妙：弯身、起身，反复展示他们在天地之间匍匐的腰肢。沉默的劳动，细小的叶穗。青稞，无生无死。受伤的根部，被大地抚慰。

青稞、小麦和荞麦；牦牛、马驼和山羊。仁德的松赞干布，二百余年的吐蕃王朝，护佑子民的雅拉香布山神，盛大庄严的望果节。割青稞的人，高大壮实，像天堂圣徒。他们站在唯美主义的大地，耕耘自己的生活。

涛流翻阅经卷，每一行文字都是前定的念珠。躬耕稼穑的人，盼望酒香盈怀，他们用纯粹的时光，酿就了永不陈旧的期待。

我不想做土穴里的小虫子。我只想做一道有生命的风，壮大翅膀。大风把乡村的青稞吹得成熟。那些带着高原海拔霜雪的时光，永远高贵、丰满、迷人。

山河峻峭，我用一厘米的光阴把半生的烦恼忘记。

冈仁波齐

雪山抱住了时间的天堂。500 年，望得见的轮回，我要拥有。

时间抱住了雪山的梦境。6500 年，望不见的轮回，我要拥有。

千水诵经，万岭聆听。草木萌发，秘密诞生。冈仁波齐，爱你的人啊比我早来了一万年。双手合十，跏趺祈祷。峰峦连着峰峦。沉默的雪域冰川，一生拒绝融化。

阿什塔婆达，神闪亮山顶。我无法容忍多年来的放纵和懒惰。我愿意把部分痛苦往事说给神听，但又觉得那些经历不值一提。年过半百的我来到阿里普兰高原，早已经卸下了世俗所有的缧绁，欲借鹰的翅膀，丈量天地的距离。

冈仁波齐，因为缺氧，我没有走近它马上就要离开它。或许此生，我再也难抵近这座最值得珍视的高海拔的神山。

酥油燃亮，我背着行囊走在低处的草木和小山鹏中间。

阿尼玛卿

仍然是鹰，挥动旗帜。鹰不会转向，鹰是天空的神灯。沉默的阿尼玛卿不会转向，它是孤独的城墙。马儿走动，红衣喇嘛在雪山脚下走动。白牦牛安静，哈达和桑烟安静。银质的大腿骨号吹响，出世与入世。穿绵羊皮袍的老者颈挂硕大璎珞朝圣山河。他的腰杆弯成了月亮，圣洁的光辉，照耀内心。

初一诵经，十五供灯。

正月晒佛，三月降神。

六月祭山，十月朝湖。

把苍天挤压得低矮的阿尼玛卿在眼前连绵伸展。甘肃和青海，两枚舍利子，在纯净的火焰中诞生，尔后被心怀博大的圣神秘密收藏。

枯草枯草，冰雪冰雪。仍然是鹰和雪山之下的老者。仍然是一路捡拾灵魂珍宝的朝圣者。白牦牛和白雪花，还有白昼时光口吐白莲花的尊者。

今日吉，主外出。我一个人骑着骏马，跟着雪豹，沿着阿尼玛卿山脉行走。卓玛、央金，还有旺姆，她们来了，给我送来了早餐的奶茶。

西倾山下

羌人在西倾山下放牧牛羊的时候，是否会把自己也看成曾经的铁甲将士？

我在水边听见一位老者向一位占卜的女人问起来生世。他说：我看见两座城，雪狮之城与神鹰之城。

那么，可不可以这样解释：玛曲黄河人，一部分是雪狮的后代，勇猛顽强，强悍无比，战无不胜，傲岸群雄。一部分是神鹰的后人，天涯海角，四处都有其族类，他们以聪明睿智的才情，闯荡天下。

春秋战国、秦汉、三国、隋唐、宋元明清等诸朝诸代，西倾山下，安宁富足。人生百代，风雨千秋。天下枭雄，成就伟业。故事一波三折，跌宕起伏。

我们又总会从其传说中获知不凡的生命本质。

玛曲之于格萨尔，河湟之于唃厮啰。天地祥和，渔猎耕种。骡马驮玉，羚角入药。鹙鸟和龙驼游弋水泽。卓玛、央金和旺姆的孩子，最后都长成了英雄。

八月青稞，十月藜麦。扎西和多杰，雪狮和神鹰，轮流着，看护庄稼。

益哇乡

山顶有海，大鱼油脂丰富。

山坡有田，麦子长势良好。

清水穿过了脚下的小路，石块与石块，排列出了星宿的形状。

伏羲伏羲，风云雷电。站在面前的，不仅仅是石头，也是时间和往事，是流云歇息的家园。

山藏琥珀，溪隐玛瑙。

农耕、狩猎、牧牛牧羊的益哇乡。樵人进入了巨型的山水宫殿，再也不想离开的益哇乡。落日拥抱漫山杜鹃，季节让仰望不再陌生。

华美的经文，山河的光芒。前世的梦境在此展开。微小的精神生活，超验主义的歌声，比岩崖还要高昂。

灌木丛生的根脉扎入了石头。80 多年前的洛克在小木屋里听见了格桑梅朵的盛开，一杯美酒，安放了谁的思念？

清亮亮的花儿都是杜鹃的孩子啊，满怀喜悦为他的某一段行踪保守秘密。

原载《诗潮》2022 年第 4 期

春天是个例外 ［外一章］

宓 月

1

时隔 1200 多年，成都的春雨依然固执地下在夜里。

忽略高楼，忽略街灯车灯，忽略铝合金雨篷，忽略现代都市元素，我们依然生活在杜甫生活的那些夜晚。

一夜春雨，蟋蟀、青蛙、小鸟，和煦的暖风，不再安分的树叶和花蕾，悄然协奏起声势浩大的生命交响曲。闭上眼睛，能感觉到田野近在咫尺，生命在广袤的大地此起彼伏。

城市公园里，不为人知的狩猎活动正在进行。虎豹变成了流浪猫、松鼠，弱肉强食的案例在悄无声息地一再上演——夜色是这一切最好的保护色。

1200 多年，蟋蟀还是那样的蟋蟀，动物世界还是那个弱肉强食的动物世界，只有人不再是那个能吟哦"晓看红湿处，花重锦官城"的人了。

当朝阳升起，公园、河畔，街角、里巷，不知何时已姹紫嫣红。我们无法猜度，这个有雨的春夜究竟发生了什么。一切是如此的祥和美好，没有博弈的血腥痕迹。我们唯一知道的是，这世界有看得见的部分，就有看不见的部分，一股力量上升就会有另一股力量下沉。

大地以自己的方式试图唤醒沉睡在我们久远基因里的记忆。年复一年，下着相同的雨，开着相同的花，轮回着似曾相识的四季，就像一个无须谜底的谜语。

2

无须挑选时辰，花骨朵就会凭空冒出来，绽放出满眼的新奇。

抽芽，开花，结果。落叶随风远去，新叶焕然舒展。大自然年复一年平平常常的生命过程，为什么总是让我像第一次见到那样惊喜、欢欣、莫名其妙的哀伤？

所有的春天都似曾相识，只是我自己不再是那个过去的自己。

我变得越来越健忘。昨天发生的事，去年出现的问题，都得借助大数据提醒才能想起，仿佛那是很久很久以前的事情。世界变化太快，我每天奋力追赶依然慢了几拍。最好的记忆力都抵挡不住岁月这样猛烈高频的侵袭。

我只是希望自己能像一棵银杏树，等待春天来唤醒，有期待的四季，有美妙的轮回。最美的事物都是自然而然生发的，不需要来由，却又不容置疑。它是一种绽放、一种爆发，它感性、梦幻，最接近生命本质。它让我相信，人世间有一股神秘的力量，会带领我们不断清空自己，迎来新生。

我可以单纯地为一朵花开、一树嫩绿动情，也可以在饱经沧桑之后期待来年春天。

3

我不习惯唱赞美曲，但春天是个例外。

春天有好看的颜色，有好闻的气味，有蓬蓬勃勃的生命。

春色自带诱惑，不饮也醉。

说一些好听的胡话，就当是蜜蜂的嘤嘤嗡嗡。说什么不重要，重要的是喜爱的真诚和情不自禁。

当一个人变得语无伦次，请给予加倍的怜惜。因为她正遭受着强烈的内心风暴，忘记了伪装，只剩下赤裸的自己。

春天里，许多事情都有秘而不宣的理由。有时仅仅因为一缕风中有熟悉的气息，激活了记忆深处的某个部分。有时是因为看到一朵花像极了生活中的某一个人。有时是因为故去的亲人变成一只小鸟掠过我头顶，告诉我，一切安好……我确信春天里的一切都是真实的，而不是被苜蓿、青蒿、艾草、香椿、藿香……唤起的幻觉。

春天里，万物都在彼此寻找、重逢。

原载《橄榄叶》2022 年第 7 期

城市漫步者

1

我曾经认为，城市是最不适合漫步的地方。

漫步，需要悠闲的心境，宁静的环境。城市太过拥挤喧嚣，墙壁、电杆、花台、树木都是一种危险，车流、人流无不在诠释：时间的金贵，生活的繁忙。

在城市里，屁股比双脚重要，坐着的时间比行走的时间多。在城里待久了，行走的功能在弱化，双脚的存在感在降低。多年来，我的腿脚好像只用来上台阶，在室内徘徊，用来蹬自行车、踩刹车、轰油门……

我在城市里生活，却不是城市的主角。

直到我成为城市漫步者。

2

为了先生戒烟，我们选择了漫步，在拥挤的城市里。

戒烟就像一种修行。戒掉一个习惯的最好办法，就是培养一个新的习惯。我把这叫作"能量守恒"。

刚开始，我们只在距家 500 米半径内的小街小巷漫步。

虽然要不断地躲闪行人，避让车辆，却让我们发现了街边拐角的茶馆、理发店、餐馆、咖啡厅、五金杂货铺、快递网点、几丛翠竹、古色古香的院落……这些陌生的事物，让我们觉得好像第一次来到我们住了二十多年的地方。

3

成为城市漫步者之后，我才发现，这么多年来，我一直生活在别处。我住的是空中楼阁，过的是一种悬置的生活。

我不认识楼上楼下住了二十多年的邻居，不知道有多少小商小贩在讨生活，不知道修理水管和电器的人就在附近，不知道命运就闪烁在某个路口、某个街角、某棵树下、某个刹车声里……我只知道，出门，直奔目的地，回家。我从未想过，风景就在身边，目光停留之处就是生活。

不再匆忙赶路，不再为了什么目的而行走，慢慢地踱过宽窄巷子，在永陵公园里流连忘返，看鸽子在草地上散步，望着白云飘过晶爵大厦……

我第一次在城市的缝隙里，找到了契合的位置。

4

在城市里，我们都只是过客而已。

街巷的小餐馆经常在更名，快递网点以前是一个手机修理铺，五金杂货铺不久后变成了一家小药房，茶馆曾经是一个盲人按摩店……城市的更新变化常常是从这些不起眼的角落开始的，然后是一整条街一整个片区。老房子不见了，取而代之的是光鲜亮丽的高楼大厦。一些单位迁走了，新的招牌很快又会闪亮登场。街道变宽了，人行道上增加了盲道，还增加了一小块一小块的绿植区。

我们走过的这些小街小巷，若干年以后是否还会存在？也许只留下一个街名，一段传说。鲜活的、充满烟火气息的一代翻过去，新的人、新的故事又会很快填充进来。

永陵公园里的松鼠、野猫、鸟儿以及其他居住其中的动物是幸福的，因为王建墓的存在，这里的树木有了永久的居住证，确保了它们有一个永久的不必迁移的家园。

我所居住的公寓，我所生活的街道，包括街道上的花草树木，在一轮又一轮的城市变迁中会走向何处，没有人知道。但我相信，变迁，是为了更好。

5

以漫步的形式感受一座城市。

脚步散漫，呼吸匀缓，思想和身体完美地融合在一起。只有这个时候，才能感受到地铁列车驶过的轻微震颤，感受到空气中飘来草木的气息，所有的遇见都有着别样的意义。

我们就是在漫步中，发现了西郊河。它流经我们生活的小区，从永陵巷到枣子巷，从宽窄巷子到文化公园，从琴台故径到散花楼，最终汇入锦江。

过去，我也曾从河边走过，却从来不知它的名字，也从未去探究过它流经哪里，流向何处。

我们喜欢从西郊河右岸过去，从左岸回来，或者从左岸过去，从右岸回来。

和我们一起漫步的，除了来往的行人，更多的是鸟儿们。它们成群结队地从河的这边飞到河的那边，有时，就歇在我们伸手可及的地方。

我把城市里的鸟儿分为三类：喜欢叽叽喳喳的饶舌鸟，喜欢在空中飞来飞去的飞鸟，感觉就在不远处却不见踪影的隐身鸟。

评价一座城市，也许鸟儿们最有发言权。

6

让匆忙的脚步慢下来，在高速运转的城市中，发现转瞬即逝的岁月印迹，体会飘忽在街头巷尾的诗意。

在漫步中，我成了一个脚踏实地的城市人。

原载《湖州晚报·散文诗月刊》2022 年第 10 期

飘过头顶的云朵 ［组章］

曹　雷

一个人和他的影子

一个人往前行走，他的影子紧紧跟随。

在路过的地方扬起尘土，月色蒙蔽，遮挡阳光。他想把夜与昼来一次颠倒交替，给行走的呼吸声加重分量。

在十根指头缭绕彩虹，让唾沫淹没满天星斗。

看到没有？挡风的玻璃，却不能隔离他和他的影子。这无缝式伴随，进退的步幅就有了一致。

这个人前后左右随性乱走，一路咿里哇啦，

脚印凌乱的身后，春草不愿再生，幼苗不敢长大。一地鸡毛，飘飘洒洒。

一阵风适时地吹来了，一条路突然在脚下分岔。

过于狭窄的通途，尽头是粉身碎骨的断崖；寒鸦耳边聒噪，乱飞的枯叶像招魂的舞蹈；空中的传说里，讲述着一只想吃天鹅肉的蛤蟆。

云开雾散后，这个人和他的影子从崖上坠落。

天地静默无语，路上任何欲望的擦痕，都遁迹在尘埃之下。

时空依旧清朗，这个想在路碑上刻下自己名字的人，和他的影子一起，什么也没有留下。

飘过头顶的云朵

她飘过我们头顶，所有的眼神为之一惊、一怔、一痛，或者一醒。

它是由一个身影幻化而成，又由一个声音升华而去，离去的那一刻，在雷与闪电联袂压下来的那一刻，完成了自己的逃遁。

风带着它飞，身下是一片心系着的山河，

它只是沉默，只是用爱和怜悯的目光抚摸，

抚摸裸露的丘陵山谷，枯枝败叶正腐烂成叹息；

抚摸幽暗的水域，波纹下暗礁在诡秘地晃动。

受惊的鸟群回头张望，树林里嗅不到喜欢的气味，还有眷恋着的故乡，也被一层薄雾笼罩，透出陌生的寒凉。

它想挣扎，它想叫喊出来。或许，它已经挣扎过，叫喊过。

它飘过我们头顶，满腹惆怅，满眼迷惘，又一声不吭地飘去。

它是要化为无奈的雨水落下，然后悄无声息，无踪无影？还是要借助阳光，把天空干净的蓝，重新送还大地？

目送飘过头顶的云朵，答案留在我们各自心里。

黑夜里的微光

夜，是不是打翻了一盆墨汁？该黑的都黑了，不该黑的也黑了，远远近近黑成了整体，上上下下黑成了立体。

行路人，黑成了一个孤单的个体。

两旁枯枝摇摆，摸不到自己的树叶；鸣叫的归鸟，惦记着新垒的巢。

冷冷的夜风在周围吹，吹着它们在尘世身不由己地流离游荡。

行路人吼叫了一声，想和它们牵手同行，想和它们抱成一团，彼此呼应。

他抬头望一望天色，看见了云缝间那一丝光。这细微的照耀，照见河流艰难地转身和抖索，照见沟壑，照见有人勒紧了手里的缰绳。

他终于看见：夜的黑吞没了一切，唯有这微光，透出了云层，就像世上不会泯灭的爱和善良。

融　化

又是一个春天，最美的还不是醒来的萌芽，重新回到了树上，而是一粒草籽从石缝中拱出腰身，睫毛上挂着激动的露水，

那一颗颗，全是长夜里梦见过的星辰。

许多的虚无幻象，落定实处，就成了一片叶、一处花蕊、一句好听的虫鸣。

就连那个荒芜的院子，久未开启的锁，也等来了一把钥匙上门来认亲。

每一次看见小蚂蚁在路上旅行，我就侧身让行，一旦我们双目对视，会读懂各自卑微的出身，

用这样的方式，很容易识别是异己还是同类。

不难确认：我是前世的它，它是今生的我。更多的时候，我和它会在同样的风雨天前行，会在同样的轮回中完成相似的宿命。

我们拱手道别，坦然面对天意的降临。

一想到这些，就决意把心中的块垒融化成春水。

这朵晚菊

秋天已经走远，这朵小野菊说它还是要开。

桐油灯摇曳幼年的喜悦，那时候更大的寒冷正在来的路上。

后来，也就是一眨眼的事。老鹰在远天盘旋，翅膀下除了苍茫还是苍茫，它唯一的发现是这朵一天天老起来的野菊，满身散发着金黄色的惆怅。

四季宏阔，曾经的繁灿日渐模糊。是该谢幕了，即使承受的足够重，得到的足够多，而见证过的世间起伏，群峰一样还在连绵。

不要说枯萎的悲壮，凋谢的遗憾，这一切都可以坦然面对。

入梦的花影一定会告诉你，我是谁。会告诉你，草木一秋的我，满身金黄色的光，是留给另一朵菊的开篇序章。

会告诉你，这朵晚菊绚烂的一生，是怎样不卑不亢地上位，又是怎样不声不响地隐退。

一朵晚菊，一曲辉映生命的交响。

原载《散文诗》2022 年第 2 期

风干的牧场 ［外二首］

邢　云

黄昏的戈壁，残阳如血。

茫茫的沙海中留下一串串踏实而清晰的脚印，炙热的沙海将热气透过双脚沁人心脾，我久久凝视一片牧场，一群又一群记忆的驼队，陌生地向我走来……

眼前，牧场的风景，一半是天然的，另一半是醉人的。

蓝天，碧云，孤烟，落日。

大自然给这里铺上一张黄色的地毡，雄浑、静穆给人一种单调的色彩。

驼队，承载着祖先的荣辱、饥寒、悲喜、生死，从浩瀚大漠驶向苍茫戈壁；从野蛮走向文明，从古代驶向现代。

牧场，驼群，毡房，守望。

夕阳西下温暖的阳光照射在大漠戈壁，驼队投射下长长的影子，在大漠戈壁搁浅，突出的骨骼，伸向苍天伸向大漠。尽管沙尘、恶风浸蚀它、风化它，可永远淹没不了它不屈的希望、闪光的历史以及不死的灵魂。

我静坐在沙丘上，不远处几株绿色的植物，散散落落地随风摇曳，驼群里的"赛罕呼肯"①，不用化装不用着色，怎么就成为一幅风干牧场不可多得的天然水彩画。

---

① 赛罕呼肯：蒙古语，美丽的少女。

有沙漠的心永远不会被搁浅，于是，风干的牧场，便延伸了它生存的内涵与价值。

心的思绪便挤满戈壁

　　走进戈壁，心的思绪便挤满戈壁。

　　戈壁是粗糙的黄沙，是亿万次被肢解的漂泊的灵魂，苍茫悲凉得感慨，使我搜索不到任何真实的记载。

　　骆驼，和那些行走在戈壁的人，朝着绿色蔓延的地方走去，挽一片苍劲的绿色，在清晨，在黄昏。

　　戈壁，挤弯我的目光，以变换着的方式调整着方向，让我聚积的心跳谛听一次，从拂晓到黄昏的呐喊，咽下戈壁，碎了残阳。

　　冷酷的夜，无法躲避的梦魇，被重创在浩瀚的戈壁，无力卸载。

　　黎明用执着的曙光，正努力地寻找多彩的故事。

　　此时，从浩瀚戈壁中走来一支神秘驼队，用脚印丈量古丝绸之路的历史，留一缕足迹，留一条泪痕。

大漠驼魂

　　行囊如一匹神驹，在你的脊背上扬起烟尘。

　　两团褐色的光在金色的大漠闪烁，褐色的鬃毛从蓝色的深邃倾泻覆盖阳光，干枯的路扬起浪的梦呓，沉闷的孕育，蹄印爆开旋响的花团，一种恐怖的色泽，憋呛的滋味，顿感末日之降临。

　　正午的沙砾上，背囊里再也掏不出任何食物和水，甚至找不到一片属于自己的影子，你终于开始怀疑自己是否真正地行走过，身后只有那些被你遗弃的水瓶、面包屑，在阳光下疲惫地喘息，行囊舒服地躺在砂砾上，委屈地渴望着。

我坐在自己的视野里，坐在行囊与目的地差距里，一只被漠风摧折的驼铃，听见了阳光穿过身体，又从沙砾上返回的声音。

现在，拯救者和受难者都是你自己。

当你再次睁开眼睛，你突然发现自己原来仍在行走，像一根老人的手杖，不依赖脚，却仍在行走，同时行走着的，还有整个大漠。

牵驼人解开胸襟坚实的纽扣，弹断呼兀尔①所有的琴弦。

两团褐黄的眸子火一般灼亮，褐黄的鬃毛披垂长颈，我拾起滴落的信念，祈求悠悠的驼铃，自天边荡来。

牧驼人松开那根皮绳，骆驼草仍稀疏在风中叹息，荒沙不喜欢杂音。

大漠夕阳，一遍又一遍地跌落，将跑累消失的蹄印，印在瀚海上。

那股想来就来的漠风，吃进一个沙丘，又吐出一个沙丘，对着没有走过去的驼队和正在行走正在消失的，不加掩饰地占为己有。

干涩的沙粒是无数死者的泪核，这时语言掩埋不了痛苦的沙涛，飘荡着以时间的碎末沦陷生命。

原载《散文百家》2022 年第 9 期

_____

① 呼兀尔：蒙古族乐器，又名四股子、四弦或提琴。

聆听岁月的诗情 ［组章］

倪俊宇

草浪掀动，马头琴在响

1

弦上的河流，荡动草浪的辽阔，荡动内心深处的疼痛。

灵魂的指尖，穿过岁月的尘烟，触动人生多少情思，触动多少离愁或别绪。

一串断鸿隐入暮色。酒杯晃动夕照，斟满的

可是套马杆搅动的英雄气？

2

这一拉，将无边的草色，拉向了悠远与苍茫。

弓毛抖动。跃过三尺剑气的铁马，跃过岁月的冰河。悲壮的旋律，卷动突破奥琴峡谷的马鬃，拭亮溅血的刀光。

长弓来回之间，是上万里风雪与苦难的煎熬，是土尔扈特人对故土的殷切呼唤。

看到东归的蹄尘，顶着时光的逆风，飘成蒙古包上袅袅的炊烟。

琴手面对朝日，欢快的音符，颤动伊犁河畔格桑花瓣上的露珠……

3

风声，叩响落日的雄浑与苍凉。

远古的狼烟，燃烧在听琴人心里。抑扬顿挫间，回荡着刀剑铿锵的辩论。

江格尔勇士们的豪犷，马奶酒的吼啸，从史诗长卷中昂扬走出，拉响高音长韵。

那些震撼过往时光的家国情怀、英雄壮志，在江格尔齐的银须与马头琴的旋律里，跃动。那是草原上的河流啊，不息地闪烁着多彩的情韵……

4

长调里的鹰翅，振动忧伤的颤音，飞向远方。

嘎达梅林的马队，驰过科尔沁草原，踏响轻轻重重的琴音。

谁在剑刃上，寻找回家乡的绿草、鲜花与奶茶香?

折断在乌力吉木仁河边的剑锋，凝着热血，竖成一座丰碑……

此刻，我听到，嘎达梅林对土地的呼喊，唤醒了草原上一季又一季花开的声音。

5

敖包山的星光，长短调的缱绻，仍在蓝铃花或青草尖上，摇曳。

远去的勒勒车辙，在弦上滑行，牵长了额吉绵绵的挂念。

你看，那频频回首的图雅，她饮过马的额尔古纳河，在用弓弦潺潺唱出远嫁女儿眷恋的忧思……

露珠里的夜色，收藏了马嘶与羊咩。草浪奔涌。在弦上，拍打出梦幻的浪花。

6

琴音，铺展草原的广阔辽远。指尖，触醒沧桑的岁月。

情丝与弦交缠，是人世间漫长的瞩望。低徊如诉，是唇间蕴热的萨日朗?是敖包弯月的幽幽私语?

谁，走出远处静听默想的毡房，夜风拂动发辫的花香。水勺，惊醒了一河星光……

天涯热土，有椰胡颤响

左边一条南渡江，

右边一条万泉河。

一生沉浮，在生长椰林的热土上，韵脚平平仄仄，跋涉出酸甜苦辣。

有诗韵染红秋叶，弦声拉长情愫。

高腔的正气回荡书院，随椰风远走市井阡陌……

琼剧一朵一朵，在弦声中，开满村头的老榕，或深巷的三角梅，像一只只鸟儿，在方言的上空飞旋。

马尾扎成的弓，牵出奔马的嘶鸣；疾抖的是临风的七尺剑气。

孤帆旧缆，绷断于一弓长音的回响里，幽幽弦上，蹒跚着天涯谪客的背影……

南岛的月夜，遂遍洒了中原雨雪。

沧桑的指尖，在弦上摸索人心和世道的冷暖。谁把浊泪，洒在最抒情的那个高音上？

秋日的私语，爬上岁月的唇。琴弦扎下的情结，指间能否解开？

弦与情丝纠缠出颤响，是比人生还漫长的时光。

驼铃的追寻

绵长的蹄印，被折叠的风雪拧成纤绳。总要穿过沉夜的冷寂，系住黎明的曦光。

驼峰上，绽开沙涛与夕光的嘶鸣……

峻嶒的骨架，支撑起茫茫瀚海的黄昏一角天。

跋涉的脚步，沉重地融进一声声鹰啸里。

是哪一阵漠风牵动驼铃，去追寻那丝绸古道？

一片古寺。雕廊前，变换锦衣裘帽、彩饰腰刀。一群石窟。佛像旁、靓丽妖娆壁画、飞天霓裳……

许多故事在朔风沙尘中飘落，许多故事又在阑珊灯火中诞生。

走不完的烽燧台，过不尽的古关口。

这铃声，是照亮欢欣，也照亮愁苦的漂泊灯盏。

望断长空雁唳。听，有汉风唐韵，自琵琶弦上荡起，飘洒出一路柳风花语……

在阳关，听埙唱乡谣

苍茫以西。寻不到耸峙在线装历史里的关隘。

岁月揉碎雉堞。

哪一堆黄沙，埋藏着摩诘先生的酒杯？

杨柳枝折断了那曾传唱久远的"三叠"。

唯听到，一声声从戍卒胸腔深处涌出的乡谣。

此刻，夕照将烽燧台，拉成蹲在田埂边老父亲的背影。

乡谣呜咽，擦亮天边二三点黄昏星。

那是谁在朔风中的泪光？

原载《散文诗世界》2022 年第 2 期

掬一捧石海水，干杯

蒋 新

1

一边是蜿蜒雄浑的齐长城，一边是陡峭如壁的深山谷，泰山山脉在这横亘千里的八荒间，从起伏滚动的博大胸腔里，喷出注满亘古日月的精华，在这里碰撞激荡，形成天地刚性的石海①。

石海涌动着。涌动着一种旷世的亢奋，阳刚的奔腾。冲刷着落地纸迷的尘埃，荡涤着闭锁狭窄的心胸。激动了——抛去束缚肉体的各样装束，扯裂开萎缩的喉咙，挥动滚满泥土的赤裸手臂，掬一捧石海水，与太阳干杯！

天似苍穹，地似穹庐，朝阳在蓝天红云白雾间升腾着，像一位沉静自若运筹帷幄双目炯炯的将军。朗朗晴空没有一丝云，苍劲的山峦没有一丝风，唯有太阳在天地间执着迈步，山间回荡着太阳踏出的平仄声音。

天宁静，山宁静，石海宁静。

蓦然，宁静里有了盘旋的苍鹰和狡兔的狂奔，有了满野的黄沙和石海的涛声，有了齐长城的战鼓鸣响和八荒四野的金戈碰撞，有了壮怀激烈、刀光剑影和战场醉卧，有了孤烟袅袅、牧童横笛和柴扉人家……

天生动，地生动，石海生动。

2

你从遥远的亘古洪荒走来，穿山越谷，呼啸澎湃。生命在布满荆棘沟坎阻

---

① 石海在山东省原山国家森林公园内。

碛流沙的路上摔打了又摔打，磨炼了又磨炼，浓缩了又浓缩，不屈的性格向着深邃的苍穹呐喊，硬棱棱的白浪向着前程无声地用力拍打，你吞没了历史上的污浊，也把自己写进了历史，埋在了迎接太阳初照的山巅。

生动下的戛然沉静是一种大度。生命在山巅升腾，凝聚，将所有的本质概括起来迎接新的超越。

当太阳又一次唤醒你的时候，奔流的平平仄仄已是千年的陈歌，精灵的波涛巨浪已经锤炼成一座座透亮的石雕。一尘不染的身躯里，依旧流淌着令群山仰止的倔强和滚烫的热血。

钢骨铮铮的石海，你是不是在说，阳刚应该与天地同在？

3

醉饮空灵与剔透的石海水，将淌满手指的石海水抛向蔚蓝的天空，抛向幽静空旷的深谷。那尊让我依偎的石雕，此刻像朵激情四射的浪花，释放少女般的万般妩媚；又像战场归来的战士，用阳刚的躯体与太阳干杯。我把心贴紧着体温的石雕，它的血在奔涌，心在兴奋，霎时，寂静的空旷里响起凝思的轰动——

"八面埋伏""高山流水""大江东去"都涌来了，成了山巅最震撼的新时代交响曲。石海敞开胸怀，让鼓声、乐章、豪情从这里奔涌。

望着涌动的石海，静静地听着，心越来越近，似乎领悟到，石海正用自身超然物外的博大境界，启迪着走向它的每一个人，给人一种顿悟和洗礼。一切不存在的规则，空间无际，时间无终，矗立是石，纵奔是海，共生于斯，共存于斯，没有水的石海何求有形之水，捧起的，都是一种淋漓和自在。

天也悠悠，地也悠悠，石海也悠悠。

掬一把石海水，对着湛蓝的苍穹——呐喊：干杯！

原载《颜山文学·特刊》2022年第1期

瑞雪辞 ［外一章］

彭 进

　　年初的大雪落在医院。

　　笼罩着新生、衰老、伤痛、死亡。

　　那个满面欣慰的年轻人啊——雪落在他的脸上，钻进了他的脖颈。

　　他的笑，瞬间将这上天的赏赐融化。他感谢这年初的雪，与他的子嗣，同时降临。

　　仿佛上苍，给他努力的奖赏与暗示。

　　可是，那个丢掉了左腿的人啊，目光呆滞，满面寒霜，六神无主，喃喃自语。

　　这冷的雪，寒的风，不只是在窗外肆虐，更像是一条条凛冽的鞭子，抽打他脚手架上的过往与艰辛。他在想，雪化了，河开了，那栋正在快速生长的大楼，再也不会出现，他已佝偻、残缺的身影……

　　雪花，正在有条不紊地下。

　　一场场死亡，悄悄发生。

　　那衰老，以及正值英年的躯体，一点点冰凉，灵魂，在盘旋着，游弋着，与这个相依多年的身体，做最后的告别。

　　还有，惨白的无影灯下，柳叶刀所向披靡，它是一个时代的英雄。利刃划向病变的器官，如同切割掉，那些我们不愿丢掉的陈年回忆。

　　大雪落在医院，落在新生与死亡交织的场所。

动脉是事件，静脉是细节。呼吸。心跳。血压。脉搏。这一颦一笑，一次低眉，一阵呜咽，一声叹息。

年初的大雪落在医院，落进我们五味杂陈的人生。

隐藏在我体内的石头

我常常羞愧于我的怯懦。

我惧怕黑暗，惧怕强权，惧怕蛮横无理的暴虐，惧怕空穴来风的诽谤。我甚至惧怕，那空气中横冲直撞的飞鸟，惧怕一只，长着斑斓花纹的不知名的爬虫……

我常常羞愧于我的怯懦。我胆小如鼠，从不惹是生非，心灰意懒之时，甚至想找一个山洞，将自己密封起来，以远离那尘世的喧嚣与风暴。

我一直以为，自己是一种软体动物，体内缺乏铁、钙、骨骼，甚至是能支撑自己独立行走的硬块。

可是，有一天，一种前所未有的疼痛惊醒了我，折磨着我，鞭挞着我。一位年老的医生告诉我，那是我体内的石头，正在通过身体的管道，在游走，在徘徊，在彷徨……

我诧异不已，大惊失色。原来，我的体内竟然还有如此坚硬的物件？原来，我那所有的软弱、怯懦、胆小怕事，仅仅是一种误判，一种猜想。仿佛，我早已举起一块硕大的石头，仰天长啸，怒目圆睁，梁山好汉一般，敢于面对一切的挑衅、争端、格斗，敢于以一己之力，面对一个强大的对手，甚至于，摧毁一座山、一座城……

隐藏在我体内的石头啊，它是我身体的一部分，它是我曾经以为缺失的灵魂。

它，融化于我的血脉，重塑了我的脊梁。

它，用坚硬划伤了我，用剧痛唤醒了我，让我知晓，我的体内，竟然有着如此惊人的能量，似乎陡然之间，给了我一副铠甲，给了我一副铁石心肠！

疼痛，常常让我们丧失尊严，丢掉自我，又屡屡，给我们以激情、热血，以及，意想不到的力量。

原载《散文诗》（青年版）2021 年第 10 期

每一个水果都会说话

王国华

莲　雾

没有谁比莲雾更钟爱自己的颜色。

粉红上面，敷了一点白色的脂粉。渐进的粉白粉红，被绿色的叶子衬托得更加娇羞。

表皮的嫩，让人不忍轻轻一掐。一只愣头愣脑的鸟撞一下，马上就破损给你看，绝不表现一个野生水果应有的坚强。

她喜欢雨，尤其是天刚蒙蒙亮时的一场晨雨。岭南的夏，清早把凉爽铺在大地上，淹没了果园。最好是针尖一样的细雨，一点一点在果皮上积聚。集成黄豆大小时，再也站不稳，滴滴答答地淌下去，顺便把细微的灰尘带走，让果皮更亮。

一个早晨的雨，可以把一个果园的莲雾全部清洗一遍。雨有的是耐心。雨稍大一点也没关系。莲雾不疼，只觉得痒。

等太阳出来，光线千丝万缕地绕着她。她就低头打量并陶醉于自己的颜色。芒果的黄、桂圆的灰、番石榴的青，山竹的黑，五彩斑斓地绕着她的粉红。

她爱自己。

越来越多的水果，爱人胜过爱自己。它们把毕生精力都用于提炼内心的甜和香，用厚厚的皮小心翼翼包裹起来。把甜藏在最远的内核。甜无可甜时，把自己捧到食客面前，那汁液崩散的一刻，就是它们不可逾越的生命高峰。

莲雾如同一个慵懒少女，始终是淡淡的味道。一只莲闪过，一团雾飘过，恍惚间像做了个梦。越是这样，食客越是要吃掉她。食客想，下一个是不是更甜？而他们无论吃了多少，也探不到底，也没有吃到更甜。

莲雾不关心食客的感受。

莲雾的果皮下面也有一颗心。但她并不在乎这个内心。

心本来就是个变数，比颜色容易变。一点小小的生活起伏，心就产生巨大波动。刮一点风，下一点雨，稍微热一点，冷一点，有一只小虫子爬来，心都要大惊小怪地跑起来。那颗心试图跟忽高忽低的气温去解释和辩论。气温不理睬它。心也曾试图脱离这个表壳，逃到一个更结实、更鲜艳的表壳下面，却也无法行动。

心每天都处于悸动中。外面风平浪静，一切看起来正常，人们以为水果的心也应该是平静的，却不知那里仍是一个又一个轩然大波。悸动让心变得越来越疲惫，越来越老。

莲雾用尽全部气力保护自己的粉红。她的外表才是她的心。她把心大大方方地晾在外面，人们看到的是一个美丽外壳，臆想其内心的甜。这么甜蜜的外表下面一定有更甜的东西。莲雾厌倦做循序渐进的事，不想让事情那么复杂。食客失算了。

没有被吃掉的那个莲雾，她坚持动员所有的养分支持外壳。她的内心枯萎成了一团棉絮，而她的外表依然闪闪发光。

人说，这是一只过季的莲雾。

只有莲雾自己知道，此时她的内心不再焦躁，不再痉挛。内心和外表终于达成了空前的统一。她守着这颗依然光滑的表壳，欢欣地准备迎接第二天飘忽的晨雨。

柠 檬

一个圆滚滚的，坚硬的果实。

它要去解救水。

它不知道自己解救的是一杯水还是一个湖泊。但这又有什么关系呢。

柠檬树站在坡地上，遥望着远处的一片苍茫。它结出的果实在一天天长大。那些果实即将带着树木的一片温情，向远方出发。

为什么不是蔗糖，不是白糖，不是猫屎咖啡，而是柠檬？

谁也说不清。一个人，要竭力保护另一个人，表面上很容易看到利益关系。而在利益的内部，还藏着多少我们看不到的东西？那些更加细小的物质，一个搭着一个，构筑成一个整体。我们完全无法感知它们之间必然的联系。而它们却按自己的规则运行着。

就像那些柠檬，它们一长出来，就听到了召唤。

水，等你去解救。

柠檬不问为什么。既然有了召唤，一辈子跟着召唤走就行了。

有一件事在前面牵着，生活就有了意义。你可以称之为使命。说得随便一些，这一辈子就有了奔头。

没有这个奔头，事物在成长中便会迷茫。长着长着，越来越怀疑，长大干什么呢？这样一想，就不长了，或者长歪了。

所有的事物，这一辈子都要给自己找一件事做。哪怕这件事在别人那里真的没意义。

种植柠檬的人。浇灌了柠檬的雨水。洒下光和热的太阳。树下的那块土地。陪伴在树旁的几株野草。它们都为了这一个意义兴高采烈着。

你看到的，柠檬在按部就班地，慢慢地一天天长大。

而在一个接一个的白天与黑夜，柠檬在紧锣密鼓，一点一滴地收集着能量。

当年，一个母亲要把自己的肝换给年轻的儿子。为手术成功，她暴走六个月，硬是把自己的脂肪肝变成了一个新鲜、合格的肝。

柠檬也不能仅仅靠一腔热血，它要让自己的生长更具体，更有目的性。每一个细胞，每一滴汁液，汁液里的每个毛细血管，外壳上的灰尘，都有明确的方向。比如，这一粒灰尘是用来阻拦病菌的。

满园的柠檬，每一个都被这召唤攫取着。

附近的果园里，各类水果竞相长大。它们不知道，自己吸一滴水的时候，柠檬吸了两滴。它们暗夜里睡去的时候，柠檬还在跑步。

同样是圆滚滚的一个，柠檬的汁液浓度远远高于其他水果。它要用最小的包裹，盛装最多的内容。

所以，它必须坚硬，以便把这些好不容易凝结成的汁液更稳妥地保护起来。

其他水果身体里是一团蜜，柠檬的身体是一个甜蜜的炸药包。这种甜蜜，甚至只能以酸的形式呈现。狂酸。

柠檬夜以继日地奔跑。它们稍微停歇一会儿马上起床。它们累得气喘吁吁。它们快马加鞭。它们的一个夜晚就是别人的一周。

远处的水则在热切地等待着。

表面看上去，水是平静的。而水和其他事物一样，一直在动。完全的平静一定让它们递减式地死掉。仿佛一个人，用手扒住悬崖边上的一棵树。远远望去，他纹丝不动。一阵风来，吹到他的头发，他都不动一下。其实，他浑身都在用力。他的手，他的筋，他的每一块肉，他肚子里的肠子，都在全力支撑着他的胳膊。

安安静静的水。在平静下面，我们什么都看不到。人眼所见，能有多少。那么多的运动，都是目力所不及，甚至心理所不及，想象力所不及。它们各自严丝合缝地咬合着。一个跳脱了，整个水域就失去了秩序，就会乱作一团。

必须有另外一个事物的介入，激活这即将真正平静下去的水域。

柠檬的身影越来越近。舟车劳顿，一刻不停。

它们仿佛听到了热烈的欢呼。水的呼吸声越来越浓重。

它们都等不及了。

原载《清明》2022 年第 2 期

杂　咏

张诗青

1

山风只在山上吹，带着一股野性难驯。

攀着秋的山脊，一路摸索，便寻到那块头盖骨；它的沉默坚硬不屈，它的眼神噙着鹰空。

漫山的植被，不分高低贵贱，俨然都在努力做同样的事——修成正果。

乱石杂草之间，无路下脚之处。红彤彤的野山楂，黄澄澄的小乌柿，尚未熟的青橡果。秋之收获，总会欣喜。

岩石上，缠绕着一种名叫络石的藤蔓，每年至秋，叶子就会一天天渐红，煞是好看。

多数时候，如我这样的旅人，大概也只能看到此，想到此。

岩石是如此贫瘠，络石是如此坚定。一旦选择彼此，注定生死相依。

那瘦长的荚果，不语，却懂。

黄昏，幻成了迷雾般的薄纱，披满正在丰收的大地。

那轮夕阳，让我走着，望着，又无心眷恋着。

2

它在坠落，如同升起。

草木易凋零，唯岁月沉稳。

我无法对视它，那剑芒会刺毁我的眼；我亦无法背对它，让我深陷孤独和绝望。

在这阴暗的影中，孤独和绝望，让人自由，让人自在。

一个人在路上走，四周并不明朗，墨蓝的苍穹，悬起另一轮孤独。

两旁爬满了葛根密匝的藤叶，将荒芜消磨殆尽，然而，又新生出更大的荒芜。

踩着这荒芜，我将重回故道。

旁边，偶尔有人擦肩而过，又匆匆而去。

四周并不明朗，墨蓝的苍穹，让人自由，让人自在。

3

落日与晚风，一张一翕，浮动着黄昏的旧梦。

江轮在时光轴上，游离。

远眺水面，呈现出波光粼粼的脸颊，旋律古老而沧桑。

为了这份执着与等待，我要穿过那片茂密且暗的丛林，抵达你如炬的目光。

但这条路，暗藏惊险。

途中不时有野花椒和浑身生满尖刺的荆棘，占据和阻挡酸软的腿脚，划破了浑厚的黄皮肤，在膝盖和胳膊上，留下猩红的伤痕。

我不惧怕痛，尽管它曾那样折磨过我，但还要接受它赐予的受难，就像祈求尽头稀薄的余晖。

穿行其中，也会有小的欣喜，比如新识了绣线菊、野鸦椿、东风菜几个名字。

这些人间的中草药，大多有清热解毒，止血化瘀之功效。

如果可以，我愿找到更多的良药，和隐秘的药方。

愈合猩红的伤痕。

4

两只鹰在山巅，盘旋，时而不动，时而消失。

张开臂膀，是强健的羽翼，力量的化身。

穿过茂密且暗的丛林，在悬崖下，在被雨水冲刷干净的巨石上，坐下。

那么沉稳，心感踏实。

可以俯视一江秋水，共长天一色；可以仰慕鹰空万里，扶摇九万余。

即便，看不到它的眼神，却仍感炯炯如炬，那份灼热，猛烈俯冲下来。

强健的羽翼，力量的化身，无所畏惧。

是的，鹰的世界里，大抵向来只有勇敢，因为任何一丝恐惧，都可能让其失去王位，坠落而殒命。

喜欢鹰，心不沉沦。

5

秋终究来了，我漫步其中。

由内而外，开始变得斑驳，模糊不清，渐渐失序。

树叶会一片一片凋落，草地会一丛一丛枯萎，伏在其间的虫鸣，也会一声一声匿迹，最后，只剩孤零零一个人，独担旅程。

没有了夕阳，没有了晚风。

再顾四周，看到的只有自己，听到的只有自己。

夜空的群星，向我眨眨眼，我望着群星，同样眨眨眼。

但我明白，彼此之间，相隔的亿万光年，是永远抵达不了的空寂。

而这空寂恰如梦，那般容易遭破碎。

我漫步其中，秋终究要走完。

6

夜色袭来，虫鸣有些冷清了。

登山步道上，一只灰色的小蚱蜢伏在前路，眼神充满机警，又仿佛在积蓄力量，当你慢慢靠近，它会冷不丁突然跃起，又转瞬消失于苍茫之中。

弱小的生灵，总能无意间获取人类的怜悯之心，可它们真的需要吗？明了这其中的含义吗？

想必不会。相反，秋天的虫鸣，是繁衍与交配的召唤，是庄重的生命仪式与狂欢序幕。

记得某年秋夜，坐在昏黄的电灯下，忙着地里的所劳所获。这时，一只青色的小飞虫，突然闯了进来，对那盏因为电力不足而表情疲惫的灯泡，饶有兴致。

那时，我还不明白一盏灯对它意味着什么，又将对自己意味着什么。

母亲说，麻先生来了。

麻先生来了，我不禁发出了声。

——当它飞过，夜色便开始波动。

原载《散文诗》（青年版）2022 年第 3 期

你是谁 ［外二章］

南在南方

我一个人站在这里，内心狂野的马群拉来了一个秋天。

果实托举的是整片天空，像陷阱，又似深渊，我这样和你相见。树木穿越了教堂的栅栏，蜻蜓的翅膀穿越一个又一个路口。

草木拔高的欲望里，一些爱意，或者对你身世的杜撰，在我流动的阐述中潺潺。对你，我已身背种种意象，更像一首抒情诗。

我学着诗人的样子说，不是我，而是风。这样的自己介绍自己，也和你的身世惺惺相惜。你就是我爱的一个个行走着的灵魂，无意间击碎彼此的一摊水，我叫它鬼魅。

你一直在我的路上，与我一起贫穷，疾病和苦难，与我一起被爱，被宠，幸福里尖叫着。

你是谁，并不重要。

九月的风

在季节的发端徐徐吹来，我们同一前程。

荷花开得娇艳。偶尔有水鸟横穿而过，河边浣衣的女子双颊通红，鼓鼓的胸脯，羞得太阳睁不开眼睛．

仿佛是一夜间，白杨树黄了最下面的叶子，一片一片落下来。像是接到了神的密令。告别，相聚。而稻谷正香，籽粒渐渐饱满。恰好是生活的两面，悲欣交集。

九月未央，风已经吹出一种冷的走向。

矮下身来，我的黑土地，我是你的贴身小棉袄，让我做你的黄澄澄的孩子，好吗？

在草丛深处

在草丛深处行走，不说话，没有杂念。将目光投射到那些即将老去的草木上，有一种坚韧的暗力，一种和我一样的品质。累了，在石头上坐下，把目光从草丛里收回，交给远方。

天空是蓝的，和我的衣衫同色。在最接近生命的刹那，谁也不知道是哪一个。因为不知，所以不惧。在草丛的深处，一定会有泉水会溪流，我能听见它们的私语。

是时候了，为了一场秋风，我们都要卸下自己的身份和面具，赤诚相见的。

诗人谢晓婷说：一生中总有几场眷恋的雨水，总有几次遗憾的爱情。那么，齐腰的草木啊，明年我还在这里，布衣素颜，淡然坚毅。即使有一天，我化成石头，鱼，也要路过这里，来见你，让我们没有遗憾。

原载《散文诗》2021 年第 12 期

镜像物语 ［组章］

闫　瑾

水玻璃

玻璃被一双眼专注。玻璃流动成一汪深水。

晶莹剔透的玻璃与深不可测的蓄水相遇，合二为一。水玻璃，诡秘、奇幻，涵盖世相。

一颗星坠入，白月光漂染。水玻璃轻柔光洁。一汪水明媚，喧嚣在深水翻腾着。水玻璃清纯、清亮、通透，暴露悲喜。

一枚叶零落，芬芳萦绕。水玻璃深邃鲜活。一方乾坤，在玻璃的容器里，渐行渐远，愈来愈深。

一滴水瞬息风干，一个器皿咔嚓碎裂。人烟在尘屑齑粉里斑驳、沉浮。眼眸，却凝视成景，留痕为迹。

水玻璃被霜冻的眼剖析，被如水的眸洞悉。

空镜子

镜子，是万象之镜，一切有形皆可入镜。镜子，空荡荡的，一切镜像皆为虚幻。

忙碌、纷繁，极尽形色。娇作丑陋或美颜、雍容。包容、收纳、指点、修正。装扮、粉饰，报以微笑。

繁华和热闹昙花一现，弃置、冷落。只占一隅，空寂自慰。等待、期盼，可怜的空人儿。空镜子，一切由主人掌控的空心人。纷繁或冷寂，丰满或空瘪。

空镜子，折射千姿百态、千娇百媚、千情万色。

是万相之虚，是万物之幻。

银窗棂

银子，晃眼的银子，轻衔阳光的碎语，向窗棂低语。

银色营造的天堂，一方圣地。水泥固防，泥土奠基。

红窗帘一点点破开。红晕是圈圈涟漪，在银光的波面扩展、放大、消失。红色的故事在银光背后上演、铺排，接近尾声。

一只毛色发亮的猫，轻跃在银波里，蹲在窗棂正中，刻写银子般的剪影。银光激荡成齑，四散，闪耀。

窗棂在银色的机制里，构写"田"，展演"福"，用银色规制窗里窗外的时空、人文。

蓝精灵

一种蓝，来自天宇，发自内心，被飘闪明媚的眼眸捕捉。被定格、定义、收纳，奉为灵之旨。

蓝精灵在高处，高于星辰、日月、风云和四季轮转。一道光，划分视觉，提携或点拨主人。

光发自宇外，终于慧中，向疼痛延伸，向惶惑亮明刺刀。向不可知宣泄，讥笑无奈、嘲讽怯逃。

一枚青枝，虚发、空长，根须却向下、深入，渐进泥土。蓝精灵，以一道蓝光的迅疾，穿透坚冰、砺石。在隧道负荷，在万物轻盈。

蓝精灵游弋、微笑，如水中鱼。

一只眼，牵引蓝精灵。

原载《散文诗》2021 年第 10 期

第五辑

雪事及其他 ［组章］

杨泽西

雪　事

三千根银丝她一根都没有打理，就这么让它们淌，一直淌在水面上。

这些日子她把身子一直溺在水里，说是为了濯发，可湖水被她越洗越白，月光却被她越洗越黑。

她说她患上了一种病，一种不知名的传染病，像她描述的那样，文字里裹着病因子，她不敢说出任何一个事物的名字："芦花"——声音还没有触及水面，一张张面孔便已经忧郁成疾。

她越来越担心自己的头发了，她不担心自己的身子，她的头发是她用一生落下的雪。一周七天，三天她试图医治秋风，剩下的四天她却被秋风医治。

一开始，我以为我是知道她的，不，她不是在等春风再一次吹染她的头发，她在盼望一场大雪，一场很大很大的雪，以至于能够把她的头发和身子完全覆盖，和整个大地融为一体。

到时候，雪地里她的每一寸目光，都能够点亮你的眸子。

近　视

眼镜坐在鼻梁上，像个洞察世界的智者，这世界很多时候是不在视网膜之上的，三百多度日渐模糊的镜片给出的指示就是——你不需要完全看清这世界。

有人说高科技能治近视，用激光把角膜"烧化"一点，整个世界就会跟着后退一步，身体和灵魂就会在同一个轨道上运动，但不如自焚半截顽固的骨头，也不去冒永远陷入黑暗的风险，留下半截刚好卡在世俗的机器上，井然有序地运行。

事实上，我已经尝试过很多次瞪大眼睛看人，但同时沙子和飞虫也会趁机溜进来，弄得泪眼婆娑，不成样子，索性眯着眼睛，且嘴角配之以合适的上扬弧度。这是对待世界最好的方式——眼睫毛过滤不掉的，再由心过滤一遍，省得有沙子钻进血肉里，磨得生疼。

但如此，身体里的每一个器官便真的能安稳吗？我常常在午夜里听到身体里在开一场会议，它们商量着何时准备谋反。

饮鸩止渴

从人民路站到宋城路站，我用了一个小时的时间，喝下了所有被窗户挤出的沿途风景里的毒，到达火车站的时候，灵魂才把我的肉体一点一点搬运到体内。

我似乎只能用这种饮鸩止渴的方式，对待从脑袋里生出来的那些凶猛小兽。疲惫更多时候不在于磨一把刀的过程，只是，最后那些利刃都会准确地对准身体的同一个部位。

就把星星反复研磨成一地的细盐，撒在疼痛处，乃至疼到发狂、发疯，便索性趁机打碎那枚月亮的白齿轮，打破内心里那些危险念头的有效秩序。

父亲打来的电话，似乎是一包有用的中药，却在午夜里不慎被我打翻，满地的白芷、当归、桂枝、黄连、浮萍……仿佛被搅碎了一地的故乡。

我还是不能去看望那些沿途丢失的一朵朵柔软的棉絮，我怕一整张温暖的棉被找到我，然后覆盖我——趁机在黑暗里打开我紧锁的泪腺，把我囤积了三年的泪水都引到一首诗打造的巨大器皿里去。

缝　补

灯光昏暗，而那枚银针明亮，它末端的针眼像黑夜的独眼，无限放大。我被黑暗注视着，而母亲对此一无所知，我对母亲的隐瞒，要大于这件有裂缝的衣服。

我深知，我的返乡无效，我的词语无效。我一次次抵达母亲，试图找到源头，修补母亲给予我的这具肉身，但黑夜移植在我体内的那道闪电，仍在不断加大它的裂缝。

一阵风把头顶悬挂的白炽灯吹得摇摇晃晃，我在母亲的脸上隐隐约约，看到了我的脸，一张灰白模糊疲惫的脸。接着母亲一声尖叫，一滴鲜红的血液从她食指上渗了出来，我盯着那枚无数次伤害过母亲的银针，它被我无端地放大，直至和我手中的笔无异。

为何刺穿和缝补的是同一个？为何所有的词语竟是同一个？

深夜寂静，而灶台旁那堆灰烬，为修补它草木的身体依旧在风中旋转和轰鸣。

哑 巴

不要去嘲笑一个哑巴，那是魔鬼在掐着他的喉咙。

人间没有说出来的那些话，都藏在了一个哑巴的喉咙里，一个哑巴代替我们承受了这个时代失语的罪名和疼痛。

我们的沉默，和我们的有意沉默，都是哑巴的一种。不说话的时候，辨别不出来谁是哑巴；但真正发声的时候，更无法分辨出谁是正常人。

这个世界有太多装聋作哑的人，但面对那些锋利又真实的词语，又有多少人不是哑口无言呢？

哑然失笑说的不是一个哑巴，而是形容一个正常人的表现，幸福常常不可言说，那闪电般的存在，瞬间就会消失。

而作为它的对立面：失声痛哭，却是永恒，它隐居在一个人的体内，借助夜色、酒精，或者你从未经历过的苦难，让一个号啕大哭的人，让一个拼命呐喊的人，瞬间变成了一个哑巴。

原载《星星·散文诗》2022 年第 5 期

黔之南 [三章]

杨海蒂

镇远，镇远

落日余晖，云蒸霞蔚；青山含黛，锦绣楼台；河水蜿蜒，渔舟唱晚——镇远风景如画，美如仙境，古韵悠然，风华绝代。

镇远，镇远。光凭这两个字，就让我无比心动。来了，看见，爱上。莫非，我跟镇远有宿缘？

九山抱一水，一水分两城。亘古不息的舞阳河，呈S形贯穿全城，令古镇一分为二，仿如太极图案；太极古镇，天下扬名。

祝圣桥横跨舞阳河，桥上的魁星阁，将孔圣庙、青龙洞、中元禅院彼此勾连贯通，大有儒、佛、道互济之象，堪称一绝。

青龙洞古建筑群背靠青山，面临绿水，五步一楼，十步一阁，均贴壁凌空于悬崖地带，集山水楼阁和寺、庙、观、俗于大成，何等雄伟、盛大与壮观！

传说建文帝出家于此，洞中曾有对联为证：僧为帝帝亦为僧数十载衣钵相传正觉信然皇觉旧，叔负侄侄不负叔八百里芒鞋徒步龙山更比燕山高。

宫廷的权斗，王朝的兴衰，宗教的多元，历史的吊诡，赋予镇远浓厚的神秘色彩。

石屏山，"石崖绝壁高千仞，端直苍阔如屏风"。登临城垣，抚摸城楼，俯瞰城郭，思接千古，神驰八荒，依稀看见烽火狼烟，仿佛听到鼓角争鸣。

黔之南，有镇远。镇远的历史，可追溯到远古诸神之战。交通要道，水陆要冲；滇楚锁钥，黔东门户；防御体系，浑然天成；秦时边关，明号"镇远"。"欲据滇楚，必占镇远；欲通云贵，先守镇远。"冲冠一怒为红颜，吴三桂复明反清，择镇远布兵鏖战。

林则徐三过镇远，作诗叹其雄奇险要：两山夹溪溪水恶，一径秋烟凿山脚。行人在山影在溪，此身未坠胆已落。

明代书画家赞镇远："多佳山水士大夫南边多游焉，或不得游则有为恨者矣"；清代文学家钟情于她，《儒林外史》中多有提及；民国英雄誉镇远："有胜水名山，令人盘桓而不忍离去。"

镇远明清古民居街，依山势地貌而建，逐层递升，错落有致；古街古巷狭长幽深，交叉衔连；各家古井形状各异，四季不涸；石桥城垣布局精巧，错落有致。青砖黛瓦、飞檐翘角、雕梁画栋遍布全城，姿态万千，目不暇接。江南庭院风貌，山地建筑格局，如此完美结合，如此蔚为大观。

名刹古寺，宫殿园林，戏楼会馆，码头驿道……镇远处处是名胜，是古迹，是文物。自然与人文，文化与军事，建筑与历史，民族与宗教，政治与经济，各种元素融合和谐；厚重的历史，灿烂的文化，壮丽的山河，多彩的民族，共同造就着她，使之如此美好。

夜幕四合，星空璀璨，舞阳河两岸，大红灯笼高高挂，如火如荼漫无边际；蓦然回首，恰见红色列车，沿河徐徐驶过，欢快奔向远方。

金州，金州

黔西南，是一个王朝的背影：夜郎古国在此神秘出现，之后又神秘消失；黔西南，是一片悲壮的疆场：诸葛亮南征重地，红军长征重镇……

从贵阳出发，沿途皆风景。

一条攀升于山坡的巨龙，突如其来惊心动魄。它就是晴隆二十四道拐，二战时期的"史迪威公路"，"抗战生命线"的咽喉要道，举世闻名的"历史的弯道"，公路建设史上的不朽神话。

遥远诡谲的黔西南，就这样来到我眼前。

首府兴义，也名金州。金州洁净、美丽、幽雅、精致，有着"保存最完整、集中连片分布面积最大、地貌景观最典型、科学和美学价值极高的景观"，国际专家惊呼在此发现"中国喀斯特精华"。金州人把兴义布局得恰到好处，正符合安居乐业和旅游观光的需要。

就在兴义城郊，即有马岭河峡谷，集雄、奇、险、秀、幽为一体。峡谷山高水长，奔腾的瀑布成群，明净的溪流蜿蜒，荡漾着每位游客的心灵。水是这儿的精髓，让它与众不同。山的阳刚水的柔情，让我心神摇荡；呼吸一口清新的空气，我简直想唱歌。峡谷中，只有树木和流水声，山风与树林合奏出迷人的华尔兹，瀑布与山谷交织成壮丽的交响曲。微风轻轻吹拂，像绫罗绸缎滑过脸颊，如被情人手掌摩挲，让人如醉如痴。

云朵洁白，万峰延绵。浩瀚苍茫的万峰林，两万余山头"磅礴数千里"，仿佛千军万马奔于眼前，令我目瞪口呆；奇美的山峦，碧绿的田野，古朴的村寨，完美地融为一体，构成天底下罕见的特色风光，绘就"奇峰似林，田坝胜锦，村落如珠，古榕若翠"的巨幅画卷，让我叹为观止。壮观奇美的峰林田园，使旅游海报相形失色。

金州之畔的纳灰村，万峰林环抱的纳灰村，田园广袤的纳灰村，布依族风情浓郁的纳灰村，"半郭半乡村舍，半山半水田园"。得山水之清气，风光旖旎的纳灰村，田园如此丰茂，农舍如此安详。以峰林为背景，以黄绿为底色，布依族人民借自然之手，建造美丽乡村诗意家园：纳灰民居清一色白墙黑瓦，村庄像极一帧素雅的黑白照，有着梦幻般的气质。宋人有言，"山水有可行者，有可望者，有可游者，有可居者"，纳灰村的山水，可行、可望、可游、可居。

传说中的仙境，在这儿就是现实，它就是我心目中的伊甸园，真想留下来当一个农妇。

大利，大利

离开黔西南，奔向黔东南。

黔东南有保存完好的古朴村落，有美不胜收的自然风光，有斑斓多彩的民俗文化，有令人目眩神迷的异族风情，是资深旅人和摄影家心中的天堂。

在晨曦薄雾中，汽车曲折前行。逶迤的山峦，蜿蜒的河流，奇异的树木，艳丽的山花……窗外美景，目不暇接。

从树隙间俯瞰下去，我顿时惊呆了：蓝天白云下，青山绿水间，一座超凡脱俗的山寨，隐身于深山山坳间，古朴、神秘、宁静、绝美，犹如童话世界，充满诗情画意；安然静谧，天然素净，超然世外，赋予她神妙，赋予她仙气，使她美得无与伦比，美得让人心醉神迷。她能让你生出无限遐想，也会让你消除一切杂念。这是美的最高境界。

大利侗寨，"天下最美侗寨"，名不虚传。

穿过一片古楠木林，走过一片翠绿竹林，跨过一座古老花桥，进入大利侗寨。

花桥也称"风雨桥"，是侗寨的标志性建筑，也是侗人议事、歇息、行歌的最佳场所。大利侗寨中，五座亭廊式风雨桥，风格各异，次第横跨于利洞溪上；一座清光绪年间花桥，古色古香，桥面由七根整木铺架而成。

三条河溪水流回环，利洞溪穿寨而过。清澈的溪水中，有一群鸭子在游荡觅食，有几个孩童在裸泳嬉戏；干净的河溪边，有身着民族服饰的村妇在捶洗衣服，有慈祥老人在悠闲自在地吃着当地野果。无论男女老少，村民个个淳朴祥和，眼神纯真明亮。

凡侗寨必有鼓楼，建在寨子正中央，象征寨子吉祥平安。大利鼓楼气势雄伟，宝塔造型匠心独具，斗拱木雕工艺精湛，伞形顶盖绚丽多彩，鼓楼檐角玲珑雅致。

大利寨子中央，还有古井流泉，井与泉既分隔又连接，上游供饮用，中游供洗菜，下游供洗衣。泉源奔突处，建有一个拱门，挂着几只竹筒，专供人喝水用，无论寨民、外客，都可尽情畅饮。

大利民宅也与人为善，一色的青瓦木楼，楼屋层叠，错落有致，明清古宅居高临下，匾额高悬状貌原始。朗日皎月树影花拂下，楼阁庭院别有韵致，安逸中蕴生机勃勃。

侗族大歌是一朵绚烂的奇葩，盛开在中华民族艺苑，乃至世界艺术之林。多声部、无指挥、无伴奏，复调式合唱方式，是它的主要特点；模拟鸟叫虫鸣，模仿高山流水，天籁是它的主要内容。大利侗寨是侗族大歌发源地之一。每逢节日，男女老少，聚集鼓楼，彻夜欢歌，歌颂美丽的自然，歌唱美好的爱情。

侗族大歌停下来时，寨子里非常安静，没有车水马龙，没有人声鼎沸，只有树叶在微风中飘落的叹息声，水流碰在石头上散开四溅的欢跳声，间或传来村妇此起彼伏的捣衣声，小孩时断时续的欢笑声。

小桥、流水、人家，简约而又丰盈。

石板古道遍布寨子，十分整洁，乾隆年间的清代石雕，异常精美。路上，有侗族少女缓步走过，犹如出水芙蓉，素朴雅致，袅袅婷婷；迎面相逢，女孩羞涩低头，脸上飞起两片红晕，双眸顾盼有情，自己却浑然不觉。

穿行寨中，放慢脚步，压低声音，小心呼吸，生怕扰醒这份与世隔绝的沉静。想起"现世安稳，岁月静好"，想起种种美好的人和事。

不得不离开了，我恋恋不舍，频频回首，依依惜别。再见吧大利，最美的侗寨，我还会来的，也许就在月底。

原载《星星·散文诗》2022 年第 5 期

顺其自然的吭吸姿势

皇 泯

自由的生，随意的死
小草再小，也能绿遍大草原
草原再辽阔，看到的只有小草

一滴露，一丝雨，一泓泉，一线溪，一条河流，饥渴的跋涉之后，汇流

我是一匹只有两点水的马，寻找河流，寻找草原，寻找小草
却有一股雄风，刮过草原，让小草掩埋我
却有一股激情，汹涌河流，让旋涡淹没我

当雄风刮过了，当激情平息了，扬起的鬃毛，再也把控不住脱缰的烈性——
奋蹄……狂飙……
自由的生，随意的死

我和我的自由，同行
六十岁之前，或者更早些的日子，草原上开满了羊群，落满了云朵

十月艳阳天，我和我的自由同行，前往呼伦贝尔，青草和鲜花，是多么的
美好

自由和我，是那么的熟悉又是那么的陌生

六十岁之后，或者更迟些的日子，天边开满了云朵，落满了羊群

呼伦贝尔，单纯得返老还童，除了几丝飘来飘去的风，只有我和我的自由
你吮吸着鲜花的芳香，我吮吸着青草的自由

一柜子历史，完好无损

心态，古旧的家具一样，剥落着菩提色的老生漆，在阳光下，斑斑驳驳

柜门开始裂缝，泄露的秘密早就不是秘密
因为，樟脑丸散发的陈香，让人沉醉，所以，一柜子历史完好无损

索性敞开柜门，几十年醒不来的梦境，终于豁然开朗
人生不过如此而已，难怪古人言，知足常乐

没有灿烂，便开始生长霉菌

飘落在桌面上的，不仅仅是历史的灰尘
漫无边际的黑暗，也飘落了下来
光明，成为反光却不透明的台板玻璃

桌面上，有了五个手指头的深刻掌印，是后悔不及的疼痛
我的爱，只有自己知道
乌托邦式的浪漫，没有雨巷的阴暗，没有阳光城的明媚，却雾一样地笼罩
着我
我的世界很潮湿，没有灿烂，便开始生长霉菌

阳光的呼吸，明媚着一缕淡淡的清香

一场越过零度的冰雹，在春天来临之后，将冬天积蓄的寒冷往下砸

大地，坑坑洼洼，世界，沟沟壑壑

我的生命，没有了青春的迹象

衰老堆积在我身上，皱纹里流浪的年龄特别真实

脚印，成为我走不动的墓碑

我忽然想起野火烧不尽春风吹又生的野草，栽满了坟头

匆匆过客在鲁迅先生的独目剧里，上演寂寞和悲哀

如果，冰雹衔在温暖的语言中，我看到了阳光的呼吸，明媚着一缕淡淡的
清香

揩拭生命的灰尘

昨夜的窗台，被拉黑在窗帘里

靠背椅，木然地坐在交春的门槛边

阳光，从东北方向斜进今天的清晨——

灰尘，从靠背飘到座面，再从座面的裂缝，梭下去……

我听到飘过的声音很细微，梭下去的声音也很细微

时间，却在很细微的消极怠工中，有一种不痛不痒的折磨。我开始喜欢加
速度，哪怕与死亡成为孪生兄弟

当我不再让靠背椅木然地坐等交春的时候，会不会拿一块抹布揩拭生命的

灰尘

窗被封冻，推不开世界

梦里，去东北的前夕，我对着阳光看了三次飞机票

似乎看见了漠河，看见零下的温度

我再三裹紧棉被，却忘了开空调

南方，很少下雪，奇缺冰冻。温度，不善于接近零，冬天，不习惯暖气

陌生的冬季，在火厢里煨熟

妻子催醒，昨夜下雪了哩

走上阳台，窗被封冻，推不开今天的世界

悄悄地走失，又轻轻地将门环叩响

越来越喜欢简单的日子。早晨自然醒，闹钟，只是警告不要再复入梦

在被窝里开始运动，自己为自己延长生命

手机上，留下文字，与网络无痕对接

比如季节的变迁让冬天来了，春天就不远了；比如昨天在大米饭中发现了
一粒谷壳壳

此时，人和巷，响起了雨

黄昏的色彩呈青紫，淡蓝色的炊烟笼罩着大水坪的故事。青龙洲并不是有
一条龙，只是涨水时，有一点兴风作浪

我从月塘墈走出来以后，再也回不去。很多陈年旧事，六月六才翻出来晒

晒红绿，才会发霉

有一首童谣总是在不厌其烦地唱——到老家，回原家……

悄悄地走失，又轻轻地将门环叩响

光阴的价值，是一种寂静

直到夕阳无限好，才发现光阴的价值是一种寂静

听新屋里一号的自鸣钟嘀嗒嘀嗒，那是小时候的事情了

到晚年才听出来记忆不在于深刻，而是有没有灵魂的听力

无须用数据来衡量激动的心电图，在出现耳鸣之前，你会听见童年的乳名

甚至有点粗俗，让塌陷的鼻音成为被遗忘的贝壳，装满咸涩的大海

无须再冲浪了，那一块礁石黝黑在那里，并不是美人痣

幸存的鱼化石，都是山脉的骨骼，亿万年了，才在考古发掘中说一些被隐藏了多年的话

柳枝，轻轻地鞭策春天

沿着夕阳照耀的小路，橘色着自己的晚年。长条形的影子拄着拐杖，蹒跚

此时此刻，离暮日只有一步之遥。其实，死亡也有最后的舞蹈

我们在古老的自鸣钟上，转着生命的圆圈。发条松弛了，只要还未崩断，就可以寻找到按时按刻的周期

直到影子匍匐在地，皮影纸一样幕后操作

带刺的仙人掌，便有柔情蜜意的生长

曾经的日子很温暖，就像偎依在母亲的怀抱里

俯身聆听奶汁白花花的声音，我成了刚懂事的孩子——

用萌芽的柳枝，轻轻地鞭策春天

道路，逃脱不了的是脚印

有时，我会站在影子的身旁，听阳光敲响黑暗

一座神奇的庙宇便倒塌了，缓缓行走着的经书，在翻开的一瞬间，有了神的旨意

我仿佛看到了菩萨永远不变的微笑

真不知道你将去向何处

道路，在十字路口并未欺骗你。只是向东向西的选择，完全属于自己

生活的走向，不只是一个，条条道路通罗马

逃脱不了的是脚印，无论何时动身

前面都有目的地

地狱之外，当然是天堂

那一天的傍晚，垦荒者从光明走进黑暗

空荡荡的长廊，灯被惊醒

钥匙寻找锁孔，左右左右，左左右，才有一声响亮

黄昏的天空，提前黑了。大胆地捧出星星，银华开始璀璨

这个日子，离农历七月还有一点距离，仰望的星空，有一种幽蓝的秘密

随手拉上的窗帘，还是有点漏光的遗憾。你用手遮住眼睛，天空就彻底黑了

一座圣殿，开始崩溃。生命在失重的悬浮中，找不到方向
举着一朵玫瑰花，只有带刺的想象

古典的门环被当代手指，叩响——
地狱之外，当然是天堂

顺其自然的吮吸姿势

春光，飘过窗玻璃，画一道弧，有金属的声音
落在阳台，落在吊篮藤椅上，就软绵绵的味道了

此刻，鲜嫩的心情，阳光了衰老的面孔
眯缝着懒洋洋的感觉，晃晃悠悠，幻入婴儿的梦境
想起，给缺奶的女儿一日三餐的淮山米粉，不由得有一种顺其自然的吮吸
姿势

没想到，夫人，真的送来一杯牛奶，温热，新鲜

月亮五分之一的光与影，被瓜分

今晚是农历十五，月亮五分之一的光与影，被瓜分
酒精，在 52 度的热情里发酵
肠胃会不会烫伤，只有自制力知道

饱受烟酒伤害的自我，生存在虚幻、贪婪、喧嚣的围攻下，像躲在阴暗处
看强光穿过窗格扫射到的灰尘，群魔乱舞
一丝烟雾断裂后，在淡蓝色的妖艳里消逝

整个黄昏，沿着深刻的鱼尾纹缓缓地流淌，没有旋涡，却激起心中不可遏制的波澜

揿入夜的泥沼，佝偻的残阳在山那边人家越陷越深
一群归鸦七嘴八舌，降落在树枝上，准备熬黑天空
肚腹咕噜咕噜，一下子感觉应该在喝酒前，先扒几口大米饭

逆流，才可找到自己的航程
忽然，看见一对白色鸟划过西流湾河滩，一路的樱花，向着老态龙钟的移栽樟树敞开花蕊
这种美好的场景，仿佛回到对银城两小无猜的记忆

此时，电线上跳跃的音符，在童谣曲谱上俏皮的柔情

很多故事，无须加盐添醋，真实的细节，让人刻骨铭心
你向麻石巷头走去的脚印，成为放逐于资江的乌篷船，白帆还没有升起风篷，旋涡，就在诱惑你的漂流
顺流肯定汇入海，你却朝向上游。逆流，才可找到只属于自己的航程

平凡的日子，闪烁不同凡响的光亮
阳光，在镜片的反射中，使阴影中再也没有黑暗同流合污
当我凭借烈日的反光追逐它，它就成了过街老鼠，无处可藏

却有人说，阳光也长了斑点，关于太阳黑子的科学，我不懂
查百度才知道——
太阳的光球表面，有时会出现一些暗的区域，它是磁场聚集的地方，这就

是太阳黑子

生活，也有黑子吗

当六月六晒红绿的时候，不仅仅是晒干发霉的季节，更多的是让每一个平凡的日子，在岁月的长河中，闪烁不同凡响的光亮

甘于寂寞的想法，失败

从泉交河下高速，穿越长益城际干道，瞌睡时间一下子缩短

楼道门在感应钥匙里显示"门已打开"，连同清脆的女声

电梯降低到一楼后，又开始上升。四楼是家，防盗门锁孔，在金黄色的钥匙里咔嚓一声。空气中弥漫着家庭温暖的味道

一切照旧，凤阿姨已将家收拾得干干净净

井井有条的三室两厅，只有我的书房，还是昨天早晨离开前的凌乱

行李包还没有来得及收拾妥当，手机响亮：美女邀约白酒洗尘

甘于寂寞的想法，失败

当代生活，已经没有门槛

好不容易被春的闪电亮醒，还要熬到秋

命运，未必都是拉着牛车，让车辘辘蜿蜒崎岖的山路

炊烟，裹成了温饱的旗帜，也刮成了温馨的裙带

竹笛，横吹在牛背上，漫步的牧歌，黄昏的背影，衬托在田野嫩绿的肌肤上，比朝霞更生动

当代生活，已经没有门槛了，落地窗，透明着乡村别墅

秘密，没有那层一舔就破的皮影纸

何必让怀春的情感，等待理智的秋

原载《散文诗世界》2022 年第 4 期

散文诗三章

高 伟

1. 我比这个秋天的孤独更勇敢

我必须假定有一份我其实没有的坚强，用来把自己挺住。我必须假定没有一份其实一直有着的忧伤。

我知道它万寿无疆。它肯定比我活得长久。我希望通过忽略它而被它忽略。

秋天正在一眼一眼地试图安慰我。

其实已经没有什么好安慰的。我早就在玫瑰里出生入死了一百次，在蝴蝶里面死里逃生了一百次，又在梅花里面刮骨修髓了一百回。

窗外正是盛大的秋天，花儿们正在进入自己金黄色的艺术人生，而我盘腿一如一个坐禅的词语。

这个秋天的夜里我煮自己的泪，让它沸腾。

我煮我自己的泪给词语煲汤，给伤口上营养，以便我的伤口欣欣向荣永不结痂。

我煮我的泪的时候我没哭。

我比这个秋天的孤独更勇敢，我的孤独比伤口更妩媚。

2. 秋天到了 菊花笑了

九月的大地著作等身，菊花是它深静的一部。冶黄色的封面，岁月盘过的星月菩提珠子一般油亮。

这些年，我一面攒着自己的命，一面攒着词语。就像秋天攒出菊花。

秋风唱了，菊花黄了，大地的燥热高烧一般退去。

时间总是书写者，庖刀对牛那般熟络。落在纸上的是哪一朵菊花的灵魂？

菊花简约，大地旷达，我也不怎么去述说痛苦了。

理想者总要丢掉很多东西之后，才能衬托出理想的不凡。就像桃李过后菊花莅临。

大风刮来，我就跳舞，菊花那样。

秋风吹来，菊花把头低至大地。我也学会热爱万物，护佑那柔弱的，祈福那卑微的。

秋天到了，菊花笑了。我也要笑了，菊花那样，愿为美好的事物卑贱地活着。

痛苦从不化妆，就像菊花就是一条人命。

我已经失去了欣赏毁灭自己的能力，只喜欢菊花身上那一种野蛮的自由。

3. 日出尼山

最棒的事情自己就会发生。

在尼山，当太阳像一个婴儿，探出一天中的新身子。说的就是这种事情。

尼山是一块好地，一个丰沛到可以怀孕《论语》的身体。尼山的身体若是发出声音，每一个字都是包了浆的星月菩提，金声玉振。温而厉，恭而安。

山不在高，有仙则灵。说的当然就是尼山。

日出尼山，这光彩的中心，文化宇宙中的奇点。

尼山有道，非常道，可道可不道。

一本足以成为地基的书，它才能成为被人类仰望的应许之地。思想的颜值，自带应许的诚命。山水格局，布置渊博的救恩。

尼山安抚我的心肺和灵魂，让它们从欲望中撤退，重新成为身体的原住民。

日出尼山。逝者如斯，生者亦如斯。

原载《太阳阁》诗刊 2022 年第 3 期

偷月亮的人

弦 河

鲁院的夜晚

必须有一种新的事物，让同样失眠的灯光，发出深夜的回响。搁浅的键盘，空洞的字母，沿着爬过窗的月光跳跃，替代某个时空的思考者，剥夺哲学家的话语权。

此刻，我拥有时空的孤独，在镜体和本体的表象中，不断轮回，尝试与一个新的自我对话，辩驳。

让看见的，回归到一种萌芽状态。

为了与这夜晚的静，建立一种不可分割的关系，我必须从院子的大门口开始，将类似于苹果的海棠牢记于心，接受生命的相同点。

让蒲公英把卑微的使命，从黑夜中送到我的窗口。

地上的泡桐花，也如前人的步履，踏入历史的青砖。装着月光的镜子，把太阳的光借给了人间。

这是另一种光的延伸。

我读故人书，便读到了今朝。便在月光的洗礼中，将院子里的春色传递过去。

风吹着落叶，哗哗作响。

有人，手持扫帚，将昨夜安睡的执念，送回了它们该去往的地方。

桃花引

在我的故乡。桃花点亮了回家的路。

异乡的灯盏被点燃。孤独的屋子，印出一朵水印。

一朵喜欢风的花蕾，一说话就凋谢了。一枚剥落的碎石块，落入山涧。

一说话就打扰了，风化的频率。

在遥远的地方看桃花，就像看一些生和死的宿命。有的，消失于无声，

有的，消失于命理。

她的绽开，如胎动的声响。

困　兽

走出去以后，里面的世界，便遮没了我们自己。

"树欲静，而风不止。"窗，看见的是内心。

我们必然在为孤独的事而烦恼。

在意识还没有觉悟的时候，我们渴望觉醒。而在觉醒后，我们又渴望得到质的升华。沉思者铺下的石子，最后都要成为大众跳跃的格子。

一种棋局，为谋大局者而生。

布局者，破开一种棋局后，又痴迷于新的棋盘格局。他破局后，棋盘上，棋子都有着不可变革的轨迹。

门，锁住的是自我。

从一个屋子走出后，不过是进入另一个更大的屋子。

偷月亮的人

偷月亮的人的世界，漂浮着未知的鱼。

一边在饮日月光，一边在刨开脚下的泥。假如没有接受文明世界的洗礼，他就会把月光埋在土里，等到有一天把偷来的月亮种下去。

山里的孩子，大海在很遥远的地方。

他最大的乐趣，就是在夜里收集月光。这是他的母亲纺织的生命线。

他要在白天寻找母亲藏起来的针，把月光穿织成可以盛装月亮的网兜。

寄生学

关了窗户的屋子，很难听到外面的风声。耳鸣，持续升温。

偶尔经过一辆车，破开完整性。

当我沉寂在夜色中，一个物体和另一个物体完成对立。

一个空间和另一个空间，产生摩擦，这应该是，所谓的哲学？我是在笔尖洗光泽的、虔诚的信徒，甚至不知道自己信仰什么。所谓的哲学于我而言，应该是这归途的暖意。

抑或写字楼里失去了自我，正在蜕变成机械化的白领？

这个世界唯一不可机械化的，应该就是人性的觉醒。谁，将如何完成？将一种物质和另一种物质糅合出化学反应。

闭上眼睛，我们将会在黑暗中，撕掉代表身份的标签，没有明确的指引，我们是否能在前行中找到归宿？

这一生，我将如寄生虫一般度过，将在潜意识中，自我辨别寄生体和寄生虫的关系。

作　家

果酱瓶里装着，一片森林的盲盒。

在拆开的童话中，我们一会儿扮演主角，一会儿扮演阅读者。

结尾的部分，已经在脑海出现了很多次。一个作家说，不要在自己的作品中写到自己的死，自己的苦难……

从此，我举笔难安。

不，从此，每想在键盘上落下字母，就像在骨头上，钉上一枚命运的钉子。

生命的觉醒从命运的贫瘠开始。童话中，坏人得到了惩罚，好人得到了救赎。

应该是这样：开头和结尾，都是为了救赎。

所有救赎里，都有一个作者内在的原罪。我们不是在救赎自己，是在救赎那活在童话里的影子。

原载《散文诗》（上半月版）2022 年第 8 期

岁月慈悲：另一种歌吟 ［组章］

陈梓龙

童年志

晨光熹微，天空光洁如少女的腹部，任凭初春的清风抚摸。

我捡起鹅卵石与丛花，修饰书中悲情的故事，遇见长高的蒿草，引木棍为剑，心中竟装得下整个江湖。

趁雨点压阵，又下河捉鱼摸虾，背着祖父编制的竹笼，收集闪烁萤火。

我生在南国，屋前栽满杏树，逢半夏花开，会绽开雪一样的白，直至被村里的老人认领。

后来这些花越落越少，头上的雪却越积越多。

无人可知这座苍老的村庄居住着多少年轻的灵魂。

禅寺物语

黑暗寂静得像一尊参禅的佛，我向湖中眺望，倒映的明月泛起了褶皱。

木鱼的叩击逐渐和雨点重合。

在签筒的晃动中，我把自己变成铁匠，用一生打一柄铁器，从破碎到圆满，是发髻由黑到白的过程。

当签文浮现，心乱成风那么静，梦幻的子弹中伤了命运。

月光在雨夜中无迹可寻，近似于小沙弥携挂竹篮打捞流水，那些破旧却未曾修补的光阴，点缀在袈裟上。

这是僧侣行走人间需要背负的证据，只有走进红尘，才能走进众佛高住的地方。

答　案

或许故事永远不会画上句号。

就像黄昏隐喻骄阳，复始的大海，没有失去蔚蓝的颜色。

等待答案的过程是演绎一场独奏，琴键交替和急促，内心有火山涌动，直至沉默偷走跳动的音符，在身体里留下无尽空虚。

这些无法揣摩的深渊，迫使灵魂在每一个永夜里塌陷。

对于生命中无解的命题秉持虔诚，在光阴里寄送一叶纸舟，抵达彼岸时，此生的虚妄都留在了水里。

冬雪未至

一切如常，期待的雪未曾落入小城。

只是天突然变冷，父亲嘱咐我增添衣物。我已习惯波澜不起的日子，以及生活中偶尔到来的小惊喜。冬至的汤圆，深夜的羊汤，多巴胺抚慰着寒冷的伤口。

羁旅在外的人怀旧这些时刻，就像眼睛常念泪水，左手思念右手，母亲呼唤孩子。

我们宛若被线缠绕的浮萍，无根，却被命运狠狠操控。终其一生，都想走出自己编织的牢笼。

休止符

翻阅塌陷的光阴，记忆，似乎已缺失最为重要的部分。

对梦中偶尔浮现的面容，保持沉默，她们陌生得不曾相识。走进黑暗只是瞬间，一面镜子就在月亮的背后碎裂。

无数支冰凌，刺向湖水中稚嫩的莲花。

飘零的骨朵形似泪珠和夏雨，在寒鸦的凄切中，湿润整个夜晚。

漫步在岸边，向湖中投掷一枚贝壳，此刻的飞鸟化作天空的动词，贴水远去。老翁摇动船桨，驶向连绵的青山。我的眼泪重回胸膛，恰如游子回归故土。

听闻流水日激千里，岛屿或已成为沙砾。时间似一枚处在高潮又弹落的音符，永远受制于线谱，停留在相近的原处。

草 原

雄鹰和野草，分别点缀天空与旷野，乌兰布统是神明操控的棋局。

体内的饥饿迫使野兽张开獠牙，即使是温顺的银蛇，也会觅食黄鼠，不信轮回。

我还看见灭尽的黄草复生，暗藏坚韧的野性。

凌冬至，牛群在马头琴的鸣咽中，逐渐消匿，还有伤痕和不加修饰的风。

大雪覆盖了一切因果。

雪越积越重，阿爸坐在火堆旁，谈及春何时归来，他的背越弯越低，寒风凌迟着单薄的部族。

苍穹之上，神明用毒蛇的眼睛，注视我。

冰冷刺骨，像一个心有深渊人类。

读 雪

汉诗勾勒美人，少年在深夜读雪。

点亮青灯，放置红泥火炉，阅读古卷，翻开皑皑群山，苏武的旌节立在那里，即使旌毛散落

气节仍比北海的寒冰坚硬。

盐絮飘落纸上，掩盖怅惘的青冢，昭君的身影枯瘦成一枝寒梅，散发馥郁的芬芳。

新燕盘旋不愿离去，水中的锦鲤含羞逃走，平静之中一场暴雪欲来，仿佛万物已经走到暮年。

深夜的雪扑打书页，试图掩盖命运的咳嗽声。

青丝染霜的母亲唤我睡眠，我抖落书上的白雪，合上凄冷的夜，也合上兵荒马乱的江山，心中多出与雪的对话。

雪说，日初之后，我将带走一切。

暮秋辞

群山披上薄纱，露泄隐秘。

只在山腰映现半轮红日，农耕者在田里完成水稻的一生，几只鸟展翅飞翔，成为天空的动词。

走进这方天地，像一粒盐融入大海。

落叶漂浮在流动的身体上无风无雨，只有比炊烟更轻盈的灵魂，停留在草木和故土之间。

多少日夜，梦中构念这些场景，坐在残荷遍地的田埂饮酒，每寸茎节都暗藏不可诉说的典故。

忽而寂然，与秋对酌是一场谋杀流年的逆行。

雪的叙述

童年一别，我们多年未见。

蜀中弥漫着燥热，这是你不肯见我，最大的缘由。

薄薄的雪，你的骨骼晶莹和剔透，只有草地能够承载这些洁白，在许多珍藏的相册里

你对不同的人微笑，成为绿叶和萤火。

我多想走近你，就像流水与月光，都有涌动的内心，现在，我正被命运的大雪压得喘不过气。

这些重量就像身体里遍布的肿块，永远无法消散，以隐秘的方式传承，在人间留下通往冬天的路。

还未学会行走，雪里就有行走的足迹。

宛若天空用持续的省略，叙述空旷的心事，让真相成为谜底。

让雪白的纸页，写满人世间浩荡的悲欢。

临仙记

机翼闪烁炸裂的光芒，那是众神在宇宙的中心钻木取火。

烧吧，烧吧，无尽的夜与燃灭的灰烬，足够成为历史枕下的一片燎原。

环视曾经不可触及的天空，仿佛重洋倾覆，大鱼穿过荡漾的白云。

谪仙在诗中惊羡，"羽化而登仙"，伸手便可摘取沉浮的日月。

错综的道路被雕刻在深褐色的皮肤上，流荧的血液从远古涌向未知。

苍穹之上，似乎葬有庄子明亮的眼睛，而逍遥早已失去本意，那只鲲鹏仍留驻在历史的深处。

流淌的白云深嵌天空，像一个人顺从轮回和因果，我们不忍揭示人间隐秘的疼痛。此刻，所有承受风雨之物，都像替我而活。

原载《散文诗》2022 年第 6 期

寻湖记 ［五章］

苟永菊

坡　地

从忙碌的烟火中抽离出来，我接受柔软光滑的湖水。

那片坡地，刚好面向湖。丝茅草收获阳光的余温，开花，恋爱，结籽。一群鸟供养着湖水的欢快。它们的爱情恰好如湖水，不含一点杂质。

山峦与云朵接壤，云是温顺的绵羊，我就在云朵里，爱着山的葱茏与苍茫。

我知道那湖沉寂了很久，品味出的孤独挤压在湖底，也像这面坡地，不曾有人造访。每一滴雨失落在人间，我不忍心注视。

那一株株草的哽咽触碰到草尖，那钻心的痛，铺设到湖中。但此刻，我遇见了他，站在湖边，如一棵树一样伟岸。树上的红叶，让我陷入虚空。

是的，那炙热的火焰，比晚霞还红，比玫瑰更惊艳。我有我的蔷薇，我的篱笆种满了带刺的忧伤。

遇见绣球

青蒿素是治愈人间的良药，遍坡都是。

一坡的绿把我引向云朵。风抛来数不尽的绣球。那轮廓的蓝色之美，比天空还深邃。

风吹醒一片片单薄的花瓣，体内的花蕊长成了夏天的胎记。粉红，淡紫，浅蓝的花仙子们一个个站在时间的绣楼里。红烛摇曳，才子佳人走进宋词的山河，让大面积的蓝色成了相思的凭证。

大片树叶在风里交谈，阳光在叶脉上摩挲，草坡上没有缝隙，蚂蚁、甲壳虫搬不动这些欢喜。

绣球倾斜在山坡，你打开粉羽的蓬勃，在迈进我眼帘那一刻，潮湿了。

献 籽

绒绒的，褐色的丝茅草，成熟后像刘海一样铺展在山坡上。饱满的草籽，一颗颗炸裂，湖畔一下子就热烈起来。

灌满夏风的湖，在我体内澎湃。汹涌的湖水是我遗落的过去。

我终于进入到湖水中，那包裹的暖，浸润着我的肌肤。无语的湖水多么投入，一粒粒籽就是他说出的话。

进入到我身体的隐秘，这湖水啊，千年一遇。

如绸的湖水，我穿在身上，与红叶辉映。望着岸上的一树红，那热烈，足够惊艳。

也许我更像丝茅草，卑微而渺小。

但我是蓬勃的。

我的高跟鞋擅自做主，把我的痛苦与渴求从过去的经历中引领出来，让我在自身的矛盾中获得另一种生活的意义。

治 愈

水养着一座城。

莲花湖就在城里，不用我远足，几分钟就可以抵达。"有水则灵"古而有之。

寻湖，成为我一生的夙愿。

其实生活就如此，寻寻觅觅。

从寻湖开始，我就是手提春风的女子。

我在时间的草坪上，将高跟鞋放轻一点，嘘！别去惊扰岸边酣睡的蝴蝶和湖水。

云朵的倒影在水草里徜徉，起伏。天空的镜子瞬间就倾斜了。阳光洒在水面，鱼群在奔跑，闪烁的波纹像一块块碎银。

水面保持往常的缄默，我回到了水边，六月的天空下起太阳雨，湖水空蒙。

莲花的灯盏一路高过城市的星火。水在开花，水结出了莲蓬，水就是这座城的一朵青莲。

我时常在旧影里，想念那碎片样的往事，那么多的疼痛和咳嗽声，易犯的偏头痛，多么需要阳光来治愈。那浸透着某种期冀的沉默，我相信相遇就是一剂良方。

我泪流满面此生啊，这一刻我又泪流满面，站在湖中。

和莲一起盛开。

桃花岛

从堤坝走过。一排柳树，将一头绿发倒垂在水里。

我站在湖中，恰好成为水墨画卷的一笔画龙点睛。

船划到岛上，桃花正红。我牵着一缕水的柔，贴紧了桃花的唇。那一刻的心跳，按捺不住。

春风摇曳着桃花，春水在心间荡漾。

我触碰到你的手心，指尖在战栗。

我有些贪婪，吮着桃花的芬芳，湖也醉了。

泪滴很幸福地盈满眼眶。呼吸的波澜，洗涤了我的忧伤。

我估不了人生的恶浪险流。偶尔的冒险，又何尝不是一种人生体验。

很多时候，我都如这岛，只要有桃花，容我修炼，此乃一生幸福。

原载《散文诗》（青年版）2022 年第 7 期

重新装订的故乡

潼河水

1

北风像一匹野狼撕咬着草木，践踏着麦苗，裹挟着一枚枚落叶。

河流收紧身体，搂住天空一朵朵好高骛远的白云。麻雀成群结队，放低飞翔的翅膀，寻找大地的温暖。

村口的风特别野，像疯疯癫癫的哑巴。哑巴经常站在村口咿咿呀呀地大吼大叫，村庄就会安宁下来。

被风梳理过的狗，夹着尾巴在村外觅食。空旷的土地，尊重每一条生命。

植物喜欢隐藏自己的根部。每一寸的深入，大地的骨髓就会少一点。它把果实举过地面，举过头顶。它对土地顶礼膜拜。

植物学会了感恩。植物的恩泽，又有多少人懂得并仰视呢？

故乡搂不住风，也搂不住落叶。两手空空的故乡，失望，迷茫，落寞，凄凉。

所有的河流都是泪水。

2

阳光落下了那么多，多到让你无法数。沉甸甸的稻穗，涂上了金灿灿的诗歌，每一个路过的人都要清清嗓子，朗诵一下。

每一粒粮食都很温暖，都很饱满。每一片叶子都会变色，经脉更加清晰。

放羊的老人一瘸一拐，人瘦了黑了，拐棍一般。

他走在夕阳下，东倒西歪的身影，多像一声长长的呻吟。

一只只羊加起来，成了羊群，一大片的白，犹如一块棉花地。一只掉队的羔羊，需要帮助，需要怜悯。

老人弯下腰，毕恭毕敬抱起来，像抱起自己。

3

水塘边的芦苇一天天长高，还知道打扮自己了。紫色的、白色的花儿扎在头上，风一来，婀娜多姿。

麦子从怀春到灌浆，从弱不禁风到挺直腰杆，需要多大的勇气啊！

邻居家的小姑娘蹦蹦跳跳的，一眨眼就出落成大姑娘了。红色的裙裾，粉色的面颊，成了待嫁的新娘。

一切变得热烈起来。

原载《星星·散文诗》2022 年第 4 期

用时间之笔作画的人 ［四章］

陈　俊

凉　意

时间是一个名词，也是一个动词。

谈及逝去，我的感觉是时间从身体内一点一点往下滴，滴出血的那种，可听可视可触，清晰而又无感。寂静。

被快乐托运的佳境忽略了沮丧，它躲在某个角落，待你回头时猛然一击，隐然作痛。

"用时间之笔作画的人，无论开始色彩多么浓艳，也无法确保最终不涂上衰秃之笔。"

"美的一部分是留给褪色着色的。"

生命是时间的哲学。时间包含着无常的哀愁。

我曾不止一次在倒车镜里看着春天一点一点后退，我想停下来，可我的手怎么也放不到手刹上，踩着油门的脚也无法抬起。

消逝多么无奈又多么美妙。

当我的车驶出了春天，那是一幅多么纯净的画卷。

临窗听雨的孤独

其实我最享受的是这一刻临窗的孤独，雨在窗外与我絮絮叨叨，隔着窗玻璃，扔石头。有一下，没一下。我无雨中奔波之苦，又时时接纳着偷袭。玻璃没有碎，心有点碎。时光在玻璃上又老去一天。

窗外，我看见一对情侣没有在雨中奔跑，而是停下，躲过街头的监控，在路灯杆下相互拥抱起来。他们渐渐变成一个人的影子，有一种斜雨涂画的苍凉美感，斜雨的线条断续、均匀、明晰、有力，似是安置在一幅街头油画里。

我明显地感受了，身体里某个部位雨制造的一种深深的划痕。

一些苦等的潮湿，缩短了与爱的距离。

爱一个人，其实只需要临窗听雨，只需看着窗外茫然的行人和相拥的一瞬，让石头慢慢碎，让孤独慢慢浸开来，打湿帘幕。

天黑尽了，忘记开灯。是谁。

寂寞地来，寂寞地去。

一地残红既是付出的等待的代价，也是获得来自大地的完整抚慰和最渊深的寂静。

化　蝶

一只蝴蝶围着我飞。

蝴蝶向我复述一个故事的结尾，显示翩翩起舞的翅膀和无限的可能，而你让我忘掉一部戏的开始——你的主人翁总是那么不长记性，辜负了流水一样音符的暗示。

而此刻，夏已至，春花谢。

我为一缕乍晴的阳光走出课堂的缝隙，在校园的院子里，作花朵状沉默。

音乐响起，仿佛我可以站成一个故事的全部，抑或站成一栋空中楼阁虚无的背景。

你说：爱的味道是甜的，跟真理一个样。

而我觉得要比翼双飞，则是另一回事，想起来不免伤心，不免有点苦。

此校园非彼校园，此蝴蝶非彼蝴蝶。

中午有一声闷雷，大地没有裂开口子。

梁兄，请不要玩穿越。

每一道盯着你的目光比闪电快，都是剥开画皮的刀子，信不信由你。

一只蝴蝶围着我飞，赶不走。

我知难而退，你却用肢体语言演绎生死靠近。

远行归来

屋里很静，阳光站在窗外，它屏住呼吸看我写诗，趁我不备又忍不住钻进我的诗行，像灌浆后的稻子，我的诗句新鲜，饱满，灿烂。

有人以诗回应了我微信上的诗，我的诗高兴地一跃，佛光一闪，诗的脸上便漾起了红晕。

默诵一遍早晨背过的《西州曲》，目光里耸起一座高楼，多想登到楼顶，望一望长江，望一望江边散步的人。

楼被楼遮，梦被梦挡。

我把诗句当莲采摘了下来，置于鼠标上，藏入电脑里。

又忍不住放出来，在朋友圈里晒。

手机里，光线耀目，点赞如许。

我的诗句渐渐熟透，润红鲜亮。

咬一咬，咬出怀念的滋味，咬出出神的况味。你的长诗背到哪一节了，小小的约定还在坚持吗？

拉开窗帘，一窗的阳光包围了我。我像在光的海洋里，身空无一物。

知否，窗外阳光的鸿飞雁落，又把我带去了远方。

原载《星星·散文诗》2022 年第 5 期

路　过 ［组章］

刘永军

明长城

一垒土，磕磕绊绊地往西走。

在腾格里东南角的荒野上，我们相遇。没有旌旗猎猎，只有黄沙漫卷。一个踽踽独行的人，和一垒风尘仆仆的土，如此落寞的不期而遇，究竟隐含着怎样的时空哲理？

历史稍作停顿。短暂的沉默后，人和土交换了彼此的过往和沧桑。

一只鸦蹲在土堆上，以腾格里为背景，"呀——"地叫了一声。

成为这一刻唯一的见证。

之后，人踩着自己的影子继续向东，土沿着历史的坎坷依旧往西。

落日浑圆。祁连山横过身，挡在了今天和明天之间。

烽　燧

在一处山岗上，一小部分土停下来，成为烽燧。其他的土继续向西。

仰望，一垒土昂首雄立在蓝得发紫的苍穹之下，斜睨着不远处的喧嚣世尘。

想象中，烽燧的某个角落应该长一墩芨芨，在北风中"呜呜"作响。但是，我绕着土墩走了一圈，没有看见一根草。

只有土。土支撑着土，土背负着土，土依靠着土。土们磕磕绊绊地支撑起某个不容平视的高度。

狼烟早已散尽。但是，凡是站在这座烽燧下仰望过的人，内心一定经历过一场惊心动魄的战争。

在这场看不见的战争中，某些东西会倒下，另一些东西会在不断的挣扎中，站起来。

就像这千疮百孔的烽燧。

芨芨滩

几千年了，那些废弃已久的剑戟，依旧不甘寂寞。

它们不愿生锈。它们在贫瘠而干渴的砂土里扎根，然后以草的形式，站起来。

芨芨滩。满滩坚硬而锐利的芨芨草，被呼啸的北风举起来，呐喊、冲锋、格斗、厮杀……

在烽燧的指挥下，跟着奔走的长城，直取落日。

血色的黄昏后退，再后退。后退五百年是明朝，再退一千五百年，是大秦。在那里，这些重生的剑戟，才能找到它们真正的敌人。

……置身芨芨滩的人，举步维艰。

他无法抽身这场寂静的战争。裹挟在凌厉的北风中，他想起了低矮的帐篷，和酥油灯下缝制皮袄的亲人。

牧羊人

背靠长城，他搭起了三间土房，围起了一方羊圈。

他不知道他背靠的，是一段不屈不挠的历史。这些厚实的土，静静地为他挡住风雪，收集起冬日干净而温暖的阳光。

他不知道长城有多长。他没有见嘉峪关的雄伟，八达岭的险峻。

他以为和他朝夕相处的，只是一道厚实而温和的墙。

就像他不知道：他黝黑的脸庞、宽阔的脊背、粗厚的手掌，以及他身上宽大的羊皮袄，其实是一段历史雕刻出来的缩影。

他以为自己只是一个牧羊人。

现在，他火热的胸膛里，只装着一个洁白、柔软、自由自在的羊群。

鹰

需要一只鹰来填充这巨大的空白。

天和地拉开距离，为一只鹰的出现做好准备。云尽量淡远，风努力强劲。一只鹰所需要的，不光是高度，还有力度。

就像一段长城所需要的，不光是距离。

还有远望的目光和远行的决心。

现在，我站在古老的长城边，举首仰望。我需要一只鹰：划过落日，掠过白云。打开铁一般的翅膀，背负起巨大的蓝天和神谕。

跟着长城，往西飞。

原载《散文诗》（青年版）2022 年第 4 期

在我的书架上 ［外二章］

张 鱼

　　在我的书架上，不多不少地生活着几百个人，他们不分性别和族群，也不分国籍和出身，在这方小小的村落里，因为我的缘故，放下各自的政见和对于艺术的分歧，默契地达成和解。

　　雅戈泰靠着的是夸西莫多，默温靠着的是悉尼，弗罗斯特、帕斯、特朗斯特罗姆、吉尔伯特，身体最为肥胖，阿赫玛托娃穿着紫色的裙衣，所以，我看到的她是高贵的。

　　洛尔迦和茨维塔耶娃是两片明亮的树叶，黑塞是个隐士，勃留索夫抱着酒瓶，扎加耶夫斯基多瘦小啊！巴掌大的身躯里却言说着 21 世纪里最真实的恐惧与迟疑的希望。

　　另一些写小说的、写散文的、写评论的，扎堆在另一个格子里。或喋喋不休，或沉默寡言。

　　他们有时幽默风趣，有时冷峻，不变的是头脑上发光的智慧。在喧嚣、拥挤的世界里，我身后空无一物，与他们日日约会、交谈，他们与我守着内心的安宁，给我小的幸福和小的悲伤。

梦　境

　　远天无鹤，晴空万里。太阳亲吻着大地绿色的绒毛。我从仓库里找出绳子、斧头、单车、诗歌，和爱情的信物，逃离喋喋不休，骑车一路狂奔，让头发在风中飞成无数个风筝。两只鸟在我一侧窃窃私语，似乎谈论着爱情。

粗粝的风磨砺着大地。我驻足在向阳的土坡，用绳子裹紧风的衣衫，用斧头砍下自己糜烂的左脚，我翻卷诗歌，大声朗诵……

为了见你，我最爱的人，我换上了最好的衣裳。但我的心，仍像一个孩童，总游离于欢喜与悲伤之间。

我看见你容颜迟暮，已为人妇。一个崭新的你，将呱呱坠地。

童年乐园

这取自泥土的美，使人催迷：

阳光轻柔似慈母的手，天空蓝得令人心碎。

风赶着羊群越过山顶，那些居无定所、幻变的走兽，昼夜不停地迁徙，驮着我拥抱蓝天的梦：我多想徜徉在云海中，跳舞、划船。

大片油菜花整齐地抬起头，打开一万只明亮的眼睛。它们揣着炫目的光，从地底泡沫般溢出，无忧地摇荡、呢喃，为春天献上斑斓的微笑。

低飞的鸟群擦拭着噪音。

微风清凉，天地如流光溢彩的酒杯。

原载《散文诗》（青年版）2022 年第 3 期

正月，爱如草色

淮源小月

1

烛，执勤。

楣上的灯笼，是树梢上的柿子。

父亲说，留给那些鸟儿。

母亲说，留给那些雀儿。

你应该知道，我是为你留的。

柔和的光，照亮着门前的路。等你，循着我高悬的甜味，寻来。

青鸟，已归隐瑶台。绿色邮筒上的锁，已锈成故事。

风偷偷抓着一把风，塞进门缝。

我侧过身子，梳理，有关你的消息。

我站在一片叶子上遥望，我的眸里有一颗启明星。今夜，我对着你的方向发出了一张写有月色念词的贺卡。

亲爱的，你在哪?

2

不敢推开西窗。我怕风。

定是，比不了黄花的。我怕，一不小心，被风吹散。零落的花瓣，会轻轻地撕裂。我怕，我还没来得及感受切肤的疼痛，便是一地凄凉。

把滚烫的唇，贴在冰冷的玻璃上。我的吻，在料峭的春寒里绽放成一枚永不褪色的窗花。如此，透明地，张贴着我的等待。

大年的第二天，是回娘家的日子。面对成双成对一词，我会难过一整天。

没有起床。我要把孤独睡到天昏地暗，无可奈何。

然后，翻身把夜坐成一盏灯花。

亲爱的，你是否已动身，抑或已抵达哪座城？

请用你舒张的翅膀拍一拍那云，让我听一听你的脚步声。

3

等不来你，在你的方向，我等来一场雪。

一些与诗意走得很近的词，从你的信封里，抖出。

轻盈的，剔透的，冰清玉洁的，精致的，炫目的，虚幻的，白。

我站在雪中，享受着爱的厮磨。任由你隔着时空，抚摸着我的秀发，和肌肤。

我骄傲地，两颊通红。

伸手，便可以抓来一片你抛过来的誓言。握紧。

摊开手心，我亲吻一下，雪的本相。那滴水——我的，还是你的泪？沿着我的唇线，融入我的体内。

起风了。雪，加大了力度。

好冷，好乱！

4

登高，攀爬半截土墙头。还没来得及远眺，我便被黑夜击倒。

夜的黑，强势占位。包裹，填充。

从头发，到眼睛，再到心肺，甚至，我全身的血液都是黑的了。

融入这黑夜，是想让我的触角能够沿这无尽头的黑，延伸，以希望能够抵达你的城。

准时地，你按下云头，从梦外飞来。

你的利爪，开始剪碎我的霓裳。你长长的喙，熟练地在我的心尖上，诊断那些寂寞。

啄。

火花四溅，照亮我的伤口。

我疼出泪来。疼出血来。

我听到了水声，从脚下流向了黎明。

5

自从眼里有了你，心里便有了神。便信了那轮月，信了月下的老人。

天上宫阙，就有了寄托。花季雨季的稚嫩膝盖，无数次地顺从了梦的乞求。

今夜，草已在我的世界，萌发，潜滋，长满。

拜月。手，紧紧攥住一根红线的一端。

等月老，把另一端，递给你。

亲爱的，抓紧！

6

终于，清空了那些花盆，开始了种植爱情。

把你不喜欢的花，一一放生给了原野。只留下了我，一枚独一无二的种子。

我隐身于大别山的泥土。我朝着春天的方向，跋涉。

破土，散叶。

每一个节点，我都在暗地里揣摩，你喜欢的样子。

绦叶如发，以淮水的柔，在山崖倒悬出刚烈的绿。

拔节，打结成蕾。

在掌心，托举着我的妩媚。

喜欢，在月光下，你俯下身子，亲吻我的眼睛。

为你绽放，我会舒展出一朵花的万种风情。

7

用了整整一个下午，舞文弄墨。用明晃晃的句子圈出我的领地，供养你。

不断地，把那份相思兑入墨，润笔。

写了你清澈的眸，

写了你性感的唇，

写了你强健而温暖的胸肌。

我握笔的手，微微发颤。手心沁出羞涩来。

娟秀的字迹流泻的诗情，在暗处轻轻润泽我的焦虑。倾尽婉约风，在午夜中挤出露的心思来。

抑与扬，顿与挫，都有季节的潮汐。

摇头晃脑地，我站在正月前半夜，大有战胜一座山的亢奋。

山坳，传来春之声。

8

原谅我，没有切入风的纹理，去解读你的隐喻。

看你在樱花丛中走过的魅影，如雨般敲击着音符，缓与急，都是迷乱。

一个回眸。便，信了你的浪漫。

不负扛锄葬花。不作词，不吟咏。

只擎一河的溪水承载落红。

我不认为有惆怅，或忧伤。

那一片片花瓣，不是你向我砸来的吻吗？

从我心口漾起的一圈圈涟漪，都是你的同心圆。

我放出我的鱼儿，任由它们游出水面，摆着尾，吐着泡泡。任由它们替我，撒着娇地回应你的热烈。任由它们，替我向你吐尽心声。

那一刻，我会羞涩得满河红晕。

9

温度回升。

地气扶着崖壁，以势攀爬。顺着横挂的藤，接近我的脚趾。

我触到了春天给的暗号。

一些朴素词语开始从我的头顶上冒出。那些生涩的顽固的成分被我推向崖。余下的部分，有序地，排列成诗句。

春天里，唯用小清新来引渡一棵草的雅兴。

我嫩得柔弱无骨。剖开露，我把心思透明地挂在叶尖。

略带含羞。拉开了窗，我试探地寻觅读诗的人。

崖上，有了等待。

亲爱的，我在等你！

10

崖上是有天梯的。

顺着无量天尊的禅杖，我爬上了树梢。

年后的第一个圆月，就这样被我轻易地摘了下来。

若，与你在。

今晚，别人煮元宵，我们煮月。

用一首诗一阕词，煮。

用一场飞起的雪，煮。

用一街的花灯灯谜，煮。

若，与你在。我们煮的是甜蜜。

若，只有我在。我只煮相思。

日子，不就是这样熬过来的吗？

原载《河南诗歌》2022 年第 3/4 期

纹　录 ［组章］

陈哲锋

1

展现于平面。抑或，呈立体。

当我远处将它瞻望，它经过千年，向我挥手。

靠近它，它遂将我的现世穿透。

静态时它如处子化身。

动，也可宛如狐尾，迷惑众人。

既有千奇百怪的外表，同时，具备讳莫如深的内部肌理。

它是纹。

2

纹的存在丰富了人的审美。

爱美之心人皆有之。我的母亲也不例外。她通过墙角一张桌、一面镜梳理自身外貌的美；她用放置床头的一根针、一撮花线，诠释内心的美。这些，都离不开纹。尤其是置于后者，母亲的手，扎下去的每一针都是一条纹。十条，百条，直至万条；排列下来，最终形成各式各样的纹饰。

排针，游针，孔针……所有的这些技法经由母亲之手，都来自两千多年的传承，它连接绣布的白与花线的韧，湘楚大地的悠远不屈；连接她个人不言的柔情，连接我饥饿时的哭喊，和布满星月的夜空。

母亲在教我，在我看来。如何把美伸展到极致？让自己投入到极致？

清早，有时母亲自己也形同一道佝偻的纹，镶在绷架上，像等候一个快要沉没的黄昏。

3

纹穿在人的衣服上，盖在人的棉被上，和人一样，活在当下，展望未来。

但，这并不意味它就忘记了过去。

关于纹的由来，和变迁，同样在博物馆里得到了陈设。

博物馆的门、窗，青铜器，瓷器，石，织锦，还有辛追夫人的棺椁上，都有纹的附着。它们是金色的，褐色的，红色的，黑色的，有着刚毅、柔软、婉转的式样，让人着迷。云雷纹，夔龙纹，三角夔纹，蕉叶纹，龟裂纹，蟠螭纹，翔鹭纹……单一的纹，我想或许不是展示的核心，但纹是它们展示当中的一部分。是另一把解密过去的钥匙。

正是通过展示，纹找准了自己在历史进程中的位置。在我参观的眼里，它变化万端，它没有站在中央，甚至站得有些边缘，但它把自己站成不可或缺。这是纹描绘纹的历程、铭记纹的历史最大的意义。

4

偌大的展厅内，一盏灯为它点亮。

绕过包围它的人群，面对一只青褐色羊头的侧面，仿佛面对一个老乡，它和我的骨子里拥有相同的个性，我们说同样的方言。我所指的它，叫四羊方尊。

我确定我们之间长久的凝视，对于相见，攀谈甚为投机，尽管我们都没有选择开口。这，在于它身上的纹。

纹和器皿是互相选择的结果。它甘愿同它一起经受火的淬炼，时间的锻造，炮火的洗礼，被泥土尘封。在这其中，纹和器皿有着同等的隐忍，厚重。

它们头顶悬着的灯，引燃了赋予在它们身上的使命，文明，在我俯首沉思之时，灯，仿佛也悬在了我的心，引燃我孤独的旅程。

5

终于有一天，母亲脸上的纹让我读到了时间。

那一天我落泪了，眼泪饱含青春里强忍的羞愧。我想到母亲生我之前肚皮上是没有纹的，脸上是没有纹的，因此，母亲身上的纹和我的成长之间，有着密不可分的联系。所以，我对长大充满恐惧、反抗。

树有树的纹路，人有人的纹路。母亲没有责备我，反倒是将我的手翻过来，让我的掌心朝上。母亲指着手上乳突线花纹，指节纹，和密密麻麻的掌纹，告诉我谨言慎行一词的出处，二十四节气流转的规律，告诉我我的命运掌握在我的手中。

那一刻，我忽然又对长大憧憬起来。我知道那样的话，母亲眉宇的皱纹会越来越深，但我也想知道我手中紧握的纹路里蕴含的好运究竟会否成真。

6

确切地说，如果你为一件事情实在过不去的话，可以将它文在自己的身上。曾经一位年轻的师傅告诉我，他戴黄手套，手里握着刀。由于他的这句话，文在我的字典里有了全新的定义，刀也有了全新的定义，一刀子下去，不光可以称之为砍、剁、削、割、劈、捅、划、宰、切、刺、斩，它还可以纹，并且，确切地说，是为一件实在过不去的事情。

再等等。我决定。

我从下午等到深夜。我在等别人走进门，躺在前面的床上，我等着看他会因为什么而纹。他们有的在背上文了条龙，在手上纹了朵玫瑰，有的在大腿的内侧文了一条项链，这些饰物究竟代表着什么我不得而知。

而换作是我的话？把手伸过去的一刻我在想：本该走的人儿已经远走，不属于我的东西永远也不可能降临在我的头上。那么，我有什么实在过不去的？师傅的刀尖在我的手腕落下，我猛地将手抽出，刀尖遗留下的疼，即已刻骨铭心。

7

纹也是一种隐喻。

一节国画课堂上，我认识了一种叫皴的绘画技法。皴深谙墨的奥妙。通过老师手中的羊毫，皴在高山流水之间、松枝、张果老的驴背上走，走得毫无章法，甚至有些牵强附会，有些潦草。

但纹很清晰，直到把画挂起来，我意识到。这个纹是隐匿的，没有直接写在画的某一处，但又没有一处不无纹路。它就像藏在了画的山水里，藏在了每一笔的皴里，只要像掀被子一样掀开看一眼就能找到它。

画，我有过掀开的冲动。纹，我掀不开。这是纹暗含的一种精髓。

8

距离家一公里的位置，是一条河。

它有辽远的河面，宽阔的河滩，以及好听的声音，轰轰隆隆，呼呼啦啦，我跳向它时的一声"扑通"，穿透每个深夜，流入我的梦中。

这导致我白天长时间守着河。那时，碧波荡漾，舳舻千里的光景令人心驰神往。我渴望自己也能拥有一艘船，渴望一场静默的离开。我把书页折成船，把瓦片甩向水中央；纸船行走得缓慢，瓦片飞出的速度迅疾，两者之间存在的共通，在于荡起的波纹。

这一点跟船也是共通的。在船前进的时候。

纹代表着前进，船无数次在片片涟漪中，推着我从我的家乡扬帆起航，我青年的时候这样认为；纹也代表着后退，当船装着我老迈的躯体归来，我站在甲板上，河水中我皱眉蹙额的容貌漫入我的眼睛，悠悠波纹宛若浮动的莲，托起我平静的素心。

原载《散文诗》2021 年第 12 期

第六辑

露珠庭院

浇 洁

1

有一轮月亮，沿着夏天的道路，回到了独一无二的冬夜。

所有的烟火，都向它仰望。

2

傍晚是一只虎，从心头下山。

3

江南的雪，阳光下一个闪亮的梦。它所有的荣耀便是尽快消失，在一朵兰花里开出它的洁白与清芬。

4

清晨的歌，买断秋风，在喇叭花中播放，

露珠流下了晶莹的泪滴。

5

乌鸫的嘴，沾满菊花黄，秋日寂寞的声音如此缤纷。

6

一些不得不为的事要埋葬我，你及时的微笑——
一只红蜻蜓，撬起了一片苍茫的人世。

7

在充满笑的名利利齿间，无法诞生一朵雪花，
更看不见自由的曼舞。

8

6000万年的翅膀打开，时翔时歇，悠然自得。
无词，无语，目光与尔同飞、与尔同落。
世界灰白的律动间，栖立着一只鹤。

9

一个转身和一句温存的话，一条路的两侧，
整个人生由此而来。

10

耐烦的荆棘里绽开的，始终是爱的早安。

11

喜鹊的飞羽，天使的不眠，无法言说的缥缈与静谧，
掏出我眉心的花钿，献给白，说出她的芳名——
白雪公主。

12

赞美的歌声像乌鸫唱起"吉、吉",那是一块击石,

驱策你对隐藏的事物心存感激,对属于你的一切保持留有余地的警惕。

13

我离去的轻盈,终究比不过一枚风中飘落的叶子,

在这个寒冷的冬季。

14

命运早已提前预定,山一程水一程,

只不过将证明,写在此事、彼事上。

15

能让自己抬眼眺望群山,让自己变成一盏灯、享受宁静之夜的便是真。

无论何时何地,我们都持有一条真的地平线。

16

最先敲响疼痛之门的,永远是急不可耐的身体,而非精神的月影。

17

庸常如泥的人,一不留神,也能在绿荷的舞台,

张口吐出一朵白莲花。

18

一株吊兰,牵出

整个夏天小小的素白清凉。

19

迎春花的黄——

当康叫着自己的名字，驮着金元宝

来拱春天的门。

20

水仙在严冬，

开出一代又一代

雅士的风骨与清香。

21

雪中，一树怒放的红山茶——

八十岁的婆婆坐在炉火边，诉说着青春的往事，

童心满屋，氤氲着爆豆的芳香。

22

一串红花，仿若喜庆的串串铙钹声，

一颗黑色的种子，闻声找到了家。

23

那日的萤火虫，仍在草丛里点着灯，一闪一闪地燃烧着思念。

又是一年秋。

24

只要心中有吼声，狗尾巴草也能在风中

舞出狮子的雄姿。

25

寒冬的浓雾散了，为鸟儿和梅花的梦

打开春日的晴空。

26

在江南盛开的雪花下，没有世故的老人，

枯枝上都绽开了爽性的云朵。

27

清晨一杯蜂蜜水，百花从舌尖拥来。

昨日落下的石头，在开门的瞬间，

化为蝴蝶栖立于肩头。

28

春阳如灯，倏然穿越岁月拂过的窗棂，"噗"地一下洒满光之奇妙。

它驱逐寒湿的阴影，催驰万物，让我们看到生长的希望。

29

阳光在小溪凉凉的皮肤上跳跃，发出年轻的欢快声。

一个老人扛着一根青竹竿，在溪边缓缓走过。

30

野外，不时有各样小虫爬上我的衣裙探险，

那是它们的无极荒漠。

31

孩童的心里永远有一堆篝火，桥梁就在篝火上架起，

通向每一个不息燃烧的黎明。

32

春天，就是在孩童的嬉闹声中，

油菜花冲破旧年的坚冰复活本有的鲜黄，

每一朵都是一种馥郁的鸣唱。

33

梅花——

冬天的疼喊了出来，

所有的风景都抵不过她。

34

金樱子花，一朵故乡花——

五月的乡村集市，几人团坐在一张素净的小圆桌，大碗茶里泡的是，子规声中雨如烟下的禾田事。

35

我们向来就知道，唯有童心，才能钓上最大的鱼。

因为，不管到什么年龄，我们的体内始终有一扇门，任其打开。

36

芦花，绽开的是风中飞舞的月光。

若再艳一点，梅花蜷在粉墙内，迟迟不敢开。

37

荣誉的种子，越往下越被其自身的重量碾压，难于发芽。

展翅前，鸠和鹊的蛋是何其相似！

38

麂子，在松风中跳跃，蹄子带着清香，美得令人颤抖。它鲜如山泉的泪水，为我们流。

那场濒危的雪，围困在深谷。

39

任其生长，多么美！

自然的交响乐，孩子与溪水。

40

固执——

时间熬出的粥，今天这样，明天还这样。

爱喝的只有自己。

41

所有的过错都缘于急躁和惯性的小贪婪。

它散落在影子里，又爬回到自己身上。

42

爆竹响，

春花着枝，往事来敲门。

43

暖阳下，不思未来，足够现在，身体里翩跹的是过去的爱。

时光啊，请对我宽大为怀！

原载《抚河》2022 年第 4 期

不知道岸上的事 ［组章］

杜文辉

风吹花

树木前俯后仰的时候，房子呼啸的时候，花在跳舞。花把花瓣、泪水撒了一地，花独立，裹紧身子，或者长出刺，联手，紧紧抓住地。香被风吹散，粉被风吹散，骨被风吹散。

养花人是老子的第几代孙，没有骑牛出关，不著述，也不说。只是破帽遮檐，双膝带泥，反复地锄草，浇水。

谁折下了这枝花

谁折下了这枝花，没有带走。花还连在树上，还有水分，露珠，还在开。折花人匆匆，已走入海洋。

花是自己扑下的，像扑下悬崖，为了这，它跟一株草，已探看了几回，设想了几回。这是它一生的决绝，勇气、羞耻和悲壮。

它扑到他身上，脚上。他闻了闻香，匆匆，走入海洋。

鸳 鸯

我在河岸上看鸳鸯，在栏柱背后，在帽子背后，鸳鸯没有看我。鸳鸯在河里，水里，只知道水，河，不知道岸上的事。

鸳鸯从水里出来，抖身上的珠子，透气，晒太阳，梳理羽毛，搔耳旁的小痒，夹一两个小菜，听流水的琴。

它们感觉有人向往它们，赶紧离开。

在地球上的某一刻

我终于被山挡回来。在人间，某一个公园的某一个木椅上，暂坐。

我脱掉了鞋，晒脚，晒背上的寒凉、湿气。放弃一座山是多么的不易，终于放弃了一山花草，云雾，巉岩，露水……

许多影子，在我身边晃来晃去，我的影子是我身边一只黑猫。

原载《星星·散文诗》2022年第4期

传 奇 ［组章］

阿　垅

传 奇

据说要匍匐在草地，还要眼神好，才能找到原野上稀有的虫草。

我能看到的是——在初夏的集市，一张摊开的旧报纸上晾晒出的传奇，正在被牙刷仔细地清除残留的泥土，裸露出金黄的肉身，与扬尘、喧嚣和叫卖声混杂在了一起。

白古寺

转眼已是深秋。

霜打丛林，白桦、青冈和椴木，在半山扯开了斑斓的豹皮。

转眼有八座佛塔立在风里，一排僧舍涂上红白黑三色的花条，垂落的大幕被大经堂的飞檐卷起了四角。

转眼又到了一个叫洋布的村寨。

从寺院传来的锣鼓声，把我送回了几年前借宿的那一夜。

那一夜，点燃的酥油灯上盘坐着一个诵经的红衣喇嘛。

铁线莲

某些儿时的游戏记忆犹新。

在初夏，铁线莲的花茎像弯曲的小拇指，可以随手折下，趴在草地上轮番比赛。

"拉钩，上吊，一百年不许变……"
回响山野的欢笑殊不知，被一一撕扯掉的花蕾，它们再也开不出艳丽的花朵了。

那时的童谣没有相思之苦，也没有洞房和花烛之喜，却轻易许下了一生的誓言。
如今，时常不由自主弯曲起的小拇指，每逢阴雨天，就隐隐发疼。

奶牛之诗

听一头奶牛歌唱，就是在听群草们的歌唱。
不是直接的，间接的歌唱需要白桦的木桶来承接。

露水滚落的山坡，也滚过我们青春时发烫的身子。
雨后的天空之镜，能倒映出风寒结下的苦霜吗？

贴近地气，自然无声的节拍，要由那条漫不经心的尾巴来甩动。
——哦，看那硕大的乳房，悬垂下这个静谧的柔软之晨！

蝴蝶飞舞，汁液溅开，从颤动到荡漾，从手指出发直抵心尖。
旁观的一边，是一样的藏蓝衣裙，是一样低下头去的满世界温柔。

我们过往的爱情多么浅薄。
不说出来有些难受，说出来必定脸红。

甘南红

有一块石头，叫甘南红。

那是人世间可遇而不可求的相逢。

走过所有以往的日子，我一直在等。

等这一刻，也是一生中仅有的一次，从双手间捧起的面容，徐徐展开炫目的翅膀，使迟来的春天黯然失色。

只因时光易逝一切显得苍白，身后掠过的天空、大海和巅峰，都会留下无可挽回的虚空。试问，我们的前世和今生，能否在一块石头里相依为命？

我一直在等，这千年不化的石头，一次次退去又涌现的潮汐，再现了故土屋顶上的炊烟，如漆如胶的黄昏和形影不离，泛出层层涟漪的乡愁。

以爱、以心、以亲昵的体温来打磨，满山遍野的杜鹃，从翠绿中抽出七彩的云朵。富有极致的细腻和水润的清香，不要轻视，这相对的轻薄，相对的易碎，却含尽了年少的海誓和山盟。

我一直在等，只看老迈之时，那个两鬓斑白的人，那个无视春来秋去、花开叶落的人，只为她脖颈上和手腕间的那一抹沁凉，而垂泪……

一滴水：简洁的口语

1

供养一座庙宇，在心底。

风吹荒草，摇摆繁衍不绝的香火。

摸着黑，也能找到清静的庇护之所，将石头的木鱼敲响。

2

打探摆动的衣裙，问询肩头柔情的哭泣。

只要有光，就能看到天空、云朵和闪电。

一滴水，足以容纳一个人孤单的影子。

3

最初的情结：落入仰承的杯盏。

只是无法区分，一滴与另一滴——

互为镜子，照见隐姓埋名的对方。

4

叶片上，叫她露珠。

脸颊上，叫她泪水。

胸口上，叫她乳汁。

嘴唇上，叫她亲爱的。

如此贴近肌肤，日夜耳鬓厮磨。

5

一滴水拦路挡道，不会打家劫舍。

除了诗书，背囊中全是白花花银子。

赶了那么远的路，终于在我手心勒住缰绳，马的鼻息潮湿又温热。

6

牵出一株开花的红杏。

沿着木梯攀爬，探出墙外，如果嘲笑一滴水的笨拙，那就是嘲笑自己的童痴或是古稀之年。

7

是的，可以在深冬酿酒。

取一片薄薄的雪花，隐去鸟鸣，只酿醇香的一滴，享用终生的一滴。

8

对一滴水的终结，必须提到失手落地的瓷器。

一个默不出声，一个惊声尖叫。

一个不留痕迹，一个碎片满地。

9

一粒怀抱骨肉的种子，我把它称之为——

一滴水的坟茔。

原载《散文诗世界》2022 年第 3 期

纯真博物馆［组章］

风　荷

你当像鸟飞往你的山

"你可以爱一个人，但仍然可以选择和他说再见。"

奶油与蜂蜜，都可以选择，《圣经》里就是这样写的。理想有雏菊般的容颜，赶海的人不一定能想到。一路逆袭，一生追寻，把自己完成。

小女子的身体里也有大宇宙。逃离平庸，通向远方的哈佛和剑桥。告别水深火热。

提一盏孤灯前往。象牙塔里，熠熠生辉，一双挥舞的手臂，可以名满天下。生生灯火，明暗无辄。但生活并非没有奇迹，脚步可写下坚定。

林深时见鹿。星空下，一幅璀璨的画图，闪着隐秘的光。

不必把沸腾的消息打捞，不必把心事重重的雨揽在怀里。"清澈的水倒映着远山和天空，新鲜的鱼群穿过。"我唯一该做的事是迅速长满羽毛。

去追随，像鸟一样飞往我的山。

"你可以用很多说法来称呼这个全新的自我：转变，蜕变，虚伪，背叛。而我称之为：教育。"塔拉·韦斯特弗在耳边说。

挪威的森林

"每一个故事，都种在灵魂深处。"

把它们养育长大，奉送给读者，文字的枝叶，带些质朴纤细，却是力有千钧。

挪威的森林，传递着伤和悲。完整的故事一次次掉入痛苦的陷阱。村上春树在小说里讲述自我和世俗，生与死，孤独与成长。

磨合，适应。沉溺，接纳。潮湿，战栗。宿命，真相。文字如细雪般，纠结着人生的迷失和茫然。也给读者指出了一条"向死而生"的路，即把根部深深地穿过虚无，扎进柔软和锋利。

读后，我写下：

孤独是一口深井

它吞食的月亮是虚幻的药片

薄脆的夜晚，走来摇滚乐队，走来你，走来伍佰

而后我紧随其后

向死而生，黑暗连续了白昼

鼓乐接替着哀曲，生命如此啊

这个宇宙，漂浮的都是尘埃

唯有向着内心的雪国，向着古老的诗句

才能把一个浓郁的灵魂擦亮

好似异域的月亮，在挪威的森林之上

逃离，或回归

梦境，金色的蛋黄，或者嫣然一笑。

脚步不住地追赶，故事曲折离奇，山的背面站着另一座山。冬天转过脸来，不一定碰到秋天的鼻翼，和它呵出的最后的热气。

逃离心的欲念，逃离时间，逃离自己，向飞翔的翅膀靠近。

命运的篱笆有时候是墙，有时候是虚词。梦里有红苹果和小兽。笔锋环环相扣，呈现怪异，或微小的可能性。只要你手捧爱丽丝·门罗的《逃离》，定会被迷住，荡漾的炊烟里，雨水摇曳。

身体困在屋子，灵魂困在身体。

只有敲开生活的坚硬外壳，才能看到隐秘的角落。

抬起脚来，逃离。从乱石深处，有时安逸就是陷阱。有时不满便是出路。展开灵敏的触觉，去嗅嗅低垂的星辰。

"失踪了几个月的小羊也在一片雾气之中出现。"

一枚松针，听从了树林的召唤。

悉达多，悉达多

悉达多，是一座灯塔。

老鹰掠过，抖落一记响鞭。活着就是逆风远行，活着就是朝圣。一次次经历，一次次顿悟。激情和磨炼，轰隆作响。一道光将颠沛流离擦亮。

弥久历新，头顶是炽热的皇冠。

悉达多，是一条河流。

心如容器，装进圆月和天马行空。

苦难的肉身，挪动脚步，向隐晦，更向深处的澄明。聆听河水的声音，辨认稻田、夕阳和芭蕉的影子。

潮湿，氤氲，溅起无数爱的水花，仿佛神启。

悉达多，是一尊佛陀。

"爱这个世界，而不是摒弃。"

接住一片慈云，一阵梵音。斋戒，苦行，辗转，觉醒。最后获得静谧，圆满和安宁。与乔达摩一样微笑。

黑塞说：每一个找到自我的人都是"悉达多"。

陌生女人来信

像一头小鹿，我的灵魂穿过四季，奔向你。

她也是羞涩的，如同茨威格笔下的那轮月亮，布满了柠檬色的微光。我写信的纸是忧郁的深蓝，跟一个陌生女人的并无区别。

我的心脏是小花房，黑夜在它身上褪去，爱的旋涡，隐秘而细腻。

我用腼腆的方块字写下爱和决绝。给了有才的浪荡公子。如你般逍遥、玩乐，活得恣意。

把孤独裹在衣领里，不漏一滴。

"我希望被你认出，希望你觉察到我的存在。"现在，清水洗尘，桌上的那束白玫瑰是我放的，谜团的芳香不止停留在 R 先生 41 岁生日。

你的脚步声在我呼吸里穿梭，一盏微火照着忠贞不渝。

从枯萎的生活里爬出。

为了爱情柔软的触角，耗尽一生。

我就是包法利夫人

"艺术广大已极，足可占有一个人。"艺术永不会断流，而你就永在。外省风俗，女人服毒自尽，最后，丈夫、乡镇医生查理也抑郁而死。

灵魂是一面镜子，呈现出肉体之美，也有一颗时时嗫嚅之心。

追随欲念，先是小心翼翼，后是赴汤蹈火，最后化为被高利贷者盘剥之下的一撮灰烬。

打开的窗口，月亮立起身子。

向着喧嚣的梦幻之海。一道水纹，荡漾纸醉金迷；虚荣、冲动、贪婪与时间交欢，而后积债如山。那个叫"鲁道夫"的家伙看起来并不坏，却是十足的"渣男"。要走了一个叫"爱玛"的女人眼睛里的光，心灵的祈望。

暮色苍茫，星河倒垂。

呵，隐遁的人性，悲叹和绝望。

从灯盏中站起。有人问福楼拜：包法利夫人是谁？

福楼拜说："我就是包法利夫人。"印证了他说的，应该把自己隐藏在作品里，如同上帝把自己隐藏在万物中。

不能承受生命之轻

有种战栗的东西又回到身上。

在我的眼睛，眼睛是一面荡漾的湖水，和花瓣。

在我夹紧的双腿，双腿如两株野桃树，布满细细的火光。

残酷，美丽，和绚烂，并不愿意与之交欢，却被深深吸引。目光迟迟不从米兰·昆德拉《不能承受生命之轻》里移开。

"因为一个人往往从怀疑一个最小的细节开始，最终会怀疑生活本身。"

相机旋转着镜头：夜鸟，报纸，楼台，战火。书籍，教堂，食物，爱情。背叛，遗忘，毁灭，一地碎屑。

叫特蕾莎的女子，叫卡列宁的狗。伊甸园的牧歌不断，或生命猝不及防枯萎。叫托马斯的外科医生，身上有薄荷的放浪和水草的悲凉气息。

爱情转过脸，黑夜发出回声。

"远处的云雾轻拂过黛山，橘黄的日落点缀其间。"头脑里回荡着一轮硕大的太阳。

或者石头，等一个人推上去。

金阁寺

左脸花开，右脸花落。

铩羽或行乐，转眼的光阴就是一生，沉默或惊涛骇浪。

划亮一根火柴，可以点燃号角，也可以是隆重的谢幕。

寒夜，读三岛由纪夫的《金阁寺》。故事的内容，大致是一个叫沟口的人，一生都与金阁寺纠缠。最后沟口将一切原因都归罪于金阁寺。

"只有烧掉金阁寺，才能了断一切，还他心灵的自由。"但当沟口烧完金阁寺才发现，其实美是永恒的，而他是徒劳的。

如同烧毁金阁寺，让美得以永存。三岛由纪夫不但在小说里烧了金阁寺，更是用惊世骇俗的剖腹自杀之举，证明了崇尚的毁灭之美。

命运是一个魔方。未把栏杆拍遍，葬礼已在进行。谁能通透世事，知晓山必将是山，水终究是水。独行客，最后也不过是落霞纷飞。

与自己和解，先是内省与拯救，后是回归，保持独立和完整。

在落日潮汐。

在时光灰烬。

纯真博物馆

"这是我很柔情的小说，是对众生显示出很耐心与敬意的一部。"诺奖得主帕慕克说。

起于爱情，又不止于爱情。虚幻和现实交错，多重时间设计。

纯真博物馆在伊斯坦布尔的一条街道上，是一座建于19世纪的红色小楼。去看看吧，再听听主人公芙颂和凯末尔的故事。

回忆和欲望，由无数的烟头和物件昭示。阳光打在窗上，过往在墙上演绎一幕幕，无关阶层和贫贱。

空格键打出最后的休止符，秘密业已澄清。爱情在博物馆里躺着，任后世之人追随，遇见一个人的纯情岁月，负暄煮茶。

我心匪石，让耳朵清净，谛听月夜的心跳。

记住"纯真"，爱的身体里唯有粮仓和流水。不必装下一小块泪水化作的海。爱情的岛上，只有飞升，没有坠落。对的，如鱼饮水，白茶清欢。

用小语种说出灵魂之曲，不改变一生的措辞。

小径分岔的花园

不容易被人辨识，分岔中有分岔，但每条路都散发花木香。现在沿一条小径，跟着博尔赫斯，来到他的花园。

多维，偶然，交叉，多变。迷宫之美，萦绕东方情结，神秘莫测。

一头砸进魔幻的现实，寻找深埋在潮湿花园里的宝藏，寻找文字辐射出的柔软的幻影。会徘徊、惊叹，也会困惑、沉醉。

空气弥漫战争的气息，白色的日头下，飞舞斑斓的蝴蝶。

庞大的谜面，是为阐释最深奥的命题。悬念丛生，充满哲学、神学和宇宙学的思辨。

"死就是水消失在水中。"持枪的人误入历史的轮回，也让孤寂得到一些宽慰。

直觉大于想象。路的一个分岔是小说的一个结局。呵，一条无比错综复杂的路啊。

"时间也永远分岔，通向无数的将来。"

再次踏进小径分岔的花园。

那些人是艾伯特或瞎眼的阿根廷老头。那些人也是你或我，隐藏在时间的漩涡中……

游　隼

望远镜，布满墨水和铅笔标记的地图。

在埃塞克斯乡村，在英格兰的海岸与荒野。生前无名的作家 J.A. 贝克将奔跑的身影隐藏在对游隼的奋力追逐里。

从秋到春，以单调的轮廓，捕获饱满的诗情。

十年如一日，生命倾向于游隼的热切，灵魂耗尽于游隼暗含的品格。

白天执迷于游隼的行迹习性，夜晚搬运繁复细节，挥动巴洛克式的长句。

密集的比喻，栖息在纸上。描摹鹰的自由，也描摹嶙峋的向往。

遨游的游隼，如同火焰，解风骨。寂静的心，如同密码，解孤独。

回旋的乐曲，知晓彼此，以坚韧勇敢，以眷顾和爱。一切不那么简单，也不那么复杂。

抛开谎言，混沌。而今游隼已成为替代词。

它锋利的眸，在落日的余晖。

也在我追寻的灵魂。

为你，我千千万万遍

把风筝放上天空，追随它去高山，去大海。

或者干脆就成为一只风筝，拥紧命中呼啸的风声。那横空的吉光片羽，懂得远方的歌声，彻夜不息。

谁是追风筝的人呢？

阿富汗的断壁残垣，使胡赛尼的小说又成为炮火里的旗子。

如果有谁跟我谈论苦难中的小孩，我必向他讲述"阿米尔"和"哈桑"这对追风筝的少年，以及之后的背叛和救赎。

花开，蒂落。一句"为你，我千千万万遍"，就让天空呜咽，流水战栗，落焰纷飞。

人世啊，爱的伟大和宽容，能将蒙住眼睛的尘灰拂去。

看见灵魂悸动。

雨过天晴，最后。我们心中的风筝总会高高飞上天空。

像花朵，像彩虹，像神光。

月亮与六便士

沿着秋虫唧唧，我们回到年少。

站在分岔路口，望月。前方的生活，如天空仿佛布满了银币。仿佛什么也没有。

在火焰和大海之间，上有神灵，下有流水。道路边的树木分出无数的枝条，每一条都是生命的分岔。

萤火虫点灯，万物各得其所，如何让平庸的生活彻底解体。

抚平内心的颠簸，走向芳草如茵的塔希提岛。

"人性是最有趣的书，一生一世读不完。"正如《月亮和六便士》里的史特利克兰，既是个冷酷的混蛋，更是伟大的天才。

认识自己，此心安处是吾乡。

一颗炽热的心，一件迷人的乐器。像海水，像迷宫。

毛姆说，弯腰捡拾六便士容易，但还是做星空的仰慕者吧，用短短的一生献祭。挣脱桎梏，修篱栽竹，不错过热爱，纯粹，圆满。

夜色温柔

来一杯玉米酒或杜松子酒吧。

午夜巴黎。上半夜，灯红酒绿，人声喧哗；下半夜，人走茶凉，冷冷清清。华美绚烂而脆弱的人生，流动的盛宴，从玫瑰色的旅馆蜿蜒到青苔小道。

亲爱的菲茨杰拉德。此刻，我是您小说中的人物。

我是迪克。

我是精神科医生，身体里荡漾着海水和花朵，亦有持续的孤独，年轻时与犯有精神病的富家少女尼科尔相恋。后来酗酒成性，日渐沉沦。

我是尼科尔。

我如同天鹅，风旋转出高贵，也暗藏了幽暗的尖叫。是焦虑，是父亲曾弄脏我蓬松的羽毛。父亲逝去，我恢复健康。

我是罗斯玛丽。

我是演员，活泼迷人，明亮的小瀑布，爱上有妇之夫迪克。

亲爱的菲茨杰拉德。剥开隐喻的外壳。你写的故事，里面有经验，更有裂缝。

梦境疼痛，而夜色多么温柔，但这里——没有一丝光明。

在路上

鲍勃·迪伦说：《在路上》就像《圣经》。

遇见未知的自己，迈开的脚步有狂野的弧度。在路上，张开翅膀，在树枝上睡觉，在月光下聆听上帝的摇滚。

故事的主人公萨尔和他的伙伴迪安，提着一颗逍遥之心。

一次次去追赶远方的星辰，在烛火明灭的夜晚。以百倍的引力，永不凋落的姿态。出发，再出发。五次横跨美国大陆。

时间用来挥霍，行踪写满四季的风声。

"跟我走吧，我就是道路，我就是自由，我就是沿途散发芳香的歌谣。"

肉在路上，灵在路上。飞翔，荡漾，坠落。

穿过无数山岭和丛林，现实等于梦境。

踏平时间之壑。永远年轻，永远热泪盈眶。在路上，昨夜长风，天涯芳草，消融爱和悲伤。

多年之后，有一种回忆，在旷野里低旋。那是脚踩大地的声音。

春琴抄

你有蝴蝶，安抚琴弦的忧伤。

我有月光，与深邃的沟渠为邻。

你有荫翳之美可以挥霍，我有一座孤岛向自己致敬。

时间的凶器，吞噬你乖张的明眸。春天用一把古琴，播种一切葱茏之物。我用自带的灯火，照亮贫瘠的种子，那是仆人之命。

辗转反侧的情节，压抑一株夺命的桃花。焰火在身体里激荡，投下死亡的暗影。

未来可期，没有未来。春琴抄，翻奏出一生一世的荒凉。渐暗的夕光，唯美的音符一再丢失。

一个故事，一场凄惨。美学与道义丧失已尽。

"理想不够用了，但太阳照常升起。花朵发出喧响，操琴者总能察觉。"紧闭的瞳孔构想出云雀的鸣啭。

你与我，缘与劫。人生终究是未竟之圆。

而谷崎说：一切都已过去。

人生太短，普鲁斯特很长

一口玛德莱娜小饼，落入嘴里的瞬间。

电闪火石般，灵感降临。

童年，贡布雷。茶水微凉，往事在杯子里清晰呈现。34 岁的普鲁斯特拿起了笔，一发不可收拾。

哮喘，失眠，与世隔绝。任跌宕起伏的痛楚，把一个句子挥洒出 14 米远的距离，把《追忆似水年华》垒得比枕头还高。

爱情，嫉妒，死亡，回忆，追溯。交叉重叠，浑然一体。

"人生太短，普鲁斯特很长。"法朗士说。

的确，51 岁的生命太短暂，好在逝去的时光成了永恒的画卷。

煮过的果子，仿佛退回到开花的季节。心中总有温暖的孔雀羽毛，轻盈飘逸，荡漾一场春梦，对抗尘世的悲伤。

并化为经久不衰的火焰。被后人吟诵。

原载《散文诗》2022 年第 3 期

四月诗笺

张敏华

1

春风化雨。

出门撑开雨伞，风大雨也大。雨水淋湿了裤管，身子不停地寒战。灰蒙蒙的天空找不到飞鸟的踪影。

收起雨伞，我不再被风雨困住。

潮湿的记忆，在心里却是最干燥的。

解开时间的雨绳，远离纷扰的尘世，忘情于自己的悲欢。

枕着雨声而眠，在夜里放空自己，再装下牵挂，一颗漂泊的心有了归宿，一个不安的灵魂从此安然。

是雨，给了我想要的一切。

2

与苍月相望，内心有了一种形而上的释怀。

小舟横在湖边，湖水一涨再涨，快淹没了苇草和菖蒲。湖边的石头藏着光阴。草丛里的蜗牛匍着宿命。

目光落向雨林，内心录满风声雨声，此起彼落。

没有谁会告诉我，那些焦虑正举起漆黑的湖光。是湖光，静水深流，隐忍而向上。

是雨，应验着泥土里有梦生长。

如同呼吸。

一只落单的蚱蜢，蛰伏或扑闪出夜晚漫长的寂寥。

3

三月是我的生日，四月是我的今生。

只身站在百年银杏树下，在雨水滴答滴答的镜像里，我把肉身的欲望放下。

一树雨，让银杏树的新叶绿得鲜嫩。

雨水顺着生翠的苍苔和皲裂的树皮，闪着细小的光往下流淌，我绕着银杏树转了一匝又一匝。

雨水是时光最好的眼泪。

这世界，原本就是水做的，水蕴含着博大的情怀。

弦跟水走，心跟弦走。

4

虚掩的天空。

雨越下越大。听雨，把雨听成生命中的一种痛。

痛了，就会有渴望——

需要多大的伤口去宽容一个人？需要多少爱去愈合流血的伤口？

做一尾风浪里的白鱼，每一片鱼鳞都带着伤痕，却不忍想起它难逃离水的命运。

执手相看，夜色牵起曾经的诺言。

此去经年，忘掉爱恨情仇。

5

到了那一天，我的眼睛里全是雨水。

春天还是这么冷。

冷得牙疼。

那一年，父亲牙疼。牙疼像一具锁，锁住了父亲的嘴。

那一年，雨一直没有消停，湖水上涨，淹没了张家木桥。

湖也是一具锁，船是一把钥匙。

开始怀念那一年的雨季，情感在雨水中还原——

再也见不到父亲，再也回不到过去。

6

天堂里的父亲会托梦给我："敏华，你头发长了，赶紧去理发。"

早上洗漱时，我在镜子里看见自己花白的头发真的又长了。理好发就想着去墓地看父亲，告诉他，我仍然是他听话的儿子。

侧身走在墓园，连怀念也挤得窄窄的。

隔着墓碑，隔着生死，在一座墓的转弯处，我被风拦腰抱住——

那一年转身，我再也回不到黎明村。

多雨的天空承受着太多的悲恸。

生死轮回，没有离别。

7

去农商城喝茶的路上，看见路两旁的晚樱谢了一地，田间的油菜花开始结荚，麦子拔节孕穗生芒。

茶馆的兄弟问我，是喝西湖龙井，黄山毛峰，还是安吉白茶？我说喝安吉白茶——

去年冬天，在安吉报福镇的山里，峰峦起伏，我看见皑皑白雪盖着一顷茶园。

显山露水，茶树布道，溪水弹出琴音。

在山里，做一个磊落的人，像一杯白茶，清澈，透明。

茶香飘起来，融入鼻，嘴，脏腑，心宁志泊。

心宁志泊的，还有我身边的兄弟。

8

草木之心，返照人间的良善。

时间在远处等候。

小小的桃、梨、葡萄，像一张张稚气的脸，它们的健康成长，是我卑微的心愿。

蜿蜒的河，饮着日月之乳。

一场雨，对我已经足够——"穿雨衣的父亲刚从山里回来。"

父亲在我的问候中喝茶，吃饭，读报，看书，入睡。

走出父亲的卧室，我听见楼下传来婴儿的哭声。

9

望着雨后的窗外，湿漉漉的草甸，这才想起四月的节气是清明和谷雨。

清明，谷雨，我一念出声，是什么又上心头?

我想扶起清明，却发现自己一个趔趄已泪水盈盈。

我想喝下谷雨，却看见天空已放晴。

四月，是一个心灵还原找回初心的季节——

跟父亲说声再见，和四月告别。

原载《散文诗》2022 年第 8 期

乡土辞典

马亭华

民 谣

民谣丰盈着泥土的声音，乡音不改。新月下的颂词，岁月里的风声。

黄河，在诉说着民情。

牛羊深埋五谷的目光有了岁月的裂痕，痛苦的破碎的瓷片点燃黄土，渐行渐远的是马车。

纯粹的种子，感恩大地。那落地的比歌声还沉重，抖落一身风尘，收藏了河流，也吹走了牛羊。

苍劲的民谣坐在那一片秋色之中，拯救泥土，守住水边的灯。

我要唱到天的尽头——

民谣是风，把雨水高高举过我的头顶。高天流云，掌心里的粮食在跃动。

稻花的香气陶醉着天下，黄河越走越远。

村庄为我照耀，让我醒来。我埋进九月，感受五谷。

泥 土

当一轮白月亮，有了陶醉的气息。

家乡的湖水掀起所有的诗篇，温润的泥土上生长着最绿的草，和最纯真的爱情。

我在梅花深处冬日的仰望中，获得了星辰和诗篇。

那梦中的马，还在花瓣的草地里驰骋，乡村正以铜的皮肤扬鞭。

我成熟于泥土，在村庄的深处倾听淳朴的民歌。在绵长的岁月里，我渐渐有了古风雕塑的轮廓。

我有透风的屋顶，一亩薄地。我叫黑马，我手执书卷，我是一个诗人。

我住在乡村，我的诗以乡土取胜。

小　隐

我乘坐秋天里最后一枚落叶，抵达故乡。

在星辉的照耀下倾诉衷肠。

蝴蝶在微尘里诠释着爱情，月亮的指尖发烫。我空空的心儿啊，被风吹成一件乐器。

乡土的歌谣打湿了高处的玉米地，河堤上的水一天天饱涨。

飘香的稻谷奔走在田间的小路上。

泥土啊，我的亲人，让我这披蓑衣的人走进暮云下的田畴。小隐于宁谧的乡村，于檐下听风，于红尘中听高山流水的琴韵。

当秋雨跃上我的屋顶，投掷着泉水，光阴，梦幻和种子。

我抱紧肩头，带着浅笑，看一棵树在雨中摇曳。

原载《星星·散文诗》2022 年第 7 期

散步黄昏 [外三章]

周八一

总是在黄昏，你关闭手机，清空一日的烦琐和庸杂，推掉大大小小的应酬，一个人去乡野小路上散步。

落日红圆，深情而缓慢，把苍茫的余晖洒遍人间。草色悠然荣枯，花朵自在开合。在时光的轮回中，它们无声无息，不骄不躁，向你展现生命的自在、安然和恬美。成对晚归的鸟儿、蜻蜓、蝴蝶，轻盈地绕过你的身边，送给你淡淡的花香和纯净的问候。

柔风轻拂，带走你身影中残存的纸质般的疲乏，一阵阵细小的声响，绵密，清脆，似乎又一次激活你已淡忘的远去的青春。

有时，你会情不自禁慢跑起来，脚步轻快，踏响年少时无忧的回声；有时，你会不由自主停下来，坐在一片干净的草坡上，静静远眺，什么都不愿想，内心柔软，恰如新月下那一方暗香四溢的荷塘。

此时，万物都是你的：天空无限辽阔，大地绵延苍茫，星星洒下点点爱意，月光编织丝丝静好，这一切都是你的。

你爱上这样的时光，身心空灵，脚步沉稳，把纷繁的生活，走出日月诗意的奢侈。

春日郊野

暮色沉寂。沿着小路精致的书签，青草绵密无尽的掌声和野花暗香闪烁的欢迎词，领着你，走进春日郊野这一座斑斓的书屋。

石头的经书，庄重，实诚，书页暗黄，点点苔藓葱郁的文字，散发生命古典的沉静气息；杂树横生枝节，每一笔都潦草张狂，呈现个体的自在和率真；而清溪恬淡、透明，像一首久读不厌的小令，低吟着人生的空灵和飘逸；翻开翠柏装饰的墓地封面，墓碑灰白，醒目的标题，晃得你睁不开眼睛！一个个被红尘装订的故事，等待你去研读，去思考……

这是你每日必修的功课。岁月浩渺的无穷中，它已经恒久地安居在你灵魂的一隅。你坚持去看它，读它，揣摩它……

这么多年，你庆幸还没有弄丢自己。时刻怀着一颗感恩的心，虔诚地躬耕于生活，在一个个平淡的日子里，拣到一块块绿玉，一粒粒黄金。

中年回味

仔细想想，细长而琐碎的光阴，其实就是一根打满结的绳子，盘曲在我们命运的深处。每个结都是念念不忘的爱与怨。

多少个夜晚，我们试图一一解开。灯光下，影子按住我们的手，慌乱中，又打出了一个新的结。

就这样，我们拽着纠结的绳子，在生活摇晃的旋律中，小心翼翼地经春夏、过秋冬，走进中年。迎面而来的四季风，一次次吹干汗水和泪水，也吹开春花和秋色。

如今，在明亮的天光下反复回味，这一个一个拧成的结。沉默的间隙，一杯苦咖啡，已被我们品出淡淡的香甜。

相携的身影，重叠在岁月悠长的栈道上，我轻抚你鬓角的星星白发，绳子就长了一寸；你掸去我肩头的点点风尘，结又解开了一个。

翡翠戒指

灯光下，它是那么温润，细腻，散发绿莹莹的光。凝神细看，它又像佛的慈目，一眼就望穿了我的心。

它银质的指托，洁白，沁凉，有水一般的纯洁和柔韧。上面镌刻隶书的"勤俭"二字，雅致，秀美，仿佛时光反复酝酿和打磨的一个最本真的词，让我一次次凝视，回味。

母亲说，这是祖母送给她的传家宝，只在和父亲的婚礼上，甜蜜地戴过一次。父亲病故后，多少个寒夜，在安顿好我们七个子女后，是它，见证过母亲无数的辛酸和泪水，慰藉着母亲一个个小小的梦想和希望。

妻子第一次来我家时，作为见面礼，母亲郑重地把它戴在妻子的手指上。她只说了一句话：请保管好它，让它一代代传下去！

岁月醇绵，光阴含香，幸福已堆满生活的桌面。今年除夕的家宴上，妻子秉承母亲多年前的样子，仪式一般，紧紧地握着儿媳妇的手，认真地为她戴上这枚翡翠戒指。

饮尽半杯红酒，妻子什么话也没说。

原载《铜陵日报》2022 年 3 月 10 日

泥墙之上 ［组章］

陈于晓

旧 站

站台似乎还在，铁轨仿佛已被废弃。如果看得见时间，这一处的时间，可能已经生锈了。

这是曾经的火车站。此刻，一些光影真切在我的眼前，一些光影应该来自旧年。现实与记忆彼此交织着，时而清晰，时而模糊。我有一种恍惚之感。

在空荡荡的铁轨上走着，火车已经许久没来了。我的远方已经许久不见了，但或许，这里就是远方。

人们肯定地说过，这火车是我弄丢的，这么多年来，我也一直没有否认。只是我也不清楚，我把火车弄丢在了哪里。

抑或，是在我的梦中。因为这些年，在我梦中常有火车驶过，就在我醒来的那一刻，火车不见了。

但那一座孤零零的老火车站，我像是从没梦见过，以至于我也常常怀疑，这老旧的火车站，可能是不存在的，不过是我的一种猜想吧。

翅 膀

"抬头三尺有神灵"，这是我的祖母说的。但也许这仅限于乡间的天空，城里的楼幢太高，很可能阻挡了神灵的路。

神灵是一些披着翅膀的人吗？在儿时，走在路上，我常常寻找着翅膀的声响。或许，一阵风刮过，就是神灵走过了。那翅膀的声响，就跟风声是一样的。

看得见的翅膀，披在鸟儿，或者蝴蝶，或者一些我叫不出名字的小昆虫身上，但需配上多轻盈的身子，才能飞。

由此，我也相信，神灵是那些身子很轻很轻的人。并且，神灵和神灵的翅膀，都是隐形的。

而世间万物，也许都是长有翅膀的，只是很多的物之上，那翅膀是隐形的。并且，因为身子太重，而不能飞。

我也是有翅膀的人，在很多年以后，我才觉察到这一点。于是，我每天出门时，都会唤一下我的翅膀，以便让它跟着我。

空荡荡或者回声

儿时住过的老屋，早就被拆了。之后，一片空荡荡。现在，成为一片菜地。也许，这只是一种回归，在成为老屋之前，这里可能就是一片菜地。

当日有所思，我仍然常会在梦中回到老屋。似乎旧年的老屋，一直保持着原样，连物品摆放的位置，也不曾挪动。亲人们的音容依旧，他们穿着那时的衣服，像往常一样走动着。

年画里的鲤鱼，依然在跳着龙门。父亲的蓑衣，挂在杂物间。祖母依然坐在屋檐下，穿针引线，缝补漏洞百出的生活。我有时觉得，正是因为生活有了这些漏洞，才让记忆有了"回声"。如今，我梦中的祖母，还在为我缝补着梦境吧。

相信梦是一种回声，它把生活的原样还给了我，只不过有时多了一层空荡荡。但记忆仍是鲜活着的，只不过由彩色褪成了黑白。

倘若人是在梦中走动的，那回声便是真实的。

石 椅

椅子形状的一块石头，被叫了石椅。很多时候，它是空着的。偶尔，会有人来坐一下。没有谁会记得谁来坐过，石椅也不会记得。

如同我每天行走在路上，都要遇到这么多的脸孔，又能认得几张呢？我也只不过是人海中的一张。

人丢失于人海，就如同一滴水，丢失于河流。

石椅没有丢，它每天都在原地，像是在等待什么，又什么都不等待。我知道，这把石椅，最终也会丢失在时间里。

只是在石椅丢失之前，石椅之上坐过的很多身影，早已不知所踪了。

昨晚，石椅上坐过一只猫，她闻到了一股猫味。在我坐下之前，我看见一只鸟栖息在那儿，鸟为我让了座。我坐着的时候，一片叶子，落在了石椅上。

此时，我的影子和石椅的影子，重叠在了一起。

四周围很安静，这一种安静，简直能让我热泪盈眶。我知道，有些时候，石椅也会被感动，万物皆有灵。但我又说不出个所以然。

起身的时候，我捡起落叶，让它回到了泥土。

泥墙之上

一些野花，在泥墙之上，摇曳。成为墙的泥，依然还是泥。然后，一对蝴蝶，栖息了一下，就飞走了。但凡会行走的事物，终究不会在某一处久留。

一个孩子，趴在泥墙边上，告诉我说，她听见泥墙内有流淌之声。是风的流淌，还是水的流淌？我清楚，泥土一旦孕育了生命，它的内心，就是虚空的。那是一种生长的声音，或者叫生命的响动。

孩子久久地趴在泥墙边上，她似乎又听见了什么，她说像是有人在墙内走动。是谁在走动呢？孩子说不上来。

没有人会在泥墙中走动的，我相信这只是孩子的一种幻听。也可能是从泥墙边走过的脚步，被储藏在了墙中。

但如果是从前的人们呢？那些走远了的人们，把身影留在了泥墙中，或者正在泥墙中走动着。

泥墙之上，只有野花在摇曳着，这是一种热闹，也是一种寂寞。

原载《湛江文学》2021 年第 12 期

生活的原色 ［组章］

若 尘

月光记

从指缝间遗漏的一滴凉，在某个夜晚晃悠，叩开心门，入秋。

夜色里弥散的清辉，不请自来，在我的肩头，泊成蝴蝶的模样。跌落的斑斓，是牧蝶者的魔术，还是真心的欢喜？

只见一轮上弦月，从楼房的缝隙间挪出，唤醒遥远的童谣。

月下，时间被拉得悠长，漫过每一棵植株，在石阶上投下隐约的倒影。

我和你，就这样坐着。看月亮在树梢重新长出来。风里，听不到故乡的半声叹息。

脱下高跟鞋，让双脚在你的怀里舒坦，舒坦我一路走过的辛劳。在这金针花盛开的地方，月亮在悄悄做着加法，圆了我梦里的等待。

人在月色里容易梦游，渴望得到也懂得温柔，鬓边还回响着紫色的叮咛……

中秋，总有一支歌，在花叶的每一处汹涌，却不及你掌心温柔的曲线。十五的月亮十六圆。今夜，迟迟未见嫦娥舒广袖，莫非也在慨叹命中注定？

应该有一枚月，在心房安营扎寨，像许愿池投掷的那枚银币。

梦中摇晃着扶向草尖，洒落一地清脆的心语。

生活记

春天的风，夏天的雨，在同一个窗口相遇，谁听到了花开的声音？

校园的早晨。风，被过滤了，还有阳光。环形的跑道，像梦里的河流，还有微澜。

小白鞋，牛仔裤，高马尾加上诵读声，甩出初夏的蓬勃。我在漫步，而后开始与青春一同奔跑。

课堂上，东张西望的学生，让盘丝洞的网摇摇欲坠。

女生的发梢，摇曳男生的心旌，难道只是风的缘故？我不明白青春刚临的拔节，居然可以这样震撼。

俯下身子，我只能虔诚地审视一枚青涩的果子。

上班途中，遇见的女人，背上一个孩子，手牵一个孩子，还能平静地和同行的人聊天。柴米油盐的烟火人间，在她的眼里，似乎只是田螺姑娘的法术。

许多年前，也有这样一个女人，她折下太阳和月亮的翅膀，用胭脂为生活点妆。

李自健美术馆，大地上生长出来的美与线条，被阳光彻底舒展。奶奶的笑，孩子的哭；母亲的泪，父亲的汗，每种色彩都渗透了乡土。

驻足，视线被烫伤。白发与皱纹深了日子，日月轮回里总有佛的影子。那位傍晚读家书的女人，守护着襁褓中的婴孩，也漾开了春天。

我在找寻，也在亲历这生命的源头里，到底有多少悲悯能化为生活的底色。

隔离记

客厅里，孩子们在捣鼓旧麻将，关在家里已经七天了，偶尔会哭闹，但依然相信病毒是老虎。

变换麻将的位置，垒成枪的模样，枪口指向没有硝烟的地方。

我立在一旁，也感到了疼痛。

一到天黑，二毛就哭诉"要出太阳"。

太阳烘焙了午后，一切在发酵后埋入沉默。这暗夜潜伏了多少秘密，我找不到答案。只能在孩子的眸子里，找到星光。

清晨的第一声鸟鸣落在枝头，当阳光在脸颊轻轻一碰，我就开始想你。

风在风里舒展，而门窗紧闭，一寸寸拉长日子。

玫瑰色的雨滴，滑下云端，昨夜在谁家屋檐下徘徊？

外面的世界那么大，想你的时候，我的世界就小了。深蓝色的口罩下，每一次呼吸都像在挤压。

请告诉我，这被生生隔离的，仅仅是春天吗？

春光记

铁丝网的空隙处，身姿能轻易穿越包容。俯下的一腔感激，触碰被春光撞破的栅栏。

不远处，湖水仰起了一张明媚的脸。

镜头太小，装不下你眺望的远方，以及春天布置的陷阱。

当我的脚步开始沉沦，一群放牧的金色蝴蝶，在身前身后翻飞。

一条木头栈道，被午后的阳光切割。铺在地面的琴键，脚尖弹奏起往返的余音，直到暮色漫过一株美人蕉。

你跳跃的样子真美。像一枚蓄力的箭，射向半空。

头顶的紫藤萝，也笑得花枝乱颤，比路过的春风更放肆。

我想，春天被你反复揉搓，汁水已渗透每个细胞。一咬，味蕾就被轻易打开。蒿草的每一茎每一叶，都是三月妖娆的模样。

一定是记忆的某个角落，安放了一棵香樟树。

那些飘零的叶子，像极了我的找寻，却被涟漪，尽收眼底。

似酒的郁金香，盛满春风举起的高脚杯——

在蓝天白云下对饮，不问归途，也不问来路。

清明记

湄水河，稻田，草木，都在视线里后退。像一幅素描，除了交错的线条，就是逐渐模糊的光影。

老宅，闲置经年。门前，荒草匍匐；屋后，竹林拔节。

每一寸挣扎过的泥土，如今都被踩在脚下。

草籽花，依旧散发淡蓝色的忧伤。似不曾熄灭的童年，似奶奶反复讲的那个老故事，在清明阴晴不定。

纸钱，祭品，鞭炮。目之所及，都是虔诚的仪式。

还有那一长串，刻在石碑上的名字，聚集在一起，就是一条血脉之河。

祭拜爷爷时，我深深弯下身子。而后，一只鸟从头顶掠过。

蓝天下，蓦然又添了一重怀念。

临走，和奶奶告别。她将不舍放进我的手心，松手的那一刹那，这个清明，又在泪光里多了一重牵挂。

故园记

一只铁锅抱着三个玉米，在燃气灶上欢腾，母亲微笑着给铁锅加水。

这情形，像极了外婆给灶台添加柴火。

火苗均匀地展开躯体。腰肢那么柔软，那么淡蓝的青春，一寸一寸变短，熄灭于母亲沉默的目光。

此刻，她是否也想起了母亲，那个只顾埋头干活的女人。

迟迟春日，眉眼低垂，总是从容地将日子，摁进泡菜坛，发酵。

那么多的草籽花，挤在老屋后的空地上，连风也无法插足。

头顶的那一大片湖，我看到自己的倒影，被几朵云托起。一朵飘向茶园，一朵落在叶尖，一朵低至尘埃。

不可撼动的，是这返青的尘世，是喧闹过后的宁静。

糯米条，被清风剪成细碎的花瓣，在我回乡的路上翻飞。酿，一杯又一杯的回忆。

松柏，静默。依然高过曾眺望的身影，藏青色，也依然葱茏。而院门斑驳，镜台斑驳。嵌在木头里的年轮，也露出斑驳之色。

我走进故园，又想迅速逃出来，怕儿时的创口，被生生剥离。

原载《散文诗世界》2022 年第 5 期

诗意的辞章

刘向民

安邑古城遗址

这里曾经是魏国的都城，泥土叠加，城墙高耸，青砖筑起高高的官殿，尖尖的屋脊挑起苍苍风云，鱼鳞般的瓦承接着风雨，安顿着淡然和宁静。

安邑古城，一座繁华的城市，也曾拥有喧嚣的时代，茂盛的森林，安居的鸟巢，一群群奔跑的麋鹿，滔滔不息的河流，太阳明晃晃地照彻天地；

一片片土地春种秋收，除草捉虫，一茬茬庄稼茁壮成长，长起茫茫青纱帐，无尽地繁荣着人世间，渲染着幸福的向往；

一轮明月挂上天穹，群鸟归巢，人们披星戴月，烧制陶器，打造兵器，在沧桑里执着前行。

战国的风，萧萧，刮过土地，扬起尘土，一群人挥舞着矛和盾，举起锋利的戟，在时光里熠熠发光；

战马嘚嘚，战车辚辚，旌旗猎猎，击响铜鼓，将一杯杯烈酒洒向大地，赤胆，怀揣一腔热血，义无反顾地冲上前。

春天的一个黄昏，在明亮的阳光里，我伫立在这片土地上，感受土地的伟岸和激越。

阳光沉重，是一层层金，覆盖着安邑，以及安邑的旷野和树木、庄稼。

风缓缓地流，麦苗缓缓地张望，亘古以来的时光，渲染着一个又一个美丽的梦。

我看见祖先，一丛丛地行走着，深邃的目光温暖着胸口，守护着千年的村庄和古老的虔诚。

在十二个月里，雨水均匀，野兽和谷物，飞翔的鸟雀，都在季节里做着自己的梦。

春天的花朵，夏季的藤蔓，秋天成熟的庄稼，以及冬天的一场大雪，都发出低沉的吼叫。

在大地的臂弯里，河水静静地流淌，将千年万年的风云融入一滴滴清澈的水里，歌颂热爱。

我崇拜的，是这片土地的执着，一片能种能生能长的土地，种什么就生什么，生什么就收什么。收获是土地唯一目的。

收获，是亘古以来的目的，它始终让安邑生机勃勃。

解州古镇

解州古镇沐浴着时光，从历史里款款走来。

多少年来，优雅，安静，淡然，踏着风雨，一直在行走，风尘仆仆。

始终伫立着，披一身古朴，但掩映不了清秀，一脸欢欣。

我在一个黄昏时分，抵达古镇。阳光像金子一样明亮，镀满天空和大地。

古镇的沧桑赫然布满岁月，被雕琢的印痕，默默承受着余晖的映照。

古朴的建筑，斑驳的面孔，在一方灵山秀水里，生出儒雅的气派。

高高低低的石阶，光滑，诗韵连连。是一场细雨，淋湿了满目的天空。

屏住呼吸，与一块块生苔的青砖和青石对视，我能了解她的前世和来由吗？

雍容的飞檐，高高挑着天空，砖雕的鸟兽是一些见证，古镇依旧保持着华贵的品质。

我喜欢寻找一些断裂的墙砖，看一丛丛草舒展，一朵朵花开放，在风中招摇，吸引着欣喜的目光。

这些被岁月侵蚀的日子，在每一个时辰里都生着锈，沉默不语，将沉重压在尘世里。

有汗水，也有泪水；有幸福，也有疼痛。但依然坚挺，风姿卓然，连接着沧海桑田，连接着遥远的方向。

月光明亮的夜晚，是否还可以听见明朝的风在刮、清朝的雨在下，能否看见一个赶考的书生正在远行，他终要金榜题名，成为古镇的荣耀，而衣锦还乡。

关帝的神灵一直护佑着古镇，他安详的面孔总是让古镇风调雨顺。祈求幸福的人们，无须担忧，可以在烟火里找到命运的归宿。

云在游，水在流，在古镇轻轻行走，密密的竹林摇曳着悠悠的性情，听一曲优雅的歌去颂扬美好，日子幽静而又幸福。

虞坂古盐道

风声呼啸，穿过虞坂古盐道，就穿过了唐宋的岁月，连起前朝和今世。

高山，峻岭，穿越荆棘，踏过一块块顽石，这是经久的脚步和嘚嘚的马蹄，不停地磨砺日月。

天空下，一行人和一行马行走，跫音铮铮，每一步都是坚实的，哪怕是一小步，都做着征服，寻找生与死的空隙。

肯定有着艰难，沉重的路程使日子消瘦，瘦得只能在大山里蜿蜒，如一根飘忽的线，与命运纠缠；肯定有着死亡，猛兽与峭壁狰狞，张开吞噬的大口，让脚步更加蹒跚。仍执着向前，手紧紧抓住无畏，胸中燃起火焰，以不懈抗争，让所有的坎坷成为坦途。

黑夜的征程，深藏着秘密，但有着明确的方向，跌宕的脚步丈量着古道，人生也有着倾斜和跌倒，跋涉是唯一的选择。

重要的是，将一筐筐盐，运往远方。有谁知道盐道的艰难，狂风暴雨和犀利的闪电雷鸣知道，努力倾斜着身子向前；坚硬的石头和深深的草木知道，披荆斩棘，被扎破的脚，鲜血浸染着每一个足印；太阳的灼热和寒夜的冷，以及那些被惊飞的夜鸟知道，生命执着，一步步变得坚强。

在古盐道，一步步踏过苦难、承受苦难，让人永远记住曾经的不屈。

原载《运城日报》2022 年 4 月 28 日

我要收回我的承诺 ［五章］

陈　宇

太阳，我要收回我的承诺

"太阳，我要收回我的承诺"。

叶子已红得太深，河流已远得没有消息。你为什么还蹲在山顶上，用你血红的眼睛，窥望着那条炊烟袅成的小路?

起风了，无奈的树叶纷纷来到地上，她们旋舞着小小的身躯，在搜寻着哪怕唯一的蛛丝马迹。而失去记忆的林子，脑海里一片空白。远远的寺钟响了，沉沉的声音响过高山，响过无言的头顶，带着凄怆，寂寞和几丝隐隐的恐慌，钻进了重重的暮霭。

"你走吧。太阳，我要收回我的承诺"。

而太阳伫立山顶，瞪着血红的眼睛，望着那条被炊烟袅成的小路一截一截为夜的神灵吞噬，一动不动。

忽然之间，我泪流满面……

五月的门楣空空荡荡

城市的挪亚方舟安排匆匆的我们邂逅，你无言的明眸馈赠我忘川的温柔

三月，由远而近又由近而远的鸽哨飞过期待的天空，飞逝的阳光，竟迟迟走不进五月的门楣

在水一方，最后的净土延续着水生的传说，亘古的思念轻易就飞越重重大山设下的道道栅栏，沙漏的光阴滴嗒着无眠的夜晚，开花的铁轨每每铺进你枕

边的睡梦。撩人心魄的思念在情感的涟漪中升华，脉冲的电波倾诉着遥远的现实和甜蜜的梦想。让你桃形的美丽绽放成我玫瑰的灿烂

那片童年放飞的竹叶小船，正泊入曾经寻寻觅觅的港湾……

生命在这里拐了一个弯

在不经意间，生命拐了一个弯。

漂泊的足迹留下往日的灿烂，于不知不觉中开始缓缓地沉淀。

生活的旅途送走一程又一程沙漏，频频回首，却总是走不进记忆的从前。

生命在这里拐了一个弯，曾经的沧海变幻为桑田，与你萍水相逢后又渐行渐远，低沉的男中音吐出来的，是下一首如歌的行板。

把过去托付缱绻的怀念，穿过人到中年的梦境，用心迎接一个又一个的明天。

归程尚远，远到在鹰眼也穿不透的远岚。归程也近，它如影随形，时时刻刻都在你身边。

世界本就是这样，形形色色轰轰烈烈的五彩斑斓，和尘埃落定的平淡，在生生不息地往返循环。

等到暮色掩过红土地的丘陵，吞噬了内心的平原，请用一抔黄土为来者擎起风灯一盏！

鞋

两只并肩而行的小船，引领起她们思想的桅杆，踯躅在没有归程的征途，洒下一路的五味，让偶然的回首，每每溢出几许隐隐的慨叹。

沙漏的光斑穿透葳蕤的无眠，磨盘的吱扭渐渐陷进古老的邈远。蹉跎蜕变成最是无奈的字眼。

由远而近又由近而远的汽笛，在思想的大海面前若隐若现。头颅的轮廓，不过是他漫无边际的沧桑的花边。

岸边的杨柳，还在痴痴地守候。

不着一字所得的风流，已被昨夜的睡梦掳去。你一如既往的寻寻觅觅，又将被启开今日之门的晨曦带走。

日 子

日子是白纸，时间老人用太阳的印章在上面一戳，我们就揣上通行证上路

日子是家乡的那段高速公路，生命的依维柯在上面奔驰，一路远去

日子是水中的月亮，当我们伸出手去的刹那，她已化为片片金鳞，游进了岁月的深处

日子是冬天的雪花，她满怀激情，铺天盖地而下，又变为一掬清泪，从我们指间滑落

日子是老屋茅草房顶的炊烟，随风眨巴着母亲踮脚唤归的望眼

日子是田畴那头老牛，舅舅的鞭子挥起时，它抬一抬头

日子是妻子灶房里的锅碗瓢勺，每天的交响曲唱着甜蜜的歌

日子是六岁的女儿，无论她的喜怒哀乐，脸上总是开出天真烂漫的花

日子是家门前的那条无名小河，童年的我们在里面捉鱼摸虾，不经意间已顺流而下

日子是江上那叶摆渡的扁舟，我们每天都在上面划呀划

日子是心中那只狡猾的狐狸，我们总想大步流星走上去，踩她那长长的尾巴

其实，日子什么都不是，她只是夜里的春蚕，执着地啃食着嫩绿的桑叶：沙沙，沙沙……

原载《塞上散文诗》2022 年上半年卷

第七辑

大河西流去 ［组诗］

倪长录

黑河，没有哪一个女人的波涛敢与你对抗

丝绸一样流动的黑河，水一滴一滴年轻。

你女儿般在大漠深处拓垦心事，涛声，遥远了大墩门多年的守望。

从披着月晕的祁连山谷，到起伏不定的沙漠戈壁，没有哪一个女人的波涛，敢与你对抗，你黑得热烈，野得奔放，你的浪峰，你的旋涡，那么快就唤醒我的内心，积郁已久的焦渴。

我敢说，胡杨一样痴情的汉子摸一把，摸到的不是流水千年的激情，就是石头万年的执着。

啊，从雪山的乳峰上走下来的黑河，你要把生命的奥秘带向哪里？和那位来自沙漠小城，梳着粗黑发辫的女子一样，你的远去，给我带来茫然而叹息的忧伤。

疏勒河，朝向阳关的方向，静静流去了

西部苍茫，时间的册页里，执着的疏勒河，朝向阳关的方向，静静流去了。

带着天地间硕大的安慰，流入旅人旷野般的心原。

西去疏勒河，使我的脚步惊讶。

漠风掀开秋水的衣襟，口衔青草的口弦，我躺在河边，看见鹰翅，以及鹰翅拍动下的远山，流泻着密实的黛色。在瓜州望杆子胡杨林，掬起一捧清澈的河水，我尝到了原始的秋色在水中的滋味。

进入西部之西，目光，在你的涛声上恬憩。

浪花一朵一朵甜蜜，如知心的召唤。

饮马滩上，牛羊浮动

沿着鸟声的河岸循望，衣袂晚归的景色被牧歌漂暖，河面有风，羊羔们嫩如草汁的目光，散射淡淡的艾香。

五月，疏勒河畔，一片旺草就是一片清嫩好听的鸟鸣，蹄迹沧桑中，一顶炊烟潦倒的毡房，听见四下里走动的水草，暖和的脚步，追赶雨水和雪花，而初生的歌手，小小的嘴唇，来自腥膻的爱情。

饮马滩上，牛羊浮动。取下一片草叶就能听见花朵的声音，青色苍穹，是大山微笑的神情，扯起炊烟淡泊的旗帜，一贴春风，使北方的四季井然有序。

逐水而居，临水而歌。河西女人们不易被人察觉的心情，也是一片旺旺的水草。

河水弯弯，流经我的村庄

河畔的野毛菊，年年季季，落不尽樱红叶绿，挽一掬遥远的思念，我踩着你月光一样绵柔的歌走来，就像一只蟋蟀了。那是太阳花爆不出麦穗头的季节，有苦苦野艾渗入你的小调，怎么也唱不甜，烟村茅屋低低的叹息。

猛然，有一天，爷爷的牧鞭甩碎了肩头落日，你的膝头爬满马莲花的忧伤。天天，我赤着脚丫奔向你，为了寻觅那再也寻不着的微笑，不知水底鹅卵石的絮语说些什么，我只晓得用嫩草和露珠，喂养小羊羔也喂养蚂蚱。

如今，每到秋季煮熟黄昏的时节，我多味的相思，就一层层，剥出家乡玉米粒的醇香。

一心向西的水，以疏勒命名

大鹰飞旋，苍云滚动。我听见疏勒河在旷野上的歌唱，那水的灵魂在大地深处，在西部干渴的心田里湿淋淋地响。飞翔的水，呐喊的水，匍匐的水，流泪的水，翻开泥土往事的水，它的西去，要堵住多少虚妄的嘴。

疏勒河的水是传情的水，是泻下心头的水，是再也不能被冲淡的水，清白与真诚亮开了它的生命。疏勒河的水，是咬住炊烟的水，让生灵活命的水，它在大地上划开一道，深深的足迹，它的歌唱，要比昨天的沙尘更亮一些啊。

领着牛羊的水，运载希望的水，浇灌蛮荒的水，奶大歌谣的水。活在一口乡音里的水。它在春天的怀里依身相许，它的名字叫疏勒河。燃烧爱情的水，追赶母语的水，流浪的水，回家的水，缅怀乡愁的水，一脚踢伤怀念的水……你是谁苦命的根？深深埋在戈壁的内心。

载舟覆舟的水，怀病流浪的水，

吐露悲怆的水，一心向西的水，

让我看见了疏勒河，柔韧的力量……

疏勒河：秋水放牧一河胖胖的石头

还是那条河，当我的脚步第二次涉入，我察觉我喜欢的不止这河水，以及被寂静放牧着的这满河道的石头。我喜欢的，还有这里的空寂和博大。

瘦瘦的河水，放牧这些胖胖的石头。它们敦实可爱的样子，多像乡下老家后院里的那群羊。我们翻检着，试图寻找它们沾染的江湖气息，却没有听到它们发出咩咩的叫声。

它们已经在此寂静了上千万年，它们早已不喜欢追风的日子。甚至厌倦了热闹，它们参悟、修炼，不仅学会了思考，还学会了用沉默与大山对话。以无言应对，用寂静唱歌。这是多高的境界啊。也许，石头都是有思想的，它们看似无言相对，其实已经在用心灵交流。

它们能与之交谈的事物越来越多，石头与石头彼此交流，说些裸露的锋芒与隐忍。石头与河水相互倾诉，涉及包容和团结；石头与风畅谈，谈到动和静的哲学；石头与泥土掏心，提及流失和灾难。石头部落甚至与天上的云朵，也保持了无线沟通，呼唤流浪的家园和温馨……

这样的交谈，只有它们自己知道，人听不到它们在交谈，是因为它们交谈的方式与声音无关，平凡的人也听不懂它们的话语。因为人的听力还不够强大，还没能破解它们的基因密码。

哦，那些石头，对于疏勒河来说，它是神秘的；而对于时间来说，它又是神圣的。

昌马大峡谷：渴望能遇见自己前世今生

驱车前往昌马大峡谷，眼前的小山连绵起伏。它们相互依偎，如一群打坐的僧人，披一件灰褐色的长衫，默念真经。

正午，树叶半闭着眼睛，和我们喃喃低语，喜欢遐想的红柳以不变的手势，给晕头转向的我们指点迷津。祁连山下，石头们仙风道骨，用一些野生的趣闻轶事，试图留住我们的兴奋的脚步。

我们是来昌马大峡谷探险的。七月，当我们来时，这个与爱情有关的地方，满沟的野花早已过了花期，难道它们野性的美，不属于我们眺望的镜头？也有几朵黄花不知在痴痴等谁。

肯定不是我，更多的已结出甜蜜的爱的红果，享受着季节给予的恩赐。

风，吹着口哨而来，让我们凡俗的思想，在这条长长的峡谷里，坦露得一览无遗。

此刻，我不想迷途知返，只渴望能遇见自己前世今生。被野花和青草厮守的荒凉，幸福也总在痛苦中开放，为了那一缕花香，多少蜜蜂死在了追随的路上。

对于死亡，活着就是源头；

对于活着，爱就是力量。

原载《星星·散文诗》2022 年第 6 期

吹着口哨的春天 ［三章］

张永波

吹着口哨的春天

觑觎春天的风，说服种子，重新回到泥土，那些横冲直撞的花儿，早已霸占了原野，匍匐前行的草，爬满了一坡又一坡，那些躁动和不安，云雀不怀好意地叫着，一失足便攀到了高枝儿，拍了拍腰间，我掏出了民谣，吹起了带有泥土的口哨，一片白云喊远了天空……

这是一个嬗变的季节，一群蚂蚁比我忙碌，在远处的车辙里穿山越岭，当蔷薇遭遇玫瑰，我该怎样说出爱的酸楚。

在国家地理上，不断节外生枝，一路向北，披着滴水的蓑衣斗笠，漫野里红的、蓝的，不解风情的像一群不施粉黛的角儿，轻手利脚地在春天里。

那些不分国界的草，缠绵在每寸泥土上，让我没理由不去赞美它，那是上辈们，欠春天的债，我要用整个季节去偿还，它们比水稠密，悄不声响地，仅仅几天，这里，那里都是它们，跑着、蹿着的魂灵，听着，呼吸着，甚至大声叫嚣着，仿佛只有这样我才是这里的主人，我跟随着，附和着，甚至用尽了谄媚，被一阵风、一阵鞭声和一个简单的手势追赶着，这样才能隶属春天姓氏。

留白处狼烟四起

删除青草和鸟鸣，删除雨雪，删除风吹不进的森林，删除挣扎的溪水，让鱼去私奔，留白处，狼烟四起……

文须鸟一厢情愿的暗恋，啄碎了倒春寒。那些京桃、偃松和火炬树，还有那些过早穿上超短裙的女孩。

渴望着阳光复述着温暖……

枝条上的思维，蠕动的羽毛，从未消失的钟声。从旷野里传得久远。

生活里的留白处残存的声音，恰似雷声熨过。

欲言又止，所经历的都是拥有，未曾涉足的，我们正在尝试。

一滴墨汁，像人的影子……

留在风雨中，留在语言的背后的，狼烟被风摇曳时，留白处一片风和日丽。

致意的方向

请接受我的致意吧！我要向云朵，向雨，向阴晴圆缺，向手脚，向脾气秉性，向爱恨情仇致意。

致意中我们读书，散步，听经典的音曲在他们境界中，做一个古老而又新鲜的游戏，像藤蔓纠缠着树干，缠绵在春夏秋冬里。

致意左右了我手脚，怀揣着敬畏之心，带上信仰和渴望，在图腾里使尽解数，为爱寻一处安放地，为忧伤找一个宣泄的端口，在路边痛快地醉上一次，大笑一次，最好再痛哭上一次，守着亲人的教诲和鞭策，就像守着春天的井口。

请接受我的致意吧！无论身份和性别，只要心还在阳光下跳动，致意他们的话语权和尊严，无论仇恨，还是输赢，我选择道路，选择日月，爱惜羽毛，修养容颜，尊重衰老。

我致意粮食，学校、医生、土地，和雨雪，站在阳光下，不与风寒为敌，时光就是我的法官和评委，我不争辩，不推诿，善待微词，让江河为证，以其为伴，春耕夏作，在爱憎之间，大雪小雪之中，我开始了对春天的致意。

原载《星星·散文诗》2022 年第 4 期

野草法则 ［组章］

敬 笃

野草法则

鲁迅，以野草立法，生命的颜色，多了一层坚韧。

我站在草原上，清点野草的名字，狗尾、梭梭、苜蓿、羊茅以及其他，在向我招手。

每一株野草，都代表一种生存方式。每一株野草，都代表一个世界。

看吧，霜雪之后，隐忍的枯草，以沉默的方式，亲吻大地。

一把火，点燃即将消失的黄昏，死亡，仅仅是活着的另一种形态。

待到春来时，脆弱的芽尖，顶着板结的土壤，拼命生长，仿佛人间有它的亲戚一样。

野草，再次成为野草。重生的宣言，不需要呐喊，刻在石缝中的骨头，在风中大欢喜般地摇摆。

夜晚法则

我和夜晚交谈，月亮在薄云的遮蔽下，迷路。

黑色的寓言与荒谬的童话，在星星的光芒之下，原形毕露。

所有看不见的事物，一定存在。而我们时常猜测的谜语，谜底就在夜晚。

我打开手电筒，远处的路消失了，人影或不知何处传来的声音，让一切静了下来。

此时，我目光短浅，眼睑之下即世界。

熟睡的斑鸠，躲在树梢上，享受着这黑暗的美妙，安详地等待黎明奏响欢快的曲子。

而我，却迫不及待地想和夜晚结束谈话，回到梦里。

雪地法则

一场大雪之后，群山深陷雪的光芒之下。

雪地中的羊群，艰难地爬行，脚印无序地排列，延伸到山的尽头。

白，倒映在蓝天，云朵飘摇，另一个世界，正在徐徐向我们走来。

冬天到了，虚构的雪，全都落到现实之中，那些值得怀疑的纯净，在结冰之后，早已逃遁。

雪地法则，与艺术有关的事物，在西北风的呼啸与疯狂之下——重构。

我想起了草原的雪线，河流的尽头，是童话开始的地方。

我沿着雪地行走，嘎吱嘎吱嘎吱……有节奏的声音，闯入语言的幻境，那里什么都没有。

午夜法则

午夜，哲学家醒着。或者，午夜本就是哲学家。

风中焦虑的雪，拽动绿皮火车，缓慢驶过隧洞，爬过山坡，越过河流。

城市的灯亮着，有些人还在默默地加班，流浪者还想趁夜色，多捡拾一些时光。

村庄远去，冷冰冰的静寂之下，黑夜艺术家，总会适时地创造一些，令人费解的雕塑。

我坐在火车上，饮一杯酒，望着窗外，狼的眼睛一直盯着我，而我的眼睛，却从未离开那扇黑色的玻璃。

午夜，有多少失眠的人，辗转反侧，渴望能做一场踏实的梦。

我开始翻看手机通信录，想找一位好友，与我在旅行的路上，享受午夜的魅惑。

一位睡眼惺忪的列车员，例行公事似的，轻轻拍打我的肩膀，催我入眠。

船坞法则

湖水，在没有方向的风中泛起波澜，我的心早已从湖底涌出。

船坞，如我的身体，漂浮着，接近冲动的事物。

所有的美和冷静，都会是天空的一种注解。

或许，你有一把琵琶，可以拨动秋天的荒凉。

于是，湖水如镜子，指认冷漠。

石头砸碎的水面，另一朵玫瑰，正在开放。

如今，你为什么会消失？遗弃在中心小岛的鱼鹰，根本记不得鱼的味道。

谁在那里呜咽？我的身体，渐渐沉入水底！

橡皮法则

我要记住一切事物，也要忘记一切事物，包括某些人。

向左，向右，选择之痛，让肌肉紧张，让大脑旋转的速度减慢。

铅笔誊写的文字，都是可擦除的。那些被定性的词语，以暂时、不得已、次重点的身份出场，等待审判。

此刻，橡皮——执法者，他在等候命令。

记忆还是遗忘，古老的经书里，似乎没给我们提供任何有价值的线索。

橡皮，擦除记忆，是为了更好地记忆。

橡皮，那些曾经熟悉的人，在记忆中被你抹掉。此后，你还能记住谁？

敞开法则

一块敞开的大地，语言在那里不停地捕捉昆虫。

否定的灯，照亮归家的路。星星，在幻象中，闭眼。

金色之焰，空中飞舞，山体的熔岩，席卷了连片的森林，雄鹰也无法越过。

紧闭的空间，闷得让人无法喘息，再多的植物也无法供给氧气。

我向黑暗走去，斑驳的光点，彷徨着写意脸庞。

影子艺术家，将一切敞开，看到的是什么，其实已经毫无意义。

而那些醒来的精灵，正想方设法地制造冰谷，来对抗邪恶之火。

飞蛾，明知自己要死亡，也愿用娇小的身体去堵那势头正盛的火。

我怎忍一人独活，而不走向熔岩？

原载《星星·散文诗》2022 年第 7 期

另一个世界浮起 [组章]

林水文

小心这条路

暮色，被下班的人带了回来。飘在路两旁一幢幢没有性格的高楼，以及四处纷扬的粉尘，在钻来钻去。

一条灰尘浓滚的路，或许更适合潦倒的人行走。——这让他对生活更加了无兴趣，面目更变得潦倒了。

坑坑洼洼，像麻子的脸，写着沧桑。车辆走在其间，像跳扭捏的迪斯科舞。

它叫沙井村路，没有洒水车，没有愉快的音乐，只有浮躁的尘埃，行人远远地避着。

它的一头，快废弃的火车站，另一头是康福医院，他经常徘徊在这并不交接的途中。

"医院里的病人会不会乘火车偷偷离开？"他有时会把自己搁在这疑问的幻觉中，并聊以自慰："离开居住地，肯定是离开痛苦的使然，离开多年他们不敢离开的噩梦。"

他看到了火车晚点的人，都住进了肮脏的旅馆。对于旅途中的人来说，它却又是另一种孤独。对于旅途中的人来说，火车或旅馆都是无关重要的路途。在哪里都是一粒粒游动的尘埃。

他继续走着，对雪糕批发点、网贷公司、美容院……都不屑一顾，路上的招牌甚多，但没有鲜艳的旗帜。烟尘让它们保持彼此的统一性。他觉得它们盛产的甜蜜之下，满是虚荣。

泥头车乐此不疲，运送沙石泥土进出城，他看着像浑浊的溪流走向更深的河流。

"小心这条路，它会把你的身份变得不伦不类。"有人告诫他。

他愤愤地踢走了一块小石头，这是他对自己这个不伦不类身份的有力抗拒下意识动作……

他只需要一杯酒

锣鼓声已响起，风吹开了戏幕，似乎只缺他一个了。

他怀着酒杯上路，大雾如铁，前往理想的铜鼓岭，黑暗中昆虫在喊他，声如口号。

他常常混迹于采松脂人的乡愁，混迹于一头牛的牛绳和松涛间。

他又是丑角，在另一个地方，欢喧的人群需要他，他喝着酒，唱着小调。滔滔不绝地跳唱，搔首弄姿，在另外一个地方。

他一点都没有准备好这个角色，锣鼓声里他找到了自己。

几十里外的村子，他的家空徒四壁，他在重复着他的酒话，"不多，不多，喝得不多……"

怒铡贪吏，黑云在树上升起。喊冤，夜审鬼魂。有人在农家稻草堆叫醒他，星星坠落在沱村河。

戏幕已落下，鞭炮零落响起，村子霜迹斑斑。

午夜的江水

江水，暂时停止喧器，浮动在城市灯火的脊背上。

沿岸的群山，弯曲的村舍，匍匐天幕下，和着星子发光，吠声阵阵。

渡口上，喝一杯热茶再走，渡船在星星繁忙时抵达。萤火虫撑起一方灯盏。

河神的祭词流淌在江水里。苍茫的世事如水般白茫茫，向前奔流。

祭词安慰神灵，也安慰奔波劳碌的人世。

江边，群山在风声里睡去，群鸟融入美梦。

夜风弹奏起芦苇的竖琴，抚慰着沙滩上流水的亡灵。

江水放牧着午夜的身体，徘徊在层峦、碎石、银沙之间，守护着一座古旧的灯塔。灯塔守望着这一方山水，犹如深情的星星。

它们从不追问守望的意义。守望是一种姿势。

月亮升起那一刹间，江水像一条快要睡着的巨龙，轻摆动柔软的尾鳍，缓缓。

此刻的我，触摸到流水声内部潜伏奔腾的声音。有孤独，有梦境……

原载《散文诗世界》2022 年第 5 期

从村庄吹过来的风

风裹挟着炊烟吹过来，炊烟在天空中舒展，像马奔驰。风若有若没地吹着，吹过散落路中的稻草，在打转，和风嬉戏，度过自己的光阴。

一只老狗路过，也好奇卷入其中。追逐风里面村庄的秘密。

炊烟的根在风的底部，盛满五谷丰登，人畜和谐。

蜜蜂和炊烟组成马车，在运送着我们甜蜜的事业。

村庄中许多寂静的事物顺从了风，让风将它们的灵魂送到更温暖的地方。风经过了树梢，经过屋背脊，它们张望从远方回来的人。

一个倚在墙上的老人，一块缄默的碾石，风给他们打上各自的印记，让他们成为风事件的另一个中心。

他们的沉默并不代表他们已经死亡了，他们是乡村另一种生活方式。

老人吸着烟丝，风在运送他们的光阴，也在抚慰着他渐老的心。风可以运走生命，也可以送来生命，送来希望。

风吹过村庄，吹过庄稼地。无论是荒芜或丰茂的庄稼地，它都是公平的。那些熟了的稻子，开花结秧的瓜果，它们单薄的过去，丰盛的现在。细小的生命里，在风里充盈多样性。

风吹过那些祖先的坟地。那一排排祖先们的头颅，它们在风里打探着村庄的消息，在深处安抚着宗族血缘的秩序。

风一直吹，吹过无数的村庄，裹挟着草木灰、庄稼、祖先的味道。像远道而来的亲戚，有些陌生又有些亲切。

吹过风暴般发蓝的天空，吹在行走城市边缘的庄稼人的身上，吹得心痒痒。

我的村庄是繁星里一颗小星星

群星繁华，大地点着一盏盏灯，我的村庄在地球的一个小不点。它收敛了微光，隐藏在黑夜里。

在祖国大陆最南端的红土地上。某个镇某个村委某个村子。群星里一个小星子，巴掌大的地方。

村民们，在吠声中早早地睡去，收拾好调皮的炊烟。在梦中和无名草木在四季中无声无息地轮回。蚂蚁虫子们是朋友，也是敌人。它们在彼此制衡地生长。

村子里，庄稼祖先都让人痴迷。村子除了生长庄稼、炊烟，也生长出无数的信念。它们卑微地和那些村边村头村尾的枝头花叶，小径霜雾，隐匿在大地的深处。自生自灭，一岁一枯荣。

我的村庄很瘦小，群星穹顶下的一颗小星星。它的光芒时隐时显，从老屋墙渗出，在萤火的微光中。

村子里，许多事物面目模糊，老鼠偷食我们剩下的粮食和日子。一群蚂蚁，短短几年搬空老屋的墙根，建起了自己的家园。我们和谐共处。

一个很像我们的人在树根下叼着烟，正在盘算一季的收成，炊烟倒伏在路上，露出时间的另一面。

月光没事陪着来往的风，在田地散步，乍现乍隐，所有涂抹的痕迹在似水流年里埋没了。

摇晃的树枝像信仰精神，刺向发黄的天空。

原载《绿风》2022 年第 4 期

宗　祠

月光下的猫眼无限放大，它在老房子里跃来跃去，蹲在飞檐上。砖石栋梁间，凝结血脉迁徙史。

屋子里面住着黑漆漆烟火缠绕的牌位。屋子的年岁比祖父、曾祖父的年龄更长……他们摇摇晃晃从岁月的尽头走来，启动着一个村子的历史。叙述着开拓和落脚的故事。

遍地草木间，一座最先的大屋住着不灭的灵魂和精神。他们是最先的大地探踪者，最后经草木路径回来。

村子几百岁，厚得一本笨重的宗谱，也簿得只有纸和黑字，我们一伸手，触摸到我们哗哗的血液，流淌。

母亲们跪在神台前口里念念有词，神台的烟火，风一吹，子孙散满人间。他们四处走动，随着月光，穿行在村庄和田野。

宗祠安静地看着散落村庄各处的子孙。村庄再是破旧的船，也能盛放人间的悲伤。

烟火，高一些，低一些

稻穗是食人间烟火的，一棵稗草也是食人间烟火的。它们低头弯腰，脚下的田鼠吱吱，也食人间烟火。

炊烟在天空飘，燃烧过后一把把草木灰洒进田里。草木灰是它们的骨，它们的钙。草木灰的灵魂在天空奔驰，看着它们。此刻，在草木灰的面前，一棵稻苗和一棵稗草是没有分别的。只有秋天来临时，它们才会有本质上的分别。

无论勤劳或闲散的村民，鸡狗们，甚至一只蚂蚁。他们也是食人间烟火，他们走在月光泛白的路上，卑微地走着。

早晚升起的炊烟，是村民们种植的高秆庄稼，粗壮或瘦弱，它们遇风而长或很快遁入暮色里。它们呵护农人低处的生活，用青草般体肤抚慰牛羊的灵魂。

它们搂着细雨倾诉婚丧嫁娶，揪起雷电发怒。

怒雨水不争，悲悯万物，却是漂泊游子喉头滚动的故乡。

万物都是食人间烟火，即使是神灵，远去的祖先们。他们和我们在一起，居高庙堂或居矮瓦房。供奉神台的祭品，烟火熏熟的牛羊或番薯土豆。

高一些是天空上的炊烟，行走的神和飞鸟。它们神秘，装饰锈斑的天空。

低一些是风里摇晃鸟巢，小树，河流，奔腾的道路。背影光亮，擦拭着日子。

低一些是劳作的农人和牛，玩跑的孩童，奔走的鸡犬。他们是执拗的守望者。

再低一些是蚁虫凝结的泥土，花香和细微事物深深浅浅的宿命。在细雨读着过往的悼词。

我向高一些的事物仰望敬礼，那些遥远的事物在头顶注视。它们是流水的方向，有祖先的血缘和今生的方向。一些低的事物是朴素生长的庄稼，是露珠点滴凝成的生活。

仰望，或弯腰，我向它们打听乡村藏匿的秘密，人世间的曲折和谜。

它们知道了乡间的太多秘密，走起路都有些摇晃了。

原载《诗选刊》2022 年第 7 期

游于夜 [外一章]

朱泽礽

游过一条夜河，太深，太长，像企图缠绕世界的耶梦加得，将揭秘的目光全数吞没。

一秒，一小时，或一公里？
路灯驱逐深不见底的黑暗。
月光，成了我唯一的救赎。
一个不语的路人，在头顶眨眼。
她凝视车窗，眼波安静。

涉足雾的边境，车灯射向远方。双手寒冷，思念飞蛾的温暖与城市烟火。冲散游人迷茫的——是加速度，加速与空气赛跑。
脉搏的流速过快，无数音符正雀跃。

与我驾驭的时间、空间擦出雀跃的静电，浓烈刺耳。让落叶匍匐于树丛，让尘土匍匐于沙石，在身后浮沉。

第一滴露珠苏醒之前，第一只麻雀苏醒之后，铺展的鲜白使境界线抹去灰黑，夜色浅了，路程深了。

飞翔，盘旋，降落到晨曦将至的现实。

唤醒我：我的位置，与目的地。

灵魂，偷偷钻进被子——慵懒而多情的拥抱。一场梦境巡游，向前延续，一切，与黑夜无关。

为雕像而歌

巴别塔下，发音，嗓子跟随旅人无言地高昂。

一浪浪低沉的阳光涌动。

我安静地仰望人间。

喷泉，或光下错觉，不停涌动，是都市人的使命。

我游过你的身侧，看你的身体，艺术雕琢的傀儡，却也生机起伏。

送别黎明，路过黄昏，孩童曾围绕廊柱起舞，抚摸你肌肤闪耀的余热。你固执地陪伴长椅，清冷而孤独，像一位看透岁月的老者。

细雨落了，布谷鸟飞去；

落叶纷纷，许多伞起立。

广场中心，嘈杂美感逃逸，一大片白茫茫，寻不到出口。

你的背影一动不动，呼吸越慢，越空虚，奢求最初——白茫茫的安详。

我提不走你被囚禁的情绪，只能照下苍白秘密：一天天，一年年，无偿记录繁华和喧嚣，等待，被一条鱼拥抱。

我独自一人歌唱，广场上的游鱼，不知。

原载《散文诗》2022 年第 3 期

晚风摇摆的勒秀［外一章］

杨延平

洮河困了，贴着勒秀打盹，山岭缓了一口气，清凉的风和密密麻麻的雨相拥而眠。之后，嫩绿睡成了金黄，睡成了麻黄的青稞和丰收的祥和。

云，老成持重，坚守岗位，阳光占据着云上瓦蓝澄明的天宇。

风跑过洮河，雨飞临勒秀，青稞地海浪似的涌动，刹那间万马奔腾。

充满张力的河面，云影生根，水流以一己之力带着秋季缓缓前行。

洮河，有云杉的儿子玩耍，有石花鱼回忆闺房，有西倾山下牧场的青草味，也有族人的亡灵在游弋。

洮河岸，怀春的小拉姆，秀发如缎，飘飘荡荡，九月的风从额上落下。

洮河岸，昨夜我把梦中的星星从水中捞出来，撒在空中散射而开，点点光亮指引我前行。

月光落地，惹一身红尘，失去的爱情浮在洮河中央，一闪一闪，晕成了长久的遗憾。

纯粹的日子清澈透明，先民们在岸上净手祭祀，柏枝和青稞涅槃的同时，也修成了正果。

眼前的勒秀，风在摇摆，雨在打坐。

戏中的勒秀，跟文成公主进藏，走近青海的长云和雪山的深眸。

半醒的麦仁草原

一株一株疯长的草，是幸运的，还是不幸的？

一瓣一瓣的花，那得需要多少来自大自然的白银、黄金、玛瑙和珊瑚？我不知道。

追逐名利的人群中，那一朵自信的格桑，有暴雨的伤疤和紫外线的力量，并不沉寂于苍苍茫茫的暮色和秋霜。

雨做的雪，落地无声，草地之泪汇集成起起伏伏的云间麦仁，长满青春痘的草原正值花样年华，亿万的草甸凝结日月之精髓，平而不坦是最真的表白。

战马长嘶，水草茂盛的八百年前，吐谷浑的汉子铠甲鲜明，钢刀铮亮，刀尖滴下一滴一滴鲜血，滋养着一株一株拔节孕穗的牧草。

夕阳收起最后一缕光，草原半醒，一株牧草的梦中应有风雨雷电，也定有蓝天白云。

原载《散文诗》（青年版）2021 年第 11 期

关于高原的六个词语

薛　菲

壹·早晨

"我来到早晨。"仿佛时间的陈述语，表述行为与目的，在此之前已放下形容词，放松介词，放开名词。

即使星空万顷，也是夜里趱程，手心有汗珠沁出，忍耐而焦灼，摸着月亮渡过世上的河流。

需要阐释的是：首先，勤谨的路程只为白昼；其次，语言为深层的邀约；最后，早晨有清澈而宁静的日光。

诸神曾隐于漆黑，以全心全意的睡眠来修复切肤的漫长。

仿佛分离很久，经历星辰闪烁的大海，区分自身和世界的元素，在海神波塞冬雷霆般的呼吸里，向天空回复鸟鸣嘤嘤的信笺，然后看见降雨或落雪。

时间默许，时光如白驹过隙，却让平凡的你进入区分的区域和范围。

一个走出静默的人，以并非完全的物的姿态

跨入白昼——

在甘南，马尾松高高伫立，松针上，露珠反映十万世界同一种光芒。

炒面和酥油茶端上餐桌，要将它们用水搅拌。你的手指触抚食物绵软的身体，将它们紧紧攥住，像祖先那样，攥住流逝的脉息。

啊，青稞清香，清水洁净，酥油和合二者在早晨的心愿。

贰·语言

"雪的青春被冷冻。"语言是白色的石楠花束，看见的人看见，被授之以低温般清凉的警示。盲目者径直穿越。

追随散乱在大地上的石头，哦，大地之母怀抱乱石如珍存石楠。

数不清的弃置还在默默无闻中生息。

水泥森林中穿过每一天，终日惶惶。

所以同情沙滩上捡石头的老人，他的背影高大，弯腰时显得佝偻，他在众多的石头中捡起其中一枚。我跟在后面，叫他父亲。

父亲的书房摆满石头，据说，还要继续摆放。

耐人寻味的时刻到了，我需要终生在预设好的迷局中行走，接近静默如星辰的石头。

斯芬克斯在等待。

大地诞育语言，仿佛石中之花。

那些房子，立在高原的一小片人类的丛林，寂静，清凉。而生命如炙热激流，涌动在大地表层，已战胜时间。

叁·火焰

一堆松木静静等待篝火。火燃烧起来，高度凝制的物理运动。

同一个方向蒙受高昂的热，瞭望在至高处的哨兵，朝各种逼近的猛兽吹起尖利的哨。

一条坦途，跌入烈焰的木走向精神之路。火焰，仿佛移动的山岭来回奔跑，啊，它跑得忧伤。

木柴燃烧得痛快，噼啪作响，欲念在升华中平息。

动态的光明中，真实的存在之门打开。

而另一条不为人知的小路，在火焰背后，有一所蓝房子，固定在黑色的马路边。仿佛瓦尔登湖的倒影。

火说：我存在，我之外，只有黑暗和虚无。

在甘南，挣脱时间锁链的野花随处可见。

童年时，漫山花朵和青草夹杂，割一捆回去，或者喂牛，或者烈日下晒干，放到冬天煨火。

肆·对话

等你路过，一串葡萄已画上白色墙壁。有三排，共九颗，呈倒金字塔结构。碧绿葡萄叶仿佛一团稻草人的胡髭。

一粒葡萄身上有四分之三的光明，四分之一的阴影是待发掘的甜。金字塔顶端，葡萄最下面一颗最大，也最亮，仿佛在滴水。似乎是谁吹出的泡泡。

那些年在巷道，我们比赛吹泡泡糖，糖纸上就有一个吹泡泡的女孩。

是她，嫁到吐鲁番布拉克的她。晾房壮观，戈壁上的风一小束一小束猛烈进入，葡萄一颗一颗在甜蜜的日常，等待风干。

牵一左一右俩小学生，脸上写满辛劳和满足，在你眼前晃动的还是儿时的她。少女。

现在，栖居在葡萄里的女子。

珏儿画的，眼神示意右边的男孩。真不错，真心赞叹，路过这里，来看看孩子们。

这些年，除了为我舅舅送葬那次，没再回去，没见过老同学。

当春天如约来到高原，放学后的她们仿佛一根草，将嫩绿的颜色随地晃动。

读书，放羊，跃动如树枝上为数不多的树叶。那新萌的叶，丝绸般的呼吸……是啊，春天，她们……

伍·陌生化

大风频繁的打火机的声音，将秋天推向诗与思的大火。

你眼睁睁看着清洁工的车子停在树下，金子将被运往哪里？

你看着树空了。

在南方的第二个春天里，细小扇子一片片冒出树枝，然后便是风雨，阳光偶尔露面，它们不再有憔悴的往日，它们有崭新的绿，仿佛来自《诗经》《楚辞》，具有传统的馨香。

澄明在墨绿中显现夏天。

那时路过，穿浅紫格子裙，银杏是你旅途中邂逅的君子，正直，温和。从远处看，夏天的银杏叶仿佛层层叠叠的菌类，善良地垒叠。

走近了，这里的每一把扇子都好看，虽然，它们长得几乎一模一样。你从树下走过，君子之风吹拂你高原红的脸庞。

陆·词语

分离感越来越沉甸甸的。母亲嘴里，不时出现离她最近的城市，一遍遍念叨，当初应把女儿留到那儿。

你深感愧怍，哀哀父母，生我劬劳。

有人在听吗？一个普通的城市。在很多年后的今天，它为自己解除遮蔽。

闪闪发光蔑视着诗与远方。

在《这世界如露水般短暂》一书中，小林一茶呵护情韵仿佛呵护亲情。

早晨经过花园，露珠洒满小草和树叶，蹲下来，仔细查看每一颗。曾经以为自己重新发现全部世界，然而它们终会消失在太阳下。

这些晶莹剔透的词语，从小，在甘南，就喜欢它们天真无邪的短暂，和它们心怀天下的光芒。

在词语的世界邂逅喜乐，为灵魂唱歌，我是否还在渴望母亲的原谅？

记忆是否都要付诸阙如？词语的宝石最后是否都到了博物馆？谁在为现实的距离松绑？

词语生在高原，你与故乡之间的顺势巫术，感应一种交叉地带的广阔与分离。

原载《散文诗》2022 年第 3 期

康德的梯子

王 喜

柴火饭

我敢绝对地说。

世间再没有比柴火饭更难做的吃食，多大的厨子也不行，多高档的饭菜也不行。

三把麦草就是人间的味道。

我就坐在灶膛边，靠着风箱，正是有了这一把火厨房里不用点灯也不黑。

母亲就站在案板边擀面，像不倒翁。

这就是一顿柴火饭。

先要旺火烧开水，把洋芋条条放进去，煮绵了下面，收汤汁的过程是母亲的绝学。

至今我也没有学会，也吃不到柴火饭的口感。

昨夜在梦里享受了一回。

整个过程依然是那么的轻松，写意，高于这首诗的意境。

2022.5.9

观 望

谁的眼睛。

清晨坐在野草上，装着夜晚的安排，等待阳光从露珠上滚落。

昨夜陷进月光的水色中，自称为老水手的人毫无走出去的经验。

在这里死去，在这里活着，在这里站着寻找出路。

石头冰冷，水草没有表情，只有流水有节奏地拍打着，像一个人的情绪，退下去又涨起来。

心上的灯盏灭了，荒凉涌动浪潮一样，空虚像千军万马扑过来，扬起的灰尘。

站在阳光初升的大野之上，看着万物向着阳光的指引，向着天空在风中吐露心声。

如果能听到呐喊，忽然间，在模糊的视线中看到了，光明滚滚而来。

2022.5.10

在南方

不是地球南方，不是祖国的南方，不是与北方相对的南方。

我的村庄的南边，一道高与天齐的梁。

小时候，与母亲经常耕种黎明与夜晚的南山梁，横亘在心上许多年。

在我后来的日子里，从未被超越的南山梁。自母亲走后我就知道，在我的生命里，不可能有那一座山梁能够高过，南山梁。

在南方，草青着，野花开着，只有粮食走失了。

跟着母亲，去了。

后来，我再也没有上去过，在南方，一切如旧。

2022.5.11

无光的夜晚

无光的夜晚，绝对的黑，我说的是过去。

不像如今，说是无光，却处处透着亮。

小时候，在土窑里，熄灭煤油灯，整个世界一片漆黑，一片寂静。

只有耳朵里的鸣音不断地安慰，我的情绪。

我经常在这样的夜晚，不得不听，不知名的绝唱。

如果你不知道自己长着几根手指，你绝对是无法用眼睛数出来的。

明知道月亮挂在天上，明知道星星眨着好奇的眼睛。

一个孩子突破黑暗，犹如一枚嫩芽顶开泥土。

嫩芽会长成粮食，成为唯一的希望。

2022.5.11

一片寂静

星星的眼眸中长满了草。

分不清白天与黑夜，所有声响在夜晚消失，所有热闹在白天消失。

从阴影中伸出来的手，攥不住风。

困在石头中的人

叫不出声，即使这些人会叫，或者学会了叫喊，石头的世界里，一片寂静。

这是我的幻想，我试图在这样的环境中活着。

换一种说法，我就是想要在这样无声的世界里活着，与星星对话。

抬头看看排成星座的夜空，在我的家乡。

只感觉到幽静。

我像一个深陷其中等着救命的人，喊不出来。

2022.5.12

康德的梯子

逝者如斯。

弃我而去的肉体并不会对我造成伤害，草木树叶一样，终究会化成泥土。

其他的也不能对我造成伤害。

正如黎明前的黑暗，对我不构成威胁。

思想的宫殿塌了，纵然有黄金打造的脊梁也直不起腰身。

纵使有黄金的老虎的咆哮，也吓不退敌军。

斯人已去。

唯有光明在黑暗中接近真相。

多少条线只有一个出发点，从一而众，合众为一。

攀着神话能登上辉煌史诗的塔尖，安抚受伤的灵魂。

哲学的沼泽中，伸出另一副神的梯子。

2022.5.14

奇　迹

从未这样爱过。

对于识字不过千的人来说，已算是一种奇迹，为这掏空躯壳是值得的。

不管所爱收没收到讯息，不管所爱有没有回应。

爱过已算是一种奇迹。

总是无法赢下时间，那就追随时间，在时间的流域中寻找出口。

像嫩芽突破泥土，像新叶突破春天。

突破即是奇迹。

在人世间行走，每一天都是奇迹，活着是更大的奇迹。

爱过，有所爱，值得的。

2022.5.17

创作后记：沉默或者爆发

我什么都不是。

在追求阳光时走进了密林，渴望从来没有死，我也就不会死。

想起一缕炊烟就想起了当年，想起了一片寂静中的村庄。

在黄昏中，一个人走在土路上，才能真正的季节。

所有的美妙其实只是一个人的心动。

在人世间的所有等待，都是值得的。

在哲学的路上，只有康德的梯子能让我登上更高的山峰。

美妙是充满温暖的词语。

原本我是想要写出无声世界里的沉默，当苹果落下来时，整个世界充满了声响。

我所有的隐忍，只为能够在寂静中爆发，博得一些眼目。

这对于生活在最底层世界里的我，有极好的效应，可惜，我的呐喊缺少中气。

在我什么都不是的世界里，一切事物都值得热爱。

原载《中国校园文学》青年号 2022 年 8 月

后　记

王剑冰

时间刚刚迈入 2023 年，广东的汕尾便搞了首届中国散文诗节，中国散文学会还批准建立了国内第一个中国散文诗创作基地。满山满谷绽放的梅花，如炫舞的精灵，炫舞成散文诗的亮度与色泽，炫舞成散文诗人的热烈与豪情。

大家在一起不断地交流、切磋和探讨，从而清醒地认识到，散文诗是文学体裁中的秀品，是既有诗的内涵又有散文的舒展的极美表现。有的看似小巧如卵，比重却大，卵中藏金，轻视者未必一下子拿得起来；其轻简如叶，但纹理密集，山河天地尽在其中。所以散文诗的创作大有可为。

当然，散文诗人们也有一个共识，那就是，散文、诗歌和散文诗中，最容易犯毛病的恰恰是散文诗，它太容易重复雷同，太容易空洞无味，太容易做作矫情。只有正视这些弱点，才能使散文诗达到一个新的高度。

大家认识到，大多数散文诗还是使用了传统的写法，在语词和句式上无大变化。读起来只见潭水，不见深度；只显树木，不显森林。奇石收藏家的找寻就是不走常人路线，他们所经历的冒险心跳的过程，就是一次创造的过程。所以要想达到苍远辽阔，达到流润洒脱，就须"板凳要坐十年冷"，就要"众里寻他千百度"。

散文诗的篇幅不是研讨和争论的焦点。短的不一定就全是散文诗，长的也不一定不是散文诗。主要看取向与构筑、意境和语言。一味地限定散文诗篇幅，就必定限定了散文诗的发展空间。散文诗不应该自己给自己找麻烦，散文诗应该敞开胸怀，迎接方方的朋友，让散文诗形成一个庞大的作家群，以展示中国文学百花齐放的力量。

近年来的一些散文诗，形象的、直观的取舍，远景的、近景的抽拉，独特的、新奇的比拟，词语的可感可嚼及鲜活意味，都同以前有了大的不同。一帮子青年作家在努力地进行着快乐无比的实验，他们将诗歌与散文甚至戏剧与哲学连串起来，得心应手地运用到散文诗这一让人熟悉又陌生的领域中。

在全国大部分地区都在冰雪严寒中沉寂的时候，一帮子人聚集于春气盎然的南海之滨，探讨散文诗的发展，交流散文诗的情分，确实是个好事情。

2023 年 1 月

2022 年选系列封面绘图画家介绍

　　文瑶 1996 年就读于广西艺术学院美术系油画专业。现为广西艺术学院美术学院副院长，副教授，硕士研究生导师。中国美术家协会会员，广西美术家协会理事，广西青年美术家协会常务副主席，漓江画派促进会理事。

《阳光普照》 文瑶 80 cm×600 cm 2022 年

文瑶画作短评

　　文瑶的画有野兽主义的气度，也有印象主义的灵动。大块的坚定运笔，有味道的经营布局，再加时不时的一些小点缀，使文瑶的画透出自己的独有韵味，画面效果既有装饰趣味又不缺油画的厚重。

　　……文瑶的语汇里还有着贴近他性情的逗乐与调侃式的把玩心态，他总是不按常规地强化出对象的某种特殊的形貌状态，无论是画人物或者风景，他的处理总会有一些让人眼睛一亮的闪光点出现。这样的能力来源于他对现实对象的独特体察与概括性的整体把握，尊重事实而又能跳出常理的束缚。

——黄菁（广西艺术学院教授）

图书在版编目（CIP）数据

2022中国年度散文诗 / 王剑冰选编 .-- 桂林：漓
江出版社，2023.4
ISBN 978-7-5407-9386-9

Ⅰ.①2… Ⅱ.①王… Ⅲ.①散文诗—诗集—中国—
当代 Ⅳ.① I227

中国国家版本馆 CIP 数据核字（2023）第 038446 号

2022 ZHONGGUO NIANDU SANWENSHI

2022 中国年度散文诗

王剑冰 选编

出版人：刘迪才
责任编辑：谢青芸
装帧设计：石绍康
责任监印：张璐

出版发行：漓江出版社有限公司
社址：广西桂林市南环路 22 号 邮编：541002
发行电话：010-85891290 0773-2582200
邮购热线：0773-2582200
网址：www.lijiangbooks.com
微信公众号：lijiangpress
印制：香河县闻泰印刷包装有限公司
　　[河北省廊坊市香河县安平镇二街 邮编：065402]
开本：690mm×1000mm 1/16
印张：22.75 字数：310 千字
版次：2023 年 4 月第 1 版
印次：2023 年 4 月第 1 次印刷
书号：ISBN 978-7-5407-9386-9
定价：49.80 元